宋远升纪实性散文集

人世漂流记

宋远升 著

中国文史出版社

图书在版编目（CIP）数据

人世漂流记 / 宋远升著 . —— 北京 : 中国文史出版社 , 2022.12

ISBN 978-7-5205-3988-3

Ⅰ . ①人… Ⅱ . ①宋… Ⅲ . ①散文集—中国—当代 Ⅳ . ① I267

中国版本图书馆 CIP 数据核字（2022）第 236521 号

责任编辑： 徐玉霞

出版发行：中国文史出版社

社　　　址：北京市海淀区西八里庄路 69 号院　　邮　　编：100142

电　　　话：010-81136606　81136602　81136603（发行部）

传　　　真：010-81136655

印　　　装：廊坊市海涛印刷有限公司

经　　　销：全国新华书店

开　　　本：16 开

印　　　张：20.5

字　　　数：300 千字

版　　　次：2023 年 5 月第 1 版

印　　　次：2023 年 5 月第 1 次印刷

定　　　价：62.00 元

目　录

故乡再望

旧事渐凉

异域行记

回归之路 —————————————————————

循着原路回家

一

在八岁以前，我的过去好像深藏于一本书中。我的记忆杠杆很艰难地把它翻开。这本书中，页和页之间严重粘连，不仅如此，还存在着断页、少页的部分，这些部分都去哪里了呢？那些没有记载下来的都没有发生吗？还有那些模糊的部分，我对此应如何进行修复或者辨清？

我那时八岁，那以后的年龄，就如同不断向前延伸的台阶，一岁就是一个台阶，从八岁延长到一个遥远却逼近的台阶。我不知道，需要拨开多少的荆棘，惊醒多少荒草中已经永远栖息的鸟的梦境，经过多少漫长的雪原，才能长途跋涉回去。

我的身子向前倾着，这是一种惯性，是被周围的人形成的向前的气流所裹挟的惯性。但是，我的灵魂却还是不停地向着后面观望。我丢失了什么吗？什么样的事物能让我的身子扭曲成这个样子。

我是不能忘记那最初的火吗？我是不能原谅那逼近肌肉的火吗？我的肌肉已经原谅了。所有的仇恨都是一把盐，都能够融化进水里。如果你不能忘记仇恨，这说明时间的水还不够多，仇恨不够深。

我知道那火盆里的火本意是不想烧我的，我只是一个孩童。火只是想和我玩耍一下，那火也是顽童，它调皮而不知道轻重，不安分地从火盆的一个破损的小孔里跑了出来，好像是怕它家里的大人那样跑了出来。我能够体会到它满心欢喜和提心吊胆。

这能怨那火吗？我们不能在寒冷时痛哭流涕地求着火给我们热量，却不能接受它的炙烤。即使炙烤的是肌肉，但是，这也是火的一部分。

不过，这也不能怨我因为腿上被火烧着而从家里逃跑。家也不都是像碉堡那样的安全。逃跑不过是本能而已，如同回家也是本能。

让我用六岁的儿童的眼睛告诉你们吧。之所以我在棉裤被点燃后逃跑，并不是我从家里逃离，而是我的父母当时都在田地里劳作，我去找他们拯救我。我的父母都不在家里，父母不在家里的时候，家往往就不是家了。那里的田地广阔而沉默，足以淹没父母在田野中遥望我的眼睛。他们都认为我姐还在旁边陪着，以姐弟俩，对付一点儿炭火是绰绰有余的。但是，他们可能太忙了，也可能忽略了，姐弟两个加起来的年龄也不过十岁出头而已。并且，他们忘记北方寒冷这个帮凶了。我们两个人都成了寒冷的奴隶，手好似被戴上了镣铐。等到好不容易把我的棉裤扯下来扔到水里，我的小腿上的皮肤已经烧成了一个小气球。这只小气球站在冬日寒气逼人的雪堆里，跟个受气包似的，它还能像气球一样飞上天吗？

我腿上的这个记号，几乎是携带终身的印记。如果我带着它回去，那些火的子孙还会认识吗？我不会怪它们的先辈。火生来就是为了燃烧的，就像是我生来就是为了说话、记录，我们都没有错。

二

循着原路回家，我还能回到那个吉林省叫作新立屯的村子吗？即使在县城的地图上，可能它就是一个小黑点，如同钢笔不小心戳到纸上的一个地方。

我出生并生活过八年的新立屯长得什么样子呢？我沿着原路回去，这是一个起点，却又是恍惚的终点似的起点。它在白色的雪野上飘浮。如果从高空看去，这不过是森林边缘的一片树叶。是的，一片稍大的不规则的树叶。

如同一个木匠，我找来各种边角木料做成一件家具。我努力将这个村子拼装起来。为此，我甚至不惜借用了后来打工时去过的吉林省另外一个村子的模样。这里是一切都阔大的地方，即使是庄稼的间隔，也比其他地方更远。村子也都是稀疏的，这里的土地最不吝啬地对待居住在这片寒冷地方的人们。一家和另外紧挨着的邻居也要相距几百米远。家家都有大的篱笆院子，不过，这种虚空让房子与房子之间却显得充实，看上去邻居之间并没有那么远。他们还有篱笆相连，还有探出篱笆的秋天的红色果子相连。还有蔬菜相连，还有……在他们的院子里面，种植的花的香气和香气握手，蜜蜂和蜜蜂之间互相打着招呼。新立屯并不总是冬天，其实，在夏天或者秋天的早期，这里甚至和黄河以北其他地方的气候没有什么差距。在夏天最热的中午，有时也和南方的温度差不多。

那里打水要到远远的村头去，一眼水井比几十年的往事还要深。水桶落到井里，在往事的底部，一桶水鲜亮地被提了上来，像是我的记忆中能够打捞出来的那部分。那口井还在吗？如同整日不眠的眼睛一样，它是否还是那么仰望着天空，即使它所有的想象可能只是一个大的圆水桶那样，但是，这不妨碍它有仰望的心。

我们家那座土坯房子还有人住吗？当年我们搬家到山东，这里的房子以低廉的价格卖给了屯子里的人。这是我的先辈亲手和泥做成的，就是送给别人也不愿让它倒塌，谁愿意让用自己身体温热的土坯建成的房子倒塌呢？在夜里是不是还有人会去替我们守着那座房子？在进屋之前，他使劲地抖了几下大衣，好似把一大衣的寒气都抖落到房外。这个人还能替我们找到门后的电灯开关吗？它有半人高，打开后却有了一屋子的高度。那个人还会替我们家把斧头劈开的木头放到炉膛里吗？让木头的香气拥抱火。我感觉这个人如果是把木头燃烧了，一定是替我们家燃烧的。当然，他如果被黑暗所融化，也是替我们家融化的。

然而，更多的往事去了哪里？我要是魔法师就好了，可以发出召唤，在需要的时候，让它们都如同傍晚回家的鹅群向着我扑来。这些往事在一个莫名的不可知的广大土地上到处飘荡，如同尘土一样细微。它们在那里做什么呢？为什么要阻断一个人八岁之前的绝大部分回忆？

　　我一直都在等待，像是八岁之前一样，我能等到什么呢？那么多年前，那辆公交车还始终迟迟不来。我和姐就在大门前等着，雪无限地延展，也无限地掩盖，只有那个村庄被保留了下来。即使门前的那条公路在冬天终日布满积雪，但是，那辆公交车毕竟每天都要经过一次。雪中留有它的车辙可以做证。我和姐每次顶着严寒到大门口看每天一趟的公交车来了没有，都会感觉到打开门时门与门框之间雪凝结在一起的亲密，却被我们努力地折断。

　　可能是等待得太久了，当那辆公交车真得来的时候，就像是一场巨大的幸福，让我们猝不及防。那辆公交车带来一阵更大的冷风，让我的记忆呼扇了一下翅膀，好似是风吹过一张贴在墙上的年深日久的年画。

　　我们并没有站在路边观看，而是奔回家里，躲在大门后面，隔着栅栏看这辆承载着每日一次的喜悦缓缓地经过。那辆公交车里的人已经看不到了，车辆太大，它把人淹没了。当然，随着它缓缓驶远，变得越来越小，最后被茫茫的雪原淹没了。而雪原呢，也在缓缓地向着一个倾斜的巨大空间里滑行，最终被记忆所淹没。

　　那个房间里在白天一定有一个土炕横在靠近窗户的地方。外边的烟囱里冒着白烟，这让那个土炕很是温暖。我和姐当时大部分时间就坐在土炕上。我们有什么呢？那时候没有电视，也很少有娱乐活动。国家大事新闻要么在大队里的喇叭里，要么就是一些陈旧的"新闻"。它们都有着新闻的名字，被以铅字的方式镶嵌在几张陈旧的报纸上。这些新闻贴在墙的四周，不仅是内容确实成了旧闻，而且也被烟熏火燎，在外表上也是结结实实的旧闻。

在土炕床头的地方是一个立柜，上面叠放着一摞被子，它们像是睡着了一样。我们也被这些家具和被子催眠了，也都睡着了。去水缸舀水的时候睡着了，在炉灶里添加木柴时睡着了，站着睡着了，坐着睡着了，说话的时候睡着了，睡着的时候也睡着了。这让整个屋子异常安静，中午的阳光从窗户里挤进来一缕缕的光，让屋子里的尘土快活地跳舞。能快活一点就快活一点吧，它们知道自己将要落下。除非再一次被惊动，它们将要长眠不醒。

三

他们踩着积雪咯吱咯吱而来，踩着冷得发脆的夜色而来。他们一身风雪的气息，一打开房门寒气就贴着人的身子钻进屋里。在那一刹那，那么多人带来寒气，感觉屋里的热气都变冷了。不过，这些人毕竟年轻，他们身体内散发着热量，热量聚集起来，缠绕着喧哗的声音，快活地直冲屋顶，这让放在窗台上的一个花瓶——里面是一束假花——慢慢地爬上了雾气一样的水珠。

他们是谁，我不知道。他们叫什么名字，我也不知道。我只是知道他们有男有女，后来听父母说是知青。他们的面目如何，只是一片空白，只不过有脸的形状，如同括号，等待我去填空。那么多年时间大手的涂抹、揉搓，已经让这些人面目全非，即使是我的父母后来也不知道他们的名字，仅仅剩下小王、小张那样称呼。

不过，这没有关系，他们好像是回到了自己的家里，亲热地和我的父母打着招呼，脱下鞋子，上炕——那些炕在他们的脚下真是小啊，不像是我，费了好大劲儿，采取不少姿势才勉强滚上去。

我父母那时必定都是和善的。如果一家人不和善的话，是不会有这么多的朋友来家里玩儿的。我想那时我的家庭情况可能还算可以，要不父母也不会那么和颜悦色。很多坏脾气都是贫困的私生子，是贫困和煎熬产下的后代。

这些知青在新立屯没有家，他们的家都在遥远的地方。他们房间的温度一定没有我们家的高。不过这也不一定，因为新立屯那里最不缺的就是木柴，只要你不放火，随便烧都可以。但是，他们为什么到我们家里来呢？可能因为我们是家，他们是过来沾一点儿"家气"。或许他们想感受家的味道，让家的气息渗透到他们的皮肤内，对他们的血液温柔地抚摸。家让他们听到洗碗的声音，感受吃过饭后留下的淡淡的饭菜香味——让他们感受一下接近父母的感觉。

他们在雪夜中的到来让我们家变得小了不少，灯光却瞬间明亮了很多。那么多的青春一起照耀，能不明亮吗？他们把我们家的被子从立柜上扯下来，盖住脚，然后弄来一张小桌子，放在炕上，声音很响地打着扑克。在他们的旁边，有一个筐子，里面盛放着当年秋天收下的葵花籽，上面还有着新鲜的秋天气息。他们边打扑克边吃着葵花籽，葵花籽的壳像雨点一样落在地上。然而，母亲从来没有抱怨过，至少我没有记得抱怨过。母亲那时是多么温和啊。是谁胁迫了她的脾气？她的脾气被挟持到了哪里？它又是受了多少的折磨才变成后来的那个样子？

那些人并不霸道，他们给我留下了一个小小的角落。他们有他们的世界，我有我的世界。我开始也只是看着他们，我那时太小了，那么多精力旺盛的青年也带动不起我的眼睛。我好像就在亮着的灯下睡着了。那夜是如此的安全，这么多的人保护着我，我的父母年轻而有力量，并且恶劣的生活还没有腐蚀他们的脾气。在睡梦中，谁替我悄悄地掖了被子。我在厚厚的土房子里，在一群年轻人的旁边，在浑圆的灯光下，在被子里，如同世界上包着的最后一个卵，在安静地孵化。

母亲那时很慷慨。屯子里有最穷的一家——像是我们家回到山东以后在村子里的地位，他们家经常没有吃的，女儿比我大不了多少，她就会到我们家里要点吃的，就是吃那种把玉米碎成石榴籽一样的颗粒做成的大糙子饭。我那时像是小狗一样地护食，强烈反对给那个女孩吃，因为我感觉她总是流着鼻涕。母亲有时就会让她从窗户偷偷地爬进我家，吃完后偷偷地从窗户溜走。我发现后大发脾气。母亲说："你别在那里闹，长大了让她给你做媳妇。"

我说："哼，我才不要她做媳妇呢，整天流着鼻涕，脏死了。"

那就让她长大了后给你做丫鬟，做好多大糙子饭给你吃。母亲接着说。

我长大后才不吃大糙子饭了呢。我要天天吃大——米——饭。我把最后这三个字拉长着声音，显示它们在我心目中的无比重要性。

在吉林的那个屯子时，我记得还是有一件玩具的。那时我们家的家境还算可以。这个玩具是一个小小的雪橇。我们那个屯子有一个斜长的下坡，冬天那里就是冰雪的天下了。大多数小孩子都会有一个雪橇。我的那个可能是二叔给做的。我们家就他最聪明，家庭氛围也还好，一切都还没有失控。我就坐在这辆小雪橇上，在斜坡的上面等着，我姐从后面猛地一推，我就滑下去了，带着几十年重量的时间滑下去了，越滑越远，好像是永远滑不到尽头。我还能再重新滑回去吗？

澡堂

一

　　我们那里农村的人是不喜欢到澡堂洗澡的。这是一个长期根植于我脑海中的想法。我早年内心就曾经鄙视过洗澡堂的人无数次。那是什么啊，雾气腾腾的，大家都赤身裸体，虽然是赤裸相待了，想法却不见得相通，各自忙着搓着自己身上的灰垢，对自己身上灰垢的关注远远超过了对澡友的关注。其实，直到后来才明白，不是喜欢在澡堂洗澡，而是实在没有其他地方可洗。

　　对于洗澡而言，老家那条渊子河是以年龄和性别进行分段的。血气方刚的青少年男人们在一起，年龄较大的和年龄较小的男人在一起。妇女们在一起，她们主要统治的是河流的黑夜地带。

　　在我老家那条河里洗澡多好啊。如同你去选择买一块牛肉，不要钱，你还可以选择任意的一个部位。可以选择深水，那就一定要站在岸边的那棵老柳树上向下跳，只有这种操作，才能找到深水洗澡的感觉。只有猛地跳下去，再减缓速度浮上来，才能让你感受生命重新诞生过一次。否则，这种洗澡的方式就是浪费。对于那些洗澡从树上猛地跳下、猛地浮出的青少年们，因为他们还年轻，有的是时间可以挥霍，就没有这么多的想法。

　　当然，也可以选择浅一些的水，那得到河的下游，在那里，所有的衣服都随意地扔在岸边的石头上。天空变得更加亲切起来，天空的蓝却并不强烈，就那么淡淡地蓝着。就那么随意地躺着，大家都光着身子躺在光滑的大石头上，谁也不用避讳谁。河水从肚皮上流过，步伐缓慢却坚定，这样能够最大限度地延缓快乐。

一些水性还没有达到一定程度的小男孩们，也来这片大人们为主的浅水领地。他们却不安分，明明可以顺着河水躺着，却横着躺，结果在身边积累了不小的水位，从而水的力量更大，最后一下，把他们一溜烟冲出好远。

妇女们不像是男人们这么狂放，没法在白天洗澡。即使是在白天热急了，也是穿着衣服远远地在人看不清楚的地方擦一下身子。不过，到了晚上，在夜色的掩护下，就谁也不必顾忌谁了。有的男青年听到那边女的尖叫声，就会在那里起哄。起哄就起哄，谁怕谁呢？

不过，这么洗澡是在夏天，最晚是秋末，那条河是我们村的天然澡堂。等到秋蝉的声音落寞地落在了河水里，这座河水的澡堂就不再营业了。

二

那时祖父就在枣庄做小生意，也就是卖烟叶。经过那么漫长的冬季，在他回家看到我时，准确地说看到我黑黑的手腕时，就有些叹息，再给我向上撸了一下袖子，看到我的肘关节部位，更是感叹连连。幸亏他没有让我全部脱下衣服，估计那样的话，他会报警。他决定带我去冬天的枣庄洗澡。这是我第一次在那种不是河水的澡堂里洗澡。

那时感觉枣庄老城区到处都是黑的，这种黑是渗透到一切的黑。在很远处，就可以看见那三座渣子山冒着黑烟，山上都是煤矿地底下运上来的煤矸石。它们本来是白色的，但是，却被残留的煤渣染成黑色的了。

路面上煤渣已经让路变成另一种颜色，是那种深入到路的骨髓的黑颜色，这没法清洗，已经成了路的一部分。路边商店的墙面是黑的，露在外边的窗户是黑的。这种黑甚至可以通过窗户上很小的缝隙悄悄地挤进室内，让一些家具老旧得更快。

但是，这种黑却是充满热情的黑。经常看到运煤的大车哐哐地砸着地面从坡上下来，下班的人好似不顾危险，就在它们的边上猛蹬着自行车。路边的小贩在那里不顾烟尘，大声地吆喝着。早起上下班的人们在那里大口吃着早点——既然那么多黑色了，加上点黑色的调料又何妨？

那天晚上也是黑的，祖父带着我从黑色中穿行。那时我八岁，以八岁柔软的肉体穿行于一片坚硬的煤矿建筑中——下面要沿着两条同样坚硬的小铁轨前行，上面是坚硬的钢铁框架。我感觉这些坚硬都向着我压过来，夹杂着夜色向我逼近。不过祖父那时还不衰老，他的骨骼同样坚硬，他以自己的坚硬支撑着我的周围，直到寻找到那个乳白色的灯光和水汽围绕的大澡堂子。

不过，我可以负责任地告诉你们，在我脱下身上有些脏的衣服，穿过从澡堂衣柜到那个热气充斥的大澡堂时，我绝对是全场最亮的崽。

我好像被全世界围观了。估计最红的明星到这里也就是这种待遇。我感觉整个世界都静止了，都在为我一个人而停止。他们不知道我从哪里来，虽然知道我要到大澡堂去。所有人都露出不可思议的眼光。可以说，这是我十岁之前最出风头的一次。

这是什么孩子啊？即使不是全副武装，也配置很高。虽然我裸露的皮肤大部分部位都是白的，但是，手腕是黑色的，肘部是黑色的，膝盖是黑色的，肚皮是黑色的，脖子一圈是黑的，都像是被配置了专门的保护装置，估计防护效果也不差。那些部位都成了黑色的片，还黑得执着、彻底，不是一层的那种黑。还有这么滑稽的小孩子吗？脖子上像是戴着黑色的项圈，肚子上戴着黑色的肚兜，膝盖上戴着护膝……估计是那时的冬天那么漫长，一层加一层的灰垢，积累了不知多少层了。

我也知道害羞。但是，我护住膝盖，手肘那里的黑色灰垢露了出来。

我护住手肘，肚皮的黑色灰垢露了出来。这让我如何是好？从衣柜到大澡堂那里也就是十几米的样子，到处都是湿漉漉的地面，我感觉这些湿漉漉的地面好像是要开出花来，让我慢慢地走着欣赏——实际上是不好意思再向前走。祖父都到大澡池打上肥皂了，看到我还没有进去，就专门出来解救我。为了减少困窘，我幻想着在一个没人注意的时候——其实大家都停下手中的事情在注意——以迅雷不及掩耳之势跳进了澡池，就像是在我们老家的大河里跳水一样，结果把周围的人又吓了一大跳。

终于安静了，整个世界安静了。我依偎在池子边上，让这一池的热水来解除一冬天的灰垢在我身上形成的枷锁。那么一整个冬天，我不知这些灰垢是那么有耐心地困住我，不厌其烦让我身上改变着颜色。祖父并没有嫌弃，他也是不厌其烦地让这些灰垢形成的路线倒流。我和祖父相伴的时光还能倒流吗？那澡堂里飘走的热气还能回去吗？即使是能回去，也不是那时的热气了。

我周围的人都在忙着自己的事情。一个胖子眯着眼堆在澡池内侧的一个地方。一开始他的手还在搓着身上的灰垢，逐渐地手的动作就慢了下来，几乎静止那样的慢。我都害怕他在那里会因水汽热度而窒息死去。不过，分明他的手还是在动着，不过是动的幅度很小。最后，他的手也进入了梦游状态，在那里下意识地蠕动。

胖子先是眯着眼，好像是在黑暗中行走。他在那里要度过漫长的冬天。我能看见他的痛苦，这可以通过他紧皱的眉头体现。整个澡堂好像只剩下了他一个人，整个澡堂的热并不能减少他身上的一丝寒气。

胖子是在承受孤独吗？生活是怎么对待他的。他就这么飘荡在水汽中。不过，随着时间的进行，好像他渴盼的春天回来了，树在他的身上绿了，鸟在他的身上叫了，春风在他的身上打过几遍了。我看见他从地底下冻僵的泥土中苏醒过来，慢慢地爬上地面。他的眼睛睁开了，满脸露出喜悦。是的，洗了一次热水澡，他肥胖的肚皮也变得不那么碍眼了，皮肤白里透出红晕，如同女子最好时期的皮肤一样。他的春天又一次降临了。一次洗澡好像横跨两个之间鸿沟最深的季节，这就是人为什么要洗澡吗？

水汽在蒸腾，越来越高，它们柔软的身子一直探出到窗户外。它们去了哪里？那窗户上飞扬的雾气是这些洗澡人因惬意而飘走的灵魂吗？

三

后来我到周村煤矿挖煤时，祖父就不会再陪伴我洗澡了。他那时已经老了。他的眼睛昏花，没法领着我穿越那条曲折狭长的露天建筑物里的道路，看不清我当年身上的黑色灰垢，没法为我搓澡了。我不再是一身灰垢，而是一身煤尘。

我在周村煤矿挖煤时，洗澡已经脱离了它的休闲功能，而是成了和吃饭、睡觉一样的基本生活需要。因为每个人刚上地面时都和黑色融为一体。如果不洗澡，根本无法回去吃饭睡觉。你分不清哪里是人，哪里是煤。人在那时都成了会呼吸、直立行走的煤。如果不小心，都可能被扛到谁的家里直接送到炉灶内烧了。

每个从地下挖煤的工人都是黑色的。黑色不仅在表面上，而且都渗透到皮肤内。在工作很多年的下井挖煤工人的皮肤上，即使是惨白的，也可能会隐约看见黑色的影子。它让人无所遁影。

特别是在冬天的寒夜，一小队挖煤工人从地下上来了，幽灵一般，没有语言，语言已经疲乏到无法正常运行。我们默默地走过那片开阔的收割过的庄稼地，踏着一地的雪霜，横跨那条大门口车辆彻夜不息运煤的土路，就到了周村煤矿的场部。

我们到宿舍放下镐、铁铲、放炮工具，取下戴在脑袋上一天的镀灯盒子，带着一身干净一点儿的衣服，就到场部的澡堂里去洗澡。这是我们一天最盼望的时刻。

在澡堂里，几只破旧的拖鞋横七竖八地被谁扔在那里，抛锚的小船一样。洗澡池子里已经被早来的工人洗过几遍了，水面上乌黑，如同几年没有清理过的垃圾池一样。几张塑料纸片在水面上漂漂荡荡，完全没有澡堂的样子。不过，它是热的，它确实就是澡堂。在寒冷的冬夜里，对于一群饥寒交迫的人而言，还有什么比这一池热水更激动人心的吗？

饥饿、寒冷、死亡能够让人的一些高级需求退出，让一些基本的需求更加凸显出来。即使是一个皇帝，在极端饥饿时，他想到的可能只是吃饱。贞操在极端饥饿的时候可能还不如一块干粮。即使是一个超级富豪，在极端寒冷的时候，不会考虑棉衣是否破旧不堪，任何能蔽体的东西都会让他满足。人在死亡的时候，最先想到的可能就是母亲。

即使煤矿澡堂子里的水是那么的浑浊，早过来的其他工人已经反复地利用过它——甚至偷偷在里面小便。这属于被大家众口一词叱骂的行为，管理澡堂的人也用贴在墙上的一张纸明确地告知：澡池内不准小便。但是，这反而提示了大家，有人在里面小便。但是，对于满身污垢、一身疲惫的工人而言，这又有什么呢？

澡堂是最不严肃的地方。有的工友在那里大声地开着粗俗的玩笑。有的靠在一起，互相呓语般地低声说话。有的则在做着各种奇怪的洗澡姿势。有的则一动不动，靠在池子壁上，脸朝上看着灯光。如同乌龟在水泥壁上晒太阳。

万物都静止了，群山拥抱在我的周围，大海变成了这么一个黑色的、肮脏的池子。但是，它是温热的，母亲的子宫一样。我躺在大海的中央，这里好像是我的摇篮。

澡堂房顶的灯泡被水汽所缠绕，显得模糊而温暖。这时它好像睡着了，一动也不动。即使是偶尔大声地一次喧哗也不会惊醒它。这里的澡堂是温暖的，人是温暖的，短暂的梦也是温暖的。

风雪都在外面，它们应该去找那些穿得更暖的人。黑色都应当在这座澡堂里脱下自己。音乐也应在门口止步，这里是一帮粗糙的人，不需要音乐。我们只是需要短暂的安宁，在温水中让我们成为短暂的青蛙。

那煤矿井下万古不变的黑也不应再和我们如影随形。我们被黑污染是没有办法。黑应当回归黑的家园。我们也应当回自己的家——赤条条地在一座温热的澡池里洗浴后回家。

父亲的那些车子

一

别看我们那片山地的村庄不起眼，在几十年的时间里，交通工具就经历了从一轮车，到二轮车，三轮车，四轮车的发展过程。一轮车指的是独轮车。二轮车主要是指自行车。三轮车就是那种有三个轮子的机动车，我们那里也叫它三蹦子。四轮车就是四轮的机动车，包括四轮货车、小轿车。

不过，除了独轮车被迫和我父亲相伴外，他是其他那些车辆的免疫者。与他的形象一直相称的是独轮车，这种古老的车子是雕刻在我的记忆中的。如同看一件文物，看我父亲的身上，就雕刻着独轮车的花纹，这是他的徽章。

父亲是个力气不大的人，虽然并不是很矮，但是，却很瘦弱，只是生存的本能让他获得了额外的力气。我们那里的山路一直都坎坷不平，那么多年，他一直推动着独轮车颠簸在山路上。更为确切地说，他好似一直在和独轮车怄气。他们两个一直互相不服气，特别是上陡坡时，或者是上陡坡加上转弯的时候，父亲和独轮车的搏斗最为激烈。独轮车也就如同我一样，动不动撂挑子，一下子就滚到山路下面的沟里去了。我感觉即使父亲一辈子都和独轮车打交道，他也从来没有驯服过它们，像是他从来没有驯服过我一样。我和独轮车对待父亲的态度一样，都是无可奈何地合作。

自行车是我们家最早时不敢想象的字眼。但是，我姨父却不然。姨父是在供销社上班的，在我们那里叫作站门头的，是吃国家饭的。这几乎是那时我们那里的人想象的从事好工作的极限。当然，对于姨父，这是历史的错觉，因特定时代和特定年龄交叉而形成的认知障碍消除后，我知道姨父其实就是供销社的临时工，被派驻在他的村子里售货。然而，这不妨碍姨父成为他们村第一个拥有自行车的人。他自行车骑得好极了，像是飞一样，这是我真实的感觉。我最早坐过的自行车就是姨父的。我那时就是一个胆小的人。他顺路捎着我去外公家，这要下一个长长的陡坡，骑得太快了，我感觉到山水呼啸而过。那个陡坡也实在太长了，一百年的山水绵延不断向我扑面而来。我太小了，如同一只麻雀那样的小，用爪子一样的手抓住姨父。我感觉风能够把我吹起来。但是，麻雀不会害怕，它们都是有翅膀的呀。

　　我想让姨父停车，但是，风太大让我喉咙哽咽。我如同孤零零地被从一个极高的地方抛下，没人管我，没有谁来救我。自从那以后我犯上了自行车恐惧综合征，一直到几年后还对它惊魂未定。在那段时间，母亲发怒时就会吓唬我："再不听话就让你坐姨父的自行车。"

二

　　我父亲那时年轻，也更加自信和胆大。虽然他不敢骑自行车，也没有机会买一辆自行车，这不妨碍他在一次外出喝喜酒时乘坐一个人的自行车。到底他是坐的谁的自行车，现在已经不关键。关键的是他不知怎么从自行车上掉下来了，掉的是那么突然，那个骑自行车带他的人甚至都骑行了好远，才发现后车座上的人没了。是的，他倒在一个陡坡路边的沟里，如同头上被谁打了一锤的老牛一样。那时还是秋天的最后时间里，夏天的蝉还在做着挣扎，蝉声里的无奈被我父亲的遭遇所叠加，这让远处在地里忙活的人都感到了震动。没有人会想到，父亲只是出于一次简单的想法——只是想少走一点儿路而已，却无意中改变了许多。这是他一生中最大的转折点之一，也直接影响了我们家和我的命运，甚至性格。

生命中一定有我们不可预知之事，也不可控制之事。这里有一条线，细弱游丝，却横亘在另外一个命运之间，我们提前不知道变化，就是事后也不一定知道这是一场巨变的分界线。一些大的事件发生之前，往往毫无征兆，我们可能有时需要上溯几十年，才发现它就钉在那里，如同山路上最顽固的石头。如果谁能提前告诉我们多好，但是，生命的奥秘就在于这不可知之间。

由于当时年幼，我忘记了父亲在这次事故之前，他是不是还是像后来那么冷漠，那么活在自己的世界里。他可能很少把我看作是他的儿子，而是为吃饭而努力的竞争对手。我不知道是该感谢他，还是怨恨他。从我刚刚记忆完整起，他就把我当作成年人对待，而没有把我当作一个孩子。

往事如此模糊，我用双手也不能把玻璃上的雾气擦干净。在他的头被撞伤做开颅手术之前，他是不是还要温和一些？还能认清血缘向下发展的道路？不过，他在这之后迷路了。这也不怨他。头颅是一个人最脆弱的地方，花瓶一样易碎。他一生中竟然经历两次大的开颅手术。第一次让他变成另外一个人。第二次让他失去了生命，变成了另外一个……另外一个什么呢？

三

父亲和我有点相像，都害怕那些机动的速度快而难以控制的车辆。他一直是固执地守卫着他的独轮车。但是，不知为什么，他在七十多岁时忽然对三轮车产生了浓厚的兴趣。这种兴趣来的是如此突然，我想到了我们村的那眼枯死多年的山泉，在一个夏天几乎是喷涌着冒出了泉水。

这是如此反常，本身可能就暗暗埋藏着什么秘密，或者是杀机。

什么让父亲做出这种不同寻常的变化呢，这不符合他几十年固化的生命运转的规律啊。难道他看到了什么，看到了时间给他的征兆，看到了谁在夜里敲门，这些敲门打断了他的长一声、短一声的叹息，让他的叹息迟疑了一下。叹息被惊动了，变成有些不是稳定的叹息。然而，很快，他的叹息不由自主地又涌来了。这是他的习惯，这种习惯他能看见。即使在黑暗中，他的眼睛也是很长时间空洞地睁着。当然，在他睡着的时候，叹息还是会不由自主地溢出，如同不干的井水一样。

难道他认为在七十多岁的时候突然掌握了自己的命运？他一辈子都没有做到这个壮举。当然，也可以向着另外的方向理解。正是由于他一辈子没有控制自己的命运，让命运拖着东倒西歪地前行，在七十多岁的时候，他见识到了三轮车的力量。这是一种凭借他自己能够把握的力量。小汽车则不在他的奢望之列。可以替他想想，他一辈子都没有获得舒畅的自由。在小时候就不是祖父母宠爱的对象，从小就因为少爱而被困住。在成年后又被那场自行车事故导致的开颅手术控制。这让他浑浑噩噩地活着，在人世间漂流着，让他看见子女也失去了温度。因为他本身也没有从祖父母那里获得爱的热量，没有获得足够的温度，连自己都温暖不了，何谈去温暖别人呢？

不过，三轮车则让他不同，让他凭空增加了许多力量。三轮车可以和他融为一体。三轮车是他的新长出的脚，这可以扩展他已经衰老的脚力。当他坐在三轮车上，驾驶着三轮车，风在四周呼呼地为他唱着赞歌，周围的田间地头都成为一闪而过的背景。他如同将军一样，使唤着三轮车如同使唤着自己的肉体。他活了那么大岁数，会第一次感觉到自己的肉体是那么轻盈。他好像神仙御风而行一般。三轮车可能让他多年前的梦重新活了过来，使他不愿意在人间虚走一趟。

三轮车可以成为他的奴仆。在运送庄稼时，他不再被庄稼所压服，也不用再和独轮车角斗。他可以不再看着邻居们的三轮车风驰电掣般地从身边经过，不用再呼吸那些三轮车扬长而去的尘土。谁一辈子不想成为真正的自己一次呢。如果自己做不到，就求助于外来的力量，三轮车是他的外援。

四

不过，对于父亲买三轮车开三轮车这件事情，我是坚决反对的。理由很简单，充分且不接受反驳：一个连骑自行车都学不会的人还要玩三轮车。二三十岁被骑行更加容易的自行车险些要了命，却在七十多岁去开三轮车？

我拒绝了他，像是他当年冷酷地拒绝我小时候热爱的东西一样。比如说，一个从小舅那里弄来的弹弓，他都坚决让我还回去。我真的没有任何报复父亲的意思。或许在内心中留下了多年前晃动的影子，可能是影子提醒我这么做的。

像是当年他以绝对的力量压制我一样，他现在老了，更加屈服于年长儿子的权威。我不知道我们两个人的地位什么时候互相发生了逆转。

我二叔不知出于什么心理，他好不容易出去打工了，就把他的二手三轮车放在我们家里，说是让我父亲学车，学会了这辆车就卖给父亲。

我在南方的一个城市里终日忙碌着，父亲则如同小孩一样带着惊喜和恐惧的心情偷偷练习着三轮车的驾驶技术。但是，不是他驾驶那辆三轮车，却感觉是三轮车在驾驶他。他的每一次出行都让人胆战心惊，像是看到一个手脚颤抖的老人在悬崖边缘自顾自地行走一样。

从堂姑向我的告状中，我能感觉到父亲学车是多么狼狈，也能感受到他学开三轮车是多么的狂喜。堂姑住在我家南边的邻村，父亲把那辆三轮车开到了那个邻村的南边邻村，这辆车就开始对他进行了轻蔑的挑衅。我年老的父亲无力反击，只能被动地应付，结果让那辆三轮车带着他如同脱缰的野马一样撞在了一棵树上。我不知道树是否感觉到疼痛，但是，父亲的胳膊上鲜血淋漓，却像是没有感觉到疼痛，他一脸讪笑地找到我堂姑——堂姑家里是开农村诊所的。他向堂姑诉说着被撞的经过，以寻求安慰。堂姑的反应却让他大失所望，她说，你这是撞轻了，应该撞得更重一些，那样你就老实了。没有几年就八十岁的人了，你这是给儿女找罪。你撞死、撞伤别人，你儿子替你赔钱。你撞伤自己，也是你儿子花钱给你治病。你就不能为儿女想想吗？

是的，我回老家后专门把那辆三轮车用铁链锁锁上，也把他的心绝望地锁上了。可以想象一下他的悲伤和无奈，像是当年他对待我一样，不过我们之间互相换了位置。我也很是无奈，因为家里人给我带来的麻烦有些多了。

我和父亲的孤独都太多了，他多到需要用叹息让孤独游出去。我多到需要不停地用文字来解释我的孤独。如果我们不找个渠道，可能都将会被孤独淹没。而这辆三轮车可能就是他的孤独的一个出口，却被我无情地堵住了。

我的孤独就像是一滴露水在早晨的一片树叶上静静垂挂的孤独。我也试图接近父亲的孤独，他的孤独就是在一块巨石上独坐，坐着坐着就深陷了下去，最后成为一块石头。我们两个人的孤独如同两个梦境，根本无法进入彼此。我们可能见到别人时都是动的，比如一滴露珠会在别人的眼睛里闪光，一块石头会在别人的炉灶前絮叨，并因语言的温度以及炉膛里的温度而在脸上绽放出红光。但是，我们两个人不行。我们好像都是从无限远的地方走来，疲惫不堪，连互相说话的力气也没有了。

如果我知道父亲最后的结局，我就不会那么倔强地拒绝他，即使他真的驾着三轮车有什么不好的事情。这也有不小的概率。这从他在我家那个两三米高的石梯上掉下来就可以预见——一个静止的、稳定的东西他已经驾驭不了，怎么让他去驾驭那铁的坚硬与油的狂暴结合在一起的三轮车？不过，驾驶三轮车毕竟还能让他获得一生不易的短暂满足，彗星一样的短暂。

命运曾经给我们设下迷局，可惜谜底只有到了大幕拉开的一刻才被揭开。我是这个迷局中的棋子吗？还是懵懂的棋手，那么，哪一步又是我走错了的呢？我只是按照常规的手法，尽可能地降低父亲的风险。

我猜父亲最后走时一定是坐的无轮车。他从一到二，再到三，最后到无……车子如同几层楼高的白云一样，把他高高地浮起，然后又放下。他就像是雪人一样坍塌，越来越小。他再也不用为车子烦恼了。

山坡上的流云

一

在这个县城上午刚开始上班的时间，我坐在一个小房产中介门面房里处理一份材料。当然，我不是卖房子的，是因为在老家县城的那段时间，我的电脑没有网络，因此，不得不在有事时用一下这个门面房的网络。

这家小中介门店的主人是我小时候领着玩的同村的小兄弟。他从小有不少时间和我在老家西边的那座山坡度过。在那个山坡上，我们曾经不止一次一起看过当地的一个怪人用牛拉的石头垒成的阵势，这座规模不小的石阵让那个山坡多了几分神奇。

这位少年时的兄弟也曾和我一起躺在山坡的大石头上，身旁的草高过我们，草如水一样波动，那块大石头就成为草中的船，我们就是这条静止不动的石船的坐船人。一仰脸，高空的白云就近了，远处的棉花就开了。风把天空的棉花吹得更高，然而，在那时，在那片连绵不绝的群山中，凭借我们那稚嫩的双手把这条船划出去，难度可想而知。但是，我们毕竟把那条船都艰难地划了出来，我辗转划到了南方的那个城市教书，他则把船划到了县城。

即使是一个山区的县城，城市化的脚步也大踏着步子来了。隔着门店的玻璃门，对面的老房子正在被机械的蛮力推倒，漫天的尘土让本来是可以看见的太阳淹没在土雾中，使得升起不久的太阳看上去一脸的沧桑。这些巨人一样的机械不管这些，这些强大而蛮横的奴仆，正在贯彻着谁的意志，如同发泄怒火，用牙齿撕咬，用巨臂横扫，直到面前的房子成为脚下的废墟。在房子倒下的时刻，我听见老的骨骼在那里发出巨大的断裂声。我甚至能够听见谁在那里痛苦地呻吟起来。

这个时候，一男一女两个二十岁上下的年轻人推开门走了起来。一开门，对面拆除楼房的声音排山倒海地冲了进来，连忙让他们把门关上。一看这就是一对恋人，男的个子不太高，一脸清秀，脸上闪现着让人羡慕的青春的光泽，还有带了一个漂亮女朋友的那种压抑不住的自豪感。他旁边秀丽的女孩子却要比他高一些，比男朋友显得更为大方，一只手臂上时髦地文着不知是什么图形。

小伙子带着小生意人的笑脸，有些乖巧地问我："我表叔在吗？"还没有等我回答，我的那个兄弟从房间靠里面的地方走过来和这对年轻人寒暄。我在旁边听着，大致知道这对年轻人本来在南方我教书的那个大城市给人理发，由于收入不多，就带着男子的父母给的一些钱，准备在老家开家理发店。

我的那个兄弟忽然笑着看了我一眼，小声地对我说："你可能忘记了我这个表侄是谁吧？他妈妈叫流云，就是以前在老家山坡经常割草的那个小巧漂亮的女的。"

在那时，我在这间嘈杂的门面房里，忽然感觉胸中有白云涌起，多年前好似成了昨天。我后来想象到可能以后能够遇到流云，但是，却没有想到多少年了一直都没有遇到，却遇到了她的儿子。

像是恹恹欲睡的烛光忽然被添加上了油脂，我的精神头忽然上来了，我对年轻的男子说："你知道吧，我认识你妈妈。"看到这位年轻人有些不太相信的神情，我又接着说："我不仅认识你妈妈，还比你先认识她，也比你爸爸先认识她，不信的话你现在就打电话问问。"

这位年轻的男子看我兴致那么高，就真的给他在上海一家小吃店工作的妈妈打了个电话，能听见对方有些着急地问："有什么事吗？我现在正在给人准备蒸包子，人多正忙着。"年轻人连忙说："妈，也不是什么急事，等晚上再给你打。"

二

我和流云是在老家那个西山山坡认识的。那时我正年轻，比她现在的这个孩子还要年轻，她也是如此。那时在下午的时候，周围村子的年轻人无论是割草还是放羊，或者是借助割草放羊来寻找恋爱的机会，都会来到那个山坡的牛拉小屋不远的地方。

现在那个叫牛拉的人已经逝去，他的小院子一角已经坍塌，静静地躺在更加茂盛的草中。那时牛拉虽然还仍然赤贫，却没有看到老去的迹象。在夏天最热的时候，牛拉还有着好兴致，他如同煺毛的鹅，经常一整天就赤身裸体地走在那个山坡上，丝毫不顾及周围的人的嘲笑。他是我们这一带的名人，比这里的村长或者乡长知名度更高。但是，他没有考虑自己在这一片地方卓越不凡的知名度，还是自顾自地赤裸着走在这山坡上。

即使他赤裸着，在没有人的时候，倒也没有什么，这片山坡和林木最是宽容，能为他保守住秘密。在白天有人的时候，赤裸则显得有些不雅观。毕竟这是一个世俗的社会。在古代的原始社会，如果众人都赤裸，谁穿着衣服，就是一个异类。不过现在众人都穿上了衣服，他赤身裸体地游荡在山林之间，则是对众人的嘲笑。不过，牛拉有他自己的逻辑，所有的逻辑都不能代替他的逻辑，他的逻辑就是我的身体我做主。如此时间长了，大家也就习以为常，并传为笑谈，这也是这片山坡成为一景的原因之一。

牛拉那时甚至不顾及威胁而坚持裸着，这些威胁是山坡北麓下那个村子的年轻女子们发出的。在我的印象中，那个村庄的男人比周围其他村庄的更为好斗，女子也更为大胆。在夏日下午她们到牛拉的小院子附近割草的时候，牛拉有时不知是有意还是无意地走近她们，女孩们对这个裸体的中年男人并没有害怕，有的吃吃地笑着，有的挥舞着镰刀威胁，"再走近了我就把你那个东西给割了。"

我几次感叹时间对我的记忆造成的损伤，一些更加准确的细节都忘记了。人生是一场钓鱼，经过的时间是一个巨大的虚空深渊，越到最后，你能够钓上来的就越少，直到鱼钩上空空荡荡。我大约记得对着牛拉的裸体吃吃笑的是流云，威胁要割他那东西的是小七。不过这也不怨我，可能她们自己也忘记了。

三

如果相信超常规力量存在的话，我感觉自己的经历就是一种神秘力量控制的证明。如果按照常规的话，我的原生家庭从小就把我牢牢地摁在泥泞的土地里了。我的父母几乎很难为我提供一些助力。我感觉他们本身就是溺水者，已经不能救自己，怎么能救我呢？不仅如此，我有时甚至感觉他们伸出手把我拖到更深的水里去。

如果依靠父母，以我那时的家境，别说读书考学走出去，就是找个农村的妻子也很困难。那时我住着低矮老旧的房子，穿着寒酸的衣服，父母整天打闹不断，我们一家只是在贫穷的山顶惯性地向下滑着，看不到任何刹住这种下滑趋势的迹象。我空有一个梦想，却两手空空，无可奈何。

那些年我就漂泊在那片山地之上。极目看去，远处都是波浪一般的群山，我的目光淹没在其中，看不到尽头。在那片山地之间，我感觉生活总是在同样地折叠，再打开，再沿着原来的痕迹折叠。生活比住的那个小山村背后的西山还要顽固，无论多大的风吹来，都纹丝不动，根本没有什么变化，甚至连变化的希望也没有。

那时的少年伙伴都在困苦中找一些难得的乐趣。在西山的那座山坡上，我们几个人掀开石头抓蝎子时，可能看到隐藏在下面的蛇，会有因惊吓而产生的兴奋，这也是一种刺激。因为我动手能力不行，很少在差不多的时间抓住两只蟋蟀，往往是还没有等抓到下一只蟋蟀，这只就"光荣"（死）了。其他伙伴也没有抓蟋蟀或者斗蟋蟀的兴趣，这样就是看它们的决斗也不具备条件。我只是有一次抓住两只不知是什么名字的甲虫，拇指般大小，黑而偏长的身体，披着漆黑的外套，都有一对雄伟的大钳子，因此，就让它们同胞相残，也感受到了一次皇帝观看角斗士拼杀的快乐。

当然，在夏天的夜里，我也可以找到一些乐趣。这就是在树林里烧着一堆麦草，然后，用石头猛地击打树干，这样，那些受到惊吓的蝉就会在夜里从树上飞起，但是，它们却发现四处都沉没于无边的黑暗大水中，没有可以落脚之处，没有办法，最后不知是投奔光明还是投奔最大的黑暗，全都飞进那个熊熊燃烧的麦草堆中。

四

流云那个村子的女孩子们在附近村庄中属于比较漂亮的。但是，漂亮都是她们的。即使那时我还是少年，我也知道这些野性而美丽的女孩子和我没有关系。我早就意识到了这点，也很早就为自己的前途忧虑，但是，我的父母却无知无觉。

然而，少年男子的天性还是让我喜欢这些漂亮的女子们。即使是最卑微者也会有爱慕之情，这种爱慕细流的力量不比大江大河更小。然而，我只能羞怯地远远看着她们。有时远远看着也是一种美好。在那时的夏日，特别是一场雨后，青草总会绿得发亮，牵牛花生机勃勃地地开着，一些美丽的甲虫也会在上面快乐地生活、栖息。远远看去，那些万年不变的山石会幻化成不同的模样，静静地停泊在那里。如同山羊一样的女孩子们就在青草和石头间跳跃着穿行。那些情窦初开的少年则心里怀揣着和女孩子们交往的愿望，跃跃欲试，却又踌躇不前。那种少年的心情隐藏在云中，朦胧却难以表达。

那些年的云真漂亮，天上的羊群在天上吃草，地上的羊群在地上吃草。那些年那个山坡上的云是神仙的居所。它们不知从哪里来到我的家乡，也不知是谁邀请来的，却闪着透明的光，让每个在其下的少男少女都一片洁净。这些云在我一无所有之时，还让我保有一份纯洁。这些云是上天送来的礼物，平等地赐予每一个人，在没有被现实的阳光照透之处抚慰着我们。

好多年了，我到处漂泊，感觉人不同了，就是看到的云也不同了。我曾到过西部的一些地区，那里风沙卷起漫天黄沙，让上空的云昏黄一片。我在南方的一个大城市教书，那里上空的云被高耸的楼房逼得看不到完整的面目。然而，无论在哪里，都没有遇到在故乡那个山坡上看到的云了。故乡山坡上的云显得既真实，又透明，同时也很柔和，和我的心脏中的高低不平之处完全熨帖。

什么样的船，就过什么样的水，什么样的眼睛，就看什么样的风景。我有时会认为自己在异乡的中年看到的都是一些假云。

站在村中心的供销社

一

虽然我不是顽固地抱着过去不放手的人，像是我的祖父对着他的烟叶，多少年都是一种方法种植，一种方法熏烤，但是，每次我看到以前村里遗留下来的供销社的房屋，都想紧紧地把它抱起来。如果它不是那么高大坚硬，我都会折叠一下，像是包裹一样，放在行李箱中带走。我对供销社感觉那么亲切，是那种带有敬畏感的亲切，好像是我以前得到过供销社什么好处似的。其实，即使在供销社最为流行的时候，在供销社上班的人在村里最神气的时候，我对供销社也只是一个外来者。

没有办法，我就是喜欢那村子中心十字路口的那座最高大威武的房子，当然，这种供销社在我们附近的地方标配还要有个很大的后院。卖货的房子一定要开个后门，后门和后面的院子连着。后院对于少年的我而言，异常神秘。因为它经常都是大门紧闭着，把所有的隐秘关在里面，这些隐秘只有和供销社的售货员住在一起。等到售货员启新上班的时候，就会打开供销社开在山墙上的后门，然后从柜台出去再打开房间的门。那时，我感觉他就是这个村里最闪耀的人，这一点从他的神情也看得出来。

即使门外面已经等了几个买东西的人，他还是夸张地在打开门时伸了个懒腰，幅度之大，好像要把这个村子都搂在怀里。虽然买东西的人随着他懒腰的尾声进入了房间。但是，售货员启新并不着急，他把那把靠在货架一角的扫帚拿出来，用手怜惜地抚弄了一下扫帚头上的芦苇小细棍，然后在柜台上装模作样地扫上一阵。这就让一般的农村人羡慕了。因为我们家那时都用的是高粱糜子的扫帚，母亲还会对扫帚利用到极限，直到扫帚上的高粱糜子成了秃尾巴鸡才罢手。最后简直不是在扫地，而是在摩擦地，把泥地的屋里弄得如同鸡刨得一样。

当然，如果这么算完了那就小瞧售货员启新了。然后，他掀开水泥货架上的专门供售货员进入的小木门。这个门是可以向上掀起的，打开小木门后，他迈着四方步到里面的一个角落里，那里有一个脸盆架，他从水壶里哗啦啦地向外倒水洗脸。洗脸一定要从上到下，从左到右，顺序不能出错。肥皂一定要用带香气的，毛巾一定要用还有些新的，只有这样才能符合他的身份。不要问我为什么知道的那么详细，因为我小时候无聊的时间特别多，经常是第一个进入那家供销社的门的，因此，售货员的那套开门程序我看过了不下一百遍。有时，即使在我幼小的梦中，售货员启新的那一套固定的开门卖货程序还霸气地挤进来，把我的梦和现实交织在一起，混杂不清。多少年这都成为激励我的一个梦境，我发誓一定要成为他那样的人。

这有什么值得怀疑的吗？也不可笑啊。在我们村里，那时都认为他是国家的人，是公社安排他到这个供销社工作。在我们那里，我估计很多少年都有"成为当时的他"这种想法。在那时，我只要想一下，就会感觉满满的幸福感如同午后的阳光在身体内晃晃荡荡。

在中午时那家供销社的门口，村里无事的人就开始聚集起来。在门的西侧，不知是谁放了一块大的平板石头，面上也不平整，但是，那么多年来竟然变得越来越平整了——上面由于无数脚、手、屁股的摩擦变得更加光滑。这一点多像我们人啊。即使你很有棱角，经过那么多年的人情世故风雨的销蚀，也会变得越来越光滑，越来越符合规则了。

在晴天，太阳慵懒地从头顶经过，它在无声中以亿万年不变的弧度在缓行。在上午的时候，太阳就把那块石板照得闪闪发亮，让启新的心也闪亮无比。除了围观下棋的人群外，公鸡和母鸡们也在附近细细地勘察着地形，以掘地三尺的精神寻找着吃的东西。那块大石板在白天少有闲着的时候，我想它是我们村最忙碌的石板了。不知它从哪里来，不由分说地被安排在这里，不管它喜不喜欢在它身上来回走动的象棋。象棋才不管那么多呢，它们在两方棋手的指挥下，在忙着各自的事情，该过河的过河，该将军的将军。

我以为那个村子的生活就会这么过下去。那时我们村出去最远的人是到几十里路远的煤城挖煤。如果想走得再远，那就是连自己都不原谅自己的事情。那么多的人都待在村子的石头院子里，像是藤蔓一样依附在石头墙上，所有的野心可能都在村头终止。外面的世界过于遥远，遥远到我们村最大胆的想象都不能够到达。那时售货员启新可能和我一样，想着日子就这么永远地滑动下去。

二

我不知道启新最高光的时刻是什么时候，但是，我后来隐约知道他的低谷是从什么时候开始的。在供销社对面有一家人。那家的男主人真名叫什么，除了和他差不多年龄的玩伴或者亲朋能知道，其他可能就是他的户籍本能知道了。村里人都叫他洼地。要知道，在村里一些有地位的人大家一般都只是知道他的大名，譬如说启新就是如此。但是，却很少有人知道洼地的大名，这也说明了他在村中的地位。

洼地在村中的地位却是和他的外号相符的。他不仅家里穷，而且还好赌。在他和启新成为竞争对手前，不止一次低三下四地向启新借过钱。启新说，这个洼地可不是以前向我借钱的时候了。他整天滥赌，半夜输光了敲我的门，不借钱就不走，最后把家里一头喂了半年的小猪给我当抵押。你看他喂的那头小猪，半年的小猪喂的跟猫一样大。

不过，一个人并不一定永远在低谷中匍匐，洼地也不可能永远是洼地。洼地的发家就是从他经营小商店开始的。在这之前，他还专门向启新请教。他家开的那是什么商店啊，就是小小的一个门面，起的名字也不大气，叫作"小卖铺"，这怎么能和启新的大"供销社"相比。这间小卖铺直接对着南北大街开了个窗口。一开始连个雨棚都没有，雨一大了就会顺势流进了屋子里。后来改进了一下，在窗户上方向外安装了一个能吊起的盖子。小卖铺里面的摆设也不正规，把酱油摆在化肥旁边，把糖果放在鞋架子下面。反正是启新怎么看也不顺眼。启新一开始还真的没有看得起洼地，还专门向他传授了一些开店的真经。

对于洼地家的那个小卖铺，如同阳光下种下的蔫头耷脑的红薯苗子，村里人都没有想到过它能活下来，别说更大胆地去设想能够活得很好。估计洼地自己也是心里打鼓，没有想到，它竟然活下来了。不仅是越活越旺，而且藤蔓有向着四周蔓延，有压过对面的启新的供销社之势。

之所以如此，那时我就会总结，我想原因就是有这么几点，一是虽然两家卖东西的店铺都在村子的中心，但是，洼地家的直接对着南北大街。通南北大街的路更加宽大，路更加顺畅，经过的人心情也更加舒畅，心情一舒畅可能就要买东西。一抬头洼地家的东西就在触手可及之处，不买他的还买谁的呢？

二是洼地虽然长得不怎么样，但是，他和父母那时还没有分家，家里有个漂亮的妹妹还没有出嫁，整天帮着卖货。可以想想，一位美丽的女子站在窗子前，笑靥如花，巧笑倩兮，美目盼兮，还用满怀期待的眼神看着你。即使没有对你打招呼让买东西，农村人脸皮都薄，特别是那些年轻而精力旺盛的男子，如果你不买点东西，你内疚吗？对得起那个笑容吗？你的良心难道不痛吗？这不是我说的，估计当时不少年轻男子都有这种心理。因此，往往会不顾自己的囊中羞涩，为了不辜负那美好的笑容，努力买些东西。其实，就是笑容也是值钱的啊，特别是漂亮少女的笑容，也可以让那些漫长而寂寞的时间变得更加生动有趣一些。

当然，最关键的因素是，洼地有一个外援。他有一个姐姐嫁给附近煤城一个煤矿的矿长。在他滥赌那些年，姐姐看着他不着调，就不怎么和他联系。后来看到娘家的弟弟走正道了，也不怎么赌了，就借钱把洼地那家小卖铺重建了一番。这简直就是鸟枪换炮，面积扩大了很多，货品也更全更多。更重要的是还把煤城的时髦名字带到了这个小卖铺，重新改了个超市的名字。

这在当时可真是个不得了的事情。在我们那个地方，大多数人还不知道有超市这个东西，也不理解超市里到底有什么东西，就冲着这个名字，也拉来了不少人气。不仅是我们村的人去买，就是连附近村子里的人也兴致勃勃地前来，其实也是来看看超市到底卖什么。结果来了以后，就更加要再来。这是一种什么样直冲心灵的存在，高大的房屋两层，需要的东西应有尽有，那么多的货物即使不买，也会满满的让心里的欢乐膨胀到最大。

三

这下彻底地震动了对面供销社的启新，即使他内心有一万个不服，但是，形势比人强。愤怒、嫉妒、羞耻都必须压在心里。他开始自救。最开始是给供销社改门，把以前向南的供销社的老门，改为对着那间新超市的门。同时，还在门的一边新开了一个卖货的窗户。

启新早晨不再九点才起来打开供销社的门。他早早起床，也不再慢条斯理地用那芦苇的扫帚扫柜台了，柜台都拆了。他洗脸的速度也更快，也不在外面的人急着买东西时细致地在脸上抹雪花膏了，对过来买东西的人态度也好多了。我几次在顾客买东西时都为他脸上努力挤出的笑脸而着急。对面的超市就这么把他那么多年养成的习惯治好了。

但是，他无论如何都没有改变供销社这个名称。因为这是他过去荣耀的象征。想当年，他在这座高大的外墙上涂着正楷的"供销社"房屋里上班时，他在村里是多么闪耀啊，即使是太阳最亮的时候都比他逊色。这座供销社的名字好比是金字塔的名字，是他多年建造以及村民多年心里形成的金字塔，他不忍拆掉这座金字塔，也不忍给供销社改一个其他的名字。可以想一下，如果把埃及的金字塔改成"巨型石堆"或者其他类似的名字，我估计金字塔都得羞惭地自我倒塌。

　　可能启新也想学习对面商店使用美人计卖货，但是，对于他而言，这是没有办法效仿的事情。其实，他也有一个漂亮的女儿，是我小学的同学，蜡梅花一样的柔美。一想起她，我就感觉小学校外一处人家的蜡梅花开放了。其实，我经常去找启新下棋，内心也有一种特殊的心理在里面。但是，启新的这位女儿此时已经出嫁了，也就在这方面丧失了扳回一局的机会。

　　因为两家商店对门，这给村里买东西的人出了一个不小的难题。大家都是同村的乡里乡亲，不少人买一次东西都是心理的一场战斗。当进入一家时，也很难从容地像个顾客。可以说，真的跟做贼一样。我的天，真的希望两边的店主人同情体谅一下顾客的心情。有的人做了个折中，就是这次买这家的，下次买那家的。但是，两家对面的老板精着呢，他们都紧盯着对方的门口，万一买东西的人记错了，就可能在对方店主人心里造成不小的波澜。我那时不理解，为啥两家商店对着门开呢？这不是典型的制造人民内部矛盾吗？再说，如果店主人心理素质不好的话，这得多伤心啊。

　　不过，那家供销社如同陡坡上向下滑的独轮车，启新竭力把这辆车子扶正，咬着牙让他的这家供销社不再不受控制地下滑。然而，一座大厦将要倒塌不是他能扶住的。他的供销社还是不可阻挡地走向了黄昏。

　　这难道是他的错吗？他只是顺着河水流动的方向漂流而已。在那条河里，有被裹挟的泥沙，也有枯草、树木、鹅卵石，甚至善于游泳的鱼也不能完全控制自己的命运。

启新最后甚至没有保留住他那个供销社大院子。那是个神秘的大院子，在夏天的蝉声里，我都能听出蜡梅花一样女子的香气，后来却被人买走了。因为上面供销社说这座建筑是集体的，虽然是建在村里，但是，在清理集体财产的时候要收回去。如果启新要买的话，可以优先卖给他。不过，这么多年惨淡经营这家供销社，并没有给启新带来多少收入，即使有点微薄的收入，也消耗在如同沙漏一样的生活里。更为不幸的是，这座供销社整个建筑被卖给了对面的那家超市老板。这种打击是双重的，如同启新这些年努力地在地上刨土挖坑，最后才知道这只是为了准备埋葬自己。

听说启新在退掉那个供销社的大院子后，一直对那种开向街道的窗子念念不忘。即使他不再卖货，还是在家里向着街道开了一个窗子。难道他认为自己供销社的败落是从这么一扇小小的窗子开始的吗？可惜他的窗子开得有些晚了。这扇窗子就像小卖铺最初对着大街卖货的窗子，外边是用席子和塑料钉在一起做成的窗子盖，一打开，就可以看见大街上的人。那些人好像永远走不完，电影里一样，当时想着是动的，很多年后回忆都成为静止的了。

我多年后开着车回老家，打开车窗和一个人说话，忽然发现另外一个窗子外边不远处有一个白发苍苍的脑袋，这个高瘦的人——当年供销社的主人启新竟然衰老成这个样子了。不过，那个供销社的房屋还在，整齐而厚重的墙上还留着过去供销社的痕迹。

这个村庄仍然缓慢地向前走着，老牛一样地在大地上走着。天空庄严而阔大。在我们无法触及之处，默默地照看。

只要那个供销社的房屋在就可以，不管它现在属于谁的了。

桥头的水电站

一

这个站立在桥头的身体破旧、面目沧桑的水电站，我还不如不认识它呢？不认识就和我没有关系。如果我不认识，它就只是一座将要倒塌的建筑，普普通通的，我不用关心它是被冬天北风吹得冰冷的，还是被夏天的太阳烤得发烫的。不用关心哪一天旁边的一棵老树倒塌会带动它脚下的泥土，不用关心下一场洪水是否撞击着它的巨大的脚跟经过。

如果不认识，就看不见它滑稽的外表，空洞的肉体，也看不见它枯老的灵魂。如果是那样，谁在这座建筑物外边很随意地写那些字和我有什么关系呢。那些是什么呀？什么专治花柳病、癌症、白癜风等疑难杂症，好像全世界的名医都集中在这了。当然，对于如此大的破旧墙面，只是写那些东西无疑是浪费了，还有人写着收购死狗、死猪、死鸡。虽然那些狗、猪、鸡都最终要死，但是，这些人收购的都是生病死的。这些东西不知最后卖到了哪里，最后到了谁的嘴里，有谁的嘴在贪婪地咀嚼着，胃却大声地咒骂着。

在这座建筑物的内部，由于那么多年来没人管理，它的门窗都被拆掉了。从它模糊的外表，可以看出当初建筑的质量不错，不过，现在已经是日薄西山的老人了。它的窗户、门都洞开着，如同老人没有牙的嘴巴。但是，毕竟它还是有呼吸的，还是会叫喊的。在有风的时候会叫喊，在夜里也会叫喊，它的叫喊曾经无数次惊醒附近的人家。

只有熟悉的人才知道，这座建筑是有灵魂的。你看不见，说明你还是不熟悉它。它的灵魂痕迹就在这座破旧建筑物的内部。由于内部的发电设备被拆掉的一点儿没剩下，连一个小的螺丝钉也被调皮的孩子用锤子或者石头敲下。最后只是剩下了一个沉重而巨大的发电铁杆，通过在这个建筑物地板上的一个方洞，连在下面流水地方的一台废旧设备上。如果你仔细地听，这座建筑物的灵魂就附着在留下的铁杆的红棕色铁锈上。因为它认为这是最值得信任的力量，也是当年最有力的部分，它想借此复活。当然，即使在夜里，灵魂并不安宁，它会站起身来，如同沉睡了无数年的老者，在那里痛苦而困难地扶着自己的膝盖站起，缓缓地如同一棵将要倒下的古树。但是，它还是会努力地支撑着自己。它没有死，因为灵魂还在，灵魂在的话就不会真的死亡。

其实，对于这座水电站的破坏，村里的很多人都贡献出了一部分力量。我也是其中的一员。当然，我的罪行也不严重，就是在水闸门边上割掉了小小的一块橡胶块而已。何况，我不是割那个用来阻水的橡胶带的唯一作案者。在我之前，它们已经被别人割的像是狗啃过的面包。除了无聊，估计我们对这橡胶带图谋不轨的原因就是把它作为小学生的橡皮。目的是没有问题，就是手段有问题。因为那时人都穷，小学生买不起橡皮的不少，就割下这种黑乎乎的东西来利用。结果是勉强能够擦掉错别字，却把纸上擦得乌黑，比我当年下煤矿下班上来的脸还黑。由于这种黑橡胶比较硬，有的手狠的，一用力，还把纸给擦坏了，留下一张带眼睛的作业交到老师那里去。老师就会骂，你是吃纸啊。

不过，我那次割橡胶带的活动结果很不理想，明明看着周围没有人啊，好不容易得手，没有想到身后不远处站着一个膀大腰圆的大人。印象中这个人是村里的干部，不过他倒是早说啊。他就是那么静静地站着看着我用小刀咬牙切齿地一点点从那条橡胶带上切割，比割晒得最坚韧的干牛肉还要费劲。只有到了最后，他才抓了我个现行，还要把我抓到大队部里去。那时我可真的吓坏了，就像是一个真正的罪犯，不知道这是不是后来让我选择学法律的最初根源。

我的脑子里嗡嗡作响，像在水中窒息一样，好久没有从深水里浮出来。即使那次那位大队干部简单教育后放了我。等我大学都毕业了，再见到他时，他已经成为老人。他的身子好像被谁按下去一截，浑身也好像收缩了。但是，无论如何，他在我心理上投下了浓重的阴影，就是在那时，我还对他心有余悸。

可以说，所有的破坏都来自建设，如同死亡来自生一样。这座水电站也有它青春的太阳光芒万丈的时候。那时它年轻力壮，如同一生中最美好时光的青年。在发电时，它让轮机发出震天的轰鸣，让周围的黑夜露出笑意，光一样的笑意。这个水电站真的是那时附近最伟大的画家，只要它开始挥动如椽的巨笔，就可以把周围的黑暗涂抹成光明的模样。这片山地、流水、村庄、树林、道路，数不尽的生生死死，可能从创世纪以来都没有怎么改变过，它们的改变是从这个水电站开始的。水电站让它们获得了不同于以往的生命。

二

水电站的生命则是上面堤坝里的水给的。水是它的血液。对于水而言，内部的水一定像是血液那么流着，我们只是看到了它表面的皮肤。在更深之处，水的血液掩藏着水的秘密，里面有鱼的秘密，也有泥沙、水草的秘密，当然，也掩藏着一场场大水淹死的人的秘密。

在水底，水把河床的瘦骨嶙峋的骨骼掩藏起来，这让它无论多少年看上去并不衰老，都是像流动着年轻的血液的模样。其实，它已经活过了无数年了，那么多的老人不过曾经是在它怀里戏水的儿童而已。我们看到的只是水的外表。只有在大旱的时候，水才把它那不堪的一面让人看到。水是多么深沉啊。

　　水电站和村里的水库相连。这个水库是后来才形成的。是用一座横着的堤坝拦截渊子河的成果。本来渊子河就是那么自由地流着，却在一个时代的几年里，被一伙蚂蚁一样的人群包围了。他们不仅包围了渊子河，而且像是对待烈马一样对待它。他们在附近山上搜罗石头，从县城运来那时农村很少使用的水泥，不管渊子河是否同意，就用一条锁链样的水泥石头大坝把它锁住。不过，我怎么感觉这座堤坝没有驯服这条河流呢。如果真的驯服的话，那也只是暂时的，它在等待，在积蓄力量等待洪水到来的一刻。我不知道这条渊子河从哪里搬来的援兵。在夏天，我看见援兵来了，洪水翻腾，遮天蔽日一般。这些洪水都是有手的，它们猛烈地推着两边的堤岸，粗暴地把岸边粗大的柳树和杨树推歪，轻松地越过河西岸的田地，把里面的庄稼连根拔起，让不小心的人失足落入水中，这都是在为那被困很久的渊子河还债。

　　但是，它还是没有能超越人。人是这个世界上弱小而强大的复合体。当然，也是愚蠢和聪明的复合体。如果人没有被淹没在这条河里，就复活在这条河里。这些翻腾的水被引入那巨大的水闸下，在那里，以狭窄的通道冲刷着水轮机——在这座水力发电站里，水获得了光明的身子。在我们没有火电的时候，我看见了这些水的异形。它们或者是一刹那就可以充满房间，或者是在暗夜探出细长的身子。夜里从这里经过的人还不知道，照亮它们的不仅仅是光，也是水。那曾经狂暴无比的水，此刻温柔地抚慰着不眠的人心。

三

　　承包这座水库的是我的一个堂叔，我很多次提到了堂叔的事情。不过，他们不是一个人。因为我的祖父有兄弟七个，除了两个没有结婚生子外，他的每个兄弟都有几个儿子，这是我其中的一个爷爷的儿子。

这个堂叔在我没有接触到动物世界之前，是不能给他作出一个形象的比喻的，直到我看到了蜜獾。对的，就从他走路的步态而言，真的是一个人形的行走的蜜獾。他本来身材不高，却很壮实，就像是专门矮着身子迅速地走。同时，在他的性格中也有蜜獾的部分性格，我指的是部分，不过，这也足够他承包这座水电站及水库用的。

自从堂叔包了这座水电站和水库之后，这里就是他的领土了。任何其他的村里食草农民①以及其他个别蜜獾一样的村民，都不能侵犯这片领土。本来在渊子河没有锁住的时候，鱼都是大家的。像是那个著名的哲学问题一样，谁也不知道它们从哪里来，也不知道它们到哪里去。但是，自从堂叔承包之后，这个哲学问题在这里就有了答案。一般情况下，谁也不能在水库里钓鱼。如果真想钓也可以，就要支付钓鱼费。当然，这也区分人的，如果是村里的主要干部或者是乡里的干部就不在缴费之列。

每年夏秋之交都是他把水库里的水放干抓鱼的时候。这时他承包的水库成为他狂欢的海洋。还没有等到水完全放干，他就冲了进去，因为里面的鱼噼啪的跳跃像是号角一样催促着他。我看到过他抱着一条很大的鱼，尾巴像是蒲扇一样，声音很响亮地打了堂叔一个耳光，这更激发了他蜜獾的斗志。他扯下上身的汗衫，倒是没有什么肚皮。在我们那里，即使是相对生活好点的也不会很胖。不过，这种身材给了他更多的灵活性。他张牙舞爪地奔向那几十斤的大鱼，但是，在水中，鱼的力气比在岸上大了很多，它才不给堂叔面子呢。这里是它的地盘。如果不是水浅，我想它能轻而易举地把堂叔掀翻。他们两个就那么你来我往地缠斗在一起，直到最后，不知是鱼累了，还是认命了，堂叔一只手插在大鱼的嘴里，一只手携着大鱼的尾巴，筋疲力尽地把它弄到岸上。那时我清晰地看到

---

① 食草，指相对凶悍的蜜獾而言，没有攻击性，老实的农民。——编者注

了那条鱼在他脸上留下的印记——眼睛下面留下了几道血丝，和他老婆挠他那次差不多。

这时堂叔看到了我和几个村中的少年在岸边浅水里捡一些小鱼。他毕竟是我堂叔，算有些血缘关系，也不好直接对我呵斥，只能是借着对其他少年吆喝向我明确地宣示主权。"你们这帮毛孩子，这里是我养的鱼。你们想抓鱼，到下游去。"

少年们有的畏惧地把手中的小鱼藏在身子后面，趁着不注意悄悄地溜走。有的干脆就把鱼直接放了。我才不怕他呢，因为毕竟有那种亲属关系，过年的时候我还每年给他磕头拜年。我就在那里嚷嚷说，这也不是你们家的鱼啊，你养的鱼都是大的，鱼身上颜色也浅。我抓的这几条都是小鱼，颜色深。这儿的鱼在你没包水库时就有了，是从上面发水冲来的，又不都是你的。这时，我看见堂叔裸露的肚皮在那里鼓了多下，却也不好怎么发火。毕竟我管他叫堂叔，如果他因为这几条小鱼打骂我，这里乡村的风俗也会替我把他打趴下。

堂叔是一个知道进退的蜜獾，并不是真的完全像蜜獾那样生死看淡，不服就干。也就是那条大鱼，我亲眼看到了它从河里游到本村村长家里的过程。因为村长也是本家。这是一个很幽默的人，即使在倒台后那么多年，也不改这种习惯。堂叔在晚上送那条大鱼的时候，虽然鱼因为白天的搏斗精神有些不佳，但是，能够听得出来它还坚持活着，并且一直在一个大水桶里重申这一点儿。我在旁边能够清晰地听到它用尾巴敲打着那个硕大水桶的声音，敲门一样：放我出去。

堂叔看我也在村长那里，只是稍微愣了一下，也没有感觉到多尴尬，毕竟我只是一个小孩而已。他先是弄妥桶里的鱼，然后脸向上仰着看村长，就像是向日葵对着太阳那样仰着。"叔，今天我的水库放水了，逮了一条大鱼，送过来给你尝尝。"他对村长说。

村长在那里本来正忙着安排村里义务工的事情。看到这里，他龇牙笑了。我那时才注意到原来他还镶着金牙，就在门牙那个位置，这让他在黄昏的灯光里笑得金光闪闪。"你倒是挺有孝心，想到了这个水电站、这个水库是谁让你承包的。"说着村长也弯腰看桶里的鱼，鱼在桶里一直抗议着这项交易。

"这条鱼背上都黄了，看来不是你放养的鱼，是野鱼。"村长说。

"就是野鱼，现在养的鱼没有以前那个味了，放养的鱼哪能给你。这野鱼劲儿就是大，你看我这脸让给打的。"说着他把脸凑过去，露出讨好谄媚的笑。

"打得好，值，值。"村长哈哈大笑起来。

多少年后也是差不多黄昏的时候，那个村长已经被推翻好多年了。水电站和水库被另外一个村里人篡权承包。我那个时候从事法律事务。在村里也算是见过世面的人。堂叔在桥头那个灰暗的水电站旁小心翼翼地把我拦住。看着周围没人，他絮絮叨叨地给我说起水电站和水库被别人抢去的不甘心。这次他确实知道我是他的侄子了。不过，我最怕的就是村里的这些事情找我。因为这里并不是法律完全能掌控的地方。在这里，能看到法律与世俗规则并行，也能看到习惯让法律无话可讲。

我看着水库的水面不知道说什么才好。此时，东岸的灯光已经亮了起来，这让水面如同天上的星空碎银一样地闪烁。在水电站出水的桥洞下，水还是旁若无人地流着。已经多年不发电了，这座发电站黑黢黢得像是虚空影子一样，无力地漂浮在那里。

桥头的水电站还是那么沉默地站着，无喜无悲。好像不知道我们两个人在桥头上的存在一样。

水还是那么无始无终地流着，即使走了那么遥远的路程，它好像永远不会疲惫。很多年后，这条河水还是这么流着，无生无死地流着。不过，后来的人可能不知道这条河是如何流过。

从中学到公社大院

一

我们公社的大院面积很大，这么大的一个院子，从大门口到大院的后面院墙几乎都是坡度。即使是缓坡，也是一个漫长的缓坡。当然，当初这么建造并不是有什么特殊的含义，也不是职务最高的办公室在大院最高的地方。权力并不是这么从上向下流动的。这么建造可能是受地形所限，是无奈之举罢了。我也不知道这座大院子的职务最高的人在哪里？其实，在地势最高地方的那间简陋的办公室是公社的广播站，那个广播站也是我唯一去过的地方，因为里面工作的两个人都是我们村的。

当然，在广播站那排房子的后面，还有一座很大的水塔，整天湿漉漉的，好似每天都在它的身上下雨。这座水塔在我们那里是一个稀罕物。对于我而言，它庞大而陌生，带着一种缓缓而来的逼人的压抑，巨人一般威武地站在那里，这无形中增加了整个大院的权威性——只有公社的大院才配得上有这种水塔。这座水泥制造的巨人自然带有一种排斥我的感觉，不过这只是刚开始的时候，去的次数多了，它的那种森然气氛也变得熟悉，熟悉就减少了畏惧的程度。由于这个水塔有一处漏水，我还用带有嘲弄性质的手在炎热的夏天在那里接水喝。

在公社大院这块地方，由于它的突兀，让它比下面的地方距离天空更近。那时晴天时，天空更加青蓝，云如同雨后洗过一样雪白，这都成为常态了，反而让人们都视而不见。

公社大院的院墙并不高，我在水塔那里接水喝时，曾经站到墙根向院墙外远处张望——我那时身材不高，你就可以知道院墙多高了吧。不过，由于大院是建在一个山坡上，它的外面却借助地势形成了不小的落差高度。我向着院子外张望的时候，几棵柿树迎面撞了上来。可以说，我当时的内心还是膨胀了许多，好似我站在院子里，就成了这个院子的一员。

如果院子外面不逢集的时候，就看不到多少人，稀落的几个都是公社驻地所在村的农民，他们在地里一起一伏地如同祈祷般忙着点种子，或者是拔什么庄稼。北方远处有一串连绵而弯曲的山，一点儿声音没有，和这些人一起无言地站在这么一片高远的天空下。不过如果逢集，那时赶集的人比现在多了很多。那么多的人从太阳一竿高的时候就开始拥向这个集市。这些人从公社大院大门口的大路过去，从院子外的那座有些历史的石桥上过去，从中学那个方向过去，仿佛下大雨把雨水聚集在一起形成溪流一样，很多人的溪流都奔向了这条人的大河。人很快从人的大河里溢了出来。在冬天，连更远处的麦地里也有不少人在行走。由于担心压坏了麦子，村里的几个人向着远处喊着什么——在冬天，麦子适当地踩一下是有好处的。但是，如果踩得太厉害，还是会影响来年的收成。

这都是院子外面的事情。那么，这个院子里又是怎么运行的呢？那时，公社大院几乎每个办公室都不大，也并不忙。那些本来是绿色的门，后来由于时间长了，散发出斑驳的沧桑颜色。有的办公室好像很长时间都没人进去了。蛛网在门上面的空当潦草地编织着。有的办公室门口还有一两棵当地的树，也就是柿树或者槐树之类的，没有什么奇特之处，都是那么闲适地站着。

这些房子都一排排地横着，几乎长着一样的面孔，如同蜂巢一样。那么，蜂巢里的蜜蜂又是到哪里采蜜呢？它们是如何让这个蜂巢变得热闹起来？不过，如同我们在远处观看蜂巢，谁也不知道里面的蜜蜂是如何工作生活的，我也是如此。即使我进了这个大院子，却只是远远观望而已。

那么，在这座大院的内部，命令又是如何下达和执行的呢？是不是最高职务的人像是我们的老师一样，站在粉尘飞扬的讲台上，口水四溅地安排我们。因为那个时候最能供我想象的范本就是老师了。校长就超过了我想象的范围。

我从小就喜欢想那些和我无关的事情。在村里，我会想大队部那个大院里面的人到底正在做什么？他们的领导是不是和我的父母一样声色俱厉呢？我们村的水库、山场就是在那座比周围更高大的院子里决定的命运吗？

是的，自从我们家从吉林的那个农村搬迁过来之后，公社驻地这里就是我见过的最大的世界，也是我的想象能够到达的顶点。除此之外，我能想到的都是古书中以及神话中的编排了。

二

其实，我辍学后四年的打工生涯，虽然辛苦、奔波，但是，对我以后的提升是全方位的。这包括尊严的提升。打工后，至少我的衣着方面提高了不少。第二次读书时甚至比班上的一些同学都好。这对我读书有莫大的好处。我是一个自尊心提升到一定高度才有力量的人。如同在一个水坝积水，只有积蓄一定水量才有冲击力。可以想一下，在最初第一次读初中的时候，我连偷偷爱慕一个美丽女同学的资格都没有，我的自尊心比我的衣服还要寒酸。

最初至少我还有爱慕她的心理上的资格。她是一个多么时尚的小姑娘啊——这是以那时的眼光。她家就住在公社大院里，我不知道她的父母是谁，不过，只要住在那里就比我们农村的学生强。当时我不会用气质这个词，但是，后来想想，那确实就是气质啊。她的言行举止都是和我不同的，也和其他的农村同学不同。这不仅是衣服的差别，就是我们说同样的话，她说的也会变得更加悦耳。即使她坐在前面靠墙的地方，那里有些阴暗狭窄，也不能阻挡她的气质——那是一种无以言表的东西——扩散到整个班级。我在另外一面仰望着她，即使我们都坐在同一个教室里，我坐的地方也不是洼地。

如果让我偷偷地爱慕她多好啊，这会让我暗淡的生活有了一点儿光亮，这是由内向外的光亮，至少可以让我循着这点光亮前行。不过，我们班体育委员的一脚就把这微光给踢灭了。这是个瘦高而强健的同学，体育委员一般都具有这种特点，年龄也比我们都大，学习也不好——这是那时当体育委员的标配。在一次上体育课出教室门时，几乎是因为一点儿微不足道的原因，他当着整个班级的面猝不及防地踢了我一脚——我感觉是当着整个世界的面———一脚把我从高处的台阶土踢到了尘埃里。

他的那一脚好像是在暗处扔来一根铁棍，我就那么容易地倒塌了，如同失修的建筑一样。我站起来，眼睛茫然地越过南边的学校围墙，那里有一座高高的山顶，上面是破絮样的几片云，只有它们照着我。除此之外，都是清一色的蓝，蓝色向外溢出的蓝。我被踢倒在教室门口很高的台阶下，周围的同学喧哗声一片，好似没人注意我，却好似都在注意我。我如同在喧哗的潮水中凸显出来。每个人都漠不关心，我后来在南方教书时也遇到这种情况。难道正义只是强大者的正义？

我现在理解他们，越来越理解他们。在一系大河中，如果你不融入其中，就会被急流冲到无可遁形之处。

在被踢那一脚时，我第一反应竟然是那位漂亮女同学看到了没有。如果让什么蒙上她的眼睛多好，这样她就不会看到我的羞辱，然后是茫然，这是一种会扩散的茫然，慢慢地就沿着学校那条主路的上空向外蔓延，爬上那个山坡，再到山顶，最后就和无动于衷的天空在一起了。

我在教书时评博士生导师也遇到这种情况，恃强凌弱并不因为知识的提高而改变了形态，它不过换了一个更不易识别的外表。有时甚至连外表也不用掩盖。我评博士生导师符合甚至超过学校的所有标准，却被人以"不符合设立标准"为由阻止。

恍惚间，时间仿佛倒流，好似那个瘦却有力的体育委员猝不及防的一脚又一次踢来，四周一片沉默，每个人都忙着自己的事情，没人会关心。可能会有人同情，但是，必须装得不同情，才能融入漠然的流水中。

这一脚只是其中的一脚。我最初读初中的时候，挨过很多脚。当然，这都是以不同的面貌出现。

手也是脚的另外一种形式，是长在身体上面部位的脚，它们能和脚有同样的力量。当时我的一个物理老师因为我上课时偷看桌洞里的文学书，她从讲台下来，双手不厌其烦地伸进我的嘴里，用力撕扯着我的嘴角。我尝到了冰凉的粉笔味道，课堂里发出一阵哄堂大笑。这些同学都应该感谢我，这是一个炎热的夏天，众人都在昏昏欲睡，我的嘴角的疼痛让他们醒了过来。由于嘴被掌握在那位女老师手里，我无法低头。不过，眼睛的余光还是看到了桌洞里，里面的红薯煎饼散落在那里，破碎成一片片的纸板一样。

我知道体育委员和阻止我评博士生导师的人采取那种方式的目的，就是让众人对他（她）们产生恐惧，知道他（她）们手中的权力——姑且不论这种权力的大小——至少能够短暂地改变其他人的命运。只有如此，才能让人畏惧他（她）们，从而因畏惧给他（她）们带来便利。对于体育委员而言，通过这种威慑，可以更加容易地管理其他同学。对于那个同事而言，可以让其他人知道她的分量——即使我不能帮你，但是，我能毁了你。

不过，我应该感谢这两个人，一个是体育委员，他让我明白了以我那时的状况是不配有偷偷爱慕他人资格的。另一个是那个阻止我的人，她让我明白正义是强者的正义。他（她）们都让我清醒。

体育委员让我打消了对美丽女同学的爱慕，重新回到现实中。那个阻止我的人让我更加认清了现实。我重新把很大部分的精力收回到文学领域。这其实是最没有用的领域之一，但是，它有一个其他领域没有的好处，就是可以记录。记录能够产生力量。

三

我同班还有一个同学是住在公社大院里的。如果不是后来我们重新相遇。我很长时间都忘记了他曾经是我的同学，也忘记了他是公社大院的。当然，如果他不是与读初中时相比差距那么大，也不会在我的印象中凿出那样的深坑。

对于我的这位男同学，当时只是感觉他读书时很调皮，真的很调皮，到底是怎么调皮的，我也忘记了。即使他为人和善，不过，毕竟和我交往不很多，在这些不是很多的交往中，他给我留下的标签就是调皮。

那时自行车是很少见的，他住的公社大院距离中学就那么两三里的距离，但是，他每次都是骑自行车最后或者是接近于最后到学校。按说他有这么快速的交通工具，不应该来得这么晚啊。其他公社驻地所在村的同学都是步行，到教室却比他更早。

他骑自行车也不慢啊。每次快上课时，我都通过教室的窗户看到他从学校院墙外的土路上骑着自行车风驰电掣地赶来。我们那个中学，因为建在山坡上，可以从教室看好远的地方。可以看见院墙外的道路，道路上方的薄薄的一块块山地里种地的农民，远处是一片模糊的村庄。这片村庄以模糊的面目示我，那里有一片模糊的院墙、模糊的炊烟、模糊的树木——梦幻一样的树木，远远看去好似柳树的枝条。

这个同学骑自行车也很有特色，就是那种奋力地冲刺型的。他浑身摇动着，好像把自行车摇倒一样，却总是不倒，在那倒与不倒之间，他巧妙地掌握了平衡，并且把自行车的速度发挥到最大。他有这个资本来炫耀耀眼的青春。当年他精力是多么旺盛啊，那时我连走路都没有多少力气。

我初二就辍学了，本来和这个同学关系不太亲密，也就没有什么联系。其实，我感觉和初中同学关系亲密的不多，只有一个。他早早地到了另外一个世界。我看不到他，听不到他，闻不到他。不过，我知道他就在那里。

那个调皮的同学初中毕业后去了一个墓地守护公墓。这是后来我才知道的。很难想象，以他那种活泼好动的性格，只有两三个人整日整夜地守着那么巨大的一片墓地。我后来去过他工作的那个地方，属于事业单位。这也可能是他最初选择在这里上班的原因。那里有一个很大的院子，一个比当年公社大院更大的院子，它把那两三个人圈在里面。院子后面开有一扇大门，整日关闭着。在后面院墙外面，长着阴森的密密麻麻的松树，一直沿着山势爬到了很远的山顶。即使隔着高高的院墙，它们也把阴森投入到这边的院子里。

这位同学的性格完全变了。在他脸上，我看不到一点儿当年调皮的痕迹。在他的身上，也看不到曾经角度倾斜奋力地骑行过自行车。那风驰电掣的速度去了哪里？

他现在是一个安静、老实、虔诚的中年人。坐在他的旁边，我感觉安静向我蔓延。他信奉了基督教。这是因为他开始在这个墓园上班时，长时间地沉浸在院子的阴影、松树的阴影、山的阴影以及坟墓的阴影下，从而被这些阴影所浸透，精神受到了不小的影响。为了摆脱这些阴影，他信奉了基督教。他不仅是一个积极参加者，也成了附近那片地方的讲经人。

那个用脚踢我的同学好像到了信用社做临时工。他可能已经忘记了，也不知道他那一脚有那么大的效果，他让我从不合时宜地爱慕一位女同学中清醒过来。那位女同学可能更不知道这件事情——曾经有一位面色苍白、瘦弱的农村男生偷偷地爱慕过她。即使见了，我也不知道她长得什么样子，也不知道她是谁，我只知道自己曾经爱慕过这么一个人。

时间真是一个好东西，它可以打磨记忆中最尖锐的部分，让它们变得可以接受，并且变得好像还有些好玩。不过，当时为什么没有这种感受呢？不知感觉变的原因是什么，是我变了，还是环境变了，或者是当时的事物变了？

赶集和理发店的姑娘

一

从我们村里出发，到东集抄最近的路也要十二里距离。并且那种路都是隐藏在山岭之间，忽高忽低，忽平忽凹，除非是很熟悉的人才知道。在那条山路，一不小心就可能迷路。不过，我小时就知道，只要向东集那个方向走就可以了，早晚都可以到达。我和几个少年或者还有贪图近路的成年人一起，奔着东集那个方向，可以走丘陵，也可以走树林，也可以走田地。越走人越多，等人多到一定程度时，东集就快到了。

感觉那时赶一个集时间好漫长，这增加了劳累程度，也很长地延缓了欢乐。那时怎么那么多的欢乐呢？其实，在那种娱乐很少的年代，在逢集之前，赶集是我提前五天计算好了的。因为那时是隔五天逢一次集。因此，等到去赶集的那天，就兴奋地吃不了多少东西，反正也没有什么好的东西吃。因此，在少年最容易饿的年龄，我就和少年朋友一起在集市上逛上一整天，也没有钱买东西吃，但是，在集市上却也感受不到饥饿，只有在红轮西坠散集回家时，在回去的山路上才感受到饥饿潮水般袭来，报复性地向着我的肠胃轮番发动攻击。

在我的印象中，母亲那时好像就大方了一次——也可能是祖父——在逢冬集的时候，花了一角钱买了一碗羊肉汤给我喝。那时羊肉汤馆是露天的，放在靠近东集那条南北流向河流的西岸，在一片杨树林中，一口大锅热气腾腾地散发着香气。我敢保证，整个集市都会闻到这种香气。

即使这些香气的力度不够，但是，人们的嗅觉够，饥饿会极大地增强了人们的嗅觉能力。我亲眼看见，经过那口羊肉汤大锅的不少人，对着锅里热气腾腾的羊肉汤，努力地吸了很多次鼻子。这些气味都是不要钱的，免费的东西为什么不多吸几口呢？不吸才是傻瓜呢。

那口大锅里的烧得沸腾的羊肉汤也是免费的，不过，卖羊肉汤的老板也不傻，只有花一角钱买熟羊肉才准许喝汤。因此，我那次就带着几张红薯煎饼，由于那点少得可怜的切得像是指甲盖那么大的羊肉早就吃完了，就把煎饼泡在汤里吃。尽管这种羊肉汤早已经被放了很多次水，只是剩下了一点儿咸味和膻味。因为那个老板看着那么多的人过去喝羊肉汤，一锅汤根本不够喝的。他就在快要喝光的时候，挑来两大桶井水，哗啦一声倒了进去，又成了一锅羊肉汤。如是反复数次。

如果祖父带我去赶集就更好了。大多数时候他都在集市上找个摊位卖烟叶，就把我安排到东集那片杨树林中听人说书。当然，祖父也对听书有着不小的兴趣，在顾客少的时候，他让人看一下摊子，抽空也过去听上一段。

那时候还没有"内卷"这个词语，说书内卷这种现象就很严重。那个杨树林中往往有两个甚至是三个说书人。这就看各人的说书水平如何了。就看到每个说书人都敞开嗓门，把手中的醒木敲得震天响，恨不得能把古人说活了，从历史中穿越出来，帮着他撑一下场面。毕竟说书人是宣传他们的事迹的啊。不过，时间都过去那么久远了，无论说书人怎么盼望，最后还得靠自己。

说书是收费的，每段收费从二分、三分到五分不等，多少都行。但是，除了我那个年龄的小孩子外，大人不付钱不行。不过，对于和我一样十岁左右年龄段的小孩子，喜欢听说书的很少。

每隔大概二十分钟，正当说书人说到一个悬念，就在周围听书人翘首以待结果时，他就大喊一声，"且听下回分解"。你看他坏吧，他还真的就不讲了。其实，这也不能怨他。如果不是这样，很可能一些听书的人过完耳朵瘾后，就偷偷地在说书人过来收钱以前溜走了。

那时任何一点儿小的感官愉悦都能让我的内心得到最大的反应。我的内心对快乐是多么敏感啊。为什么年龄越大生活条件越好，快乐却偷偷地溜走了呢？它溜到哪里去了？不知谁可以告诉我它现在的情况如何？

我逐渐地明白，原来快乐是一块固定的蛋糕，它是守恒的。随着年龄越大，我的那份已经吃完了。这样，我的快乐就转移到更为年轻的人那里去了。

二

现在谈一下理发店的事情吧。在我幼年的时候，都是在村中那个十字路口的一个临时理发摊理发的。理发的是一个本村的中年男人，个子不高，样子和说话都很和善。当祖父带我过去理发时，理发匠就给我开玩笑："理个光头算了，省钱，也凉快。"

我嘟哝着抗议："我才不理光头呢？你为什么不理光头？你儿子为什么不理光头？你们全家为什么不理光头？"

祖父一看我要乱说，连忙制止。理发师就问我："那你想理个什么发型？"

祖父笑着对理发匠说："随便理个就行，小孩子，有什么好孬。"

我又抗议："我不要随便理。为什么要随便理呢？"

你看，我小时虽然穷，要求却也不低。这可能是天性吧。

后来，祖父去了煤城，我也慢慢长大。我可以独立地在地里干活，打工也可以赚一些钱，当然，也可以一个人去理发。不过，等我长大之后，就不再去那种摆在路边的理发摊理发了。我感觉那种理发摊太土了。那种摊子就是简单地带一些理发工具，所有的工具都可以用一个扁担挑起来。这还包括一个小炉子，这是留着烧热水用的。否则，特别是在刮胡子时，如果不用毛巾捂着胡子那个地方热透，刮胡子就可能成为拔胡子。我从小也喜欢看剃头匠挑着扁担在村庄里巡行，最好玩的是挑子的一头还点燃着那个小炉子，一边走，一边随着风烟雾袅袅。这是沙僧跳着担子去西天取经吗？

其实，剃头匠理发和理发店理发师理发，我估计水平也差不了多少，说不定那些门面上写着高大上理发店名字的理发师的水平，还不如理发摊子上的理发匠呢。但是，没有办法，我那时正是青春年少，正是虚荣的时候。

小雪那个理发店在东集的南北大街西段，靠着路南，属于比较偏僻的地方，记忆中好像叫"香港美发店"之类的名字。不过，看着门口大街上秋收后晒的苞谷，以及附近冷清的人声，无论如何这也和香港搭不上关系。没有办法，那时的理发店也和青春年少的我一样俗气。

在我们那里，理发师属于手艺人，一般都是很热情的。不过，等我用手撩开那个理发店的塑料珠子编织的门帘进去后，一位白的发亮的女子正在给一个年轻人理发。她好像只是看到一只鸟不小心飞到了屋里，甚至连鸟的待遇也没有，她对我进去毫无反应，就是风吹过一张白纸的动静也没有。不过，既然我愿意享受香港美发店的高雅，就应该承受人家的冷漠。我那时没有去过香港，说不定香港人就是这么理发的呢。

在一两年的时间里，我经常去这个冷艳的理发店女子那里理发。当然，这并不是她理发特别好，我也和那些青春年少的青年一样，也想去沾染一下她美丽的花似的香气。不过，这朵花太冷了，她一定是开在冬天的花。在北方，冬天开得最长的花不就是雪花吗？

小雪这个名字难道真的也会对她产生影响吗？在冬天，这些雪以肉眼看不见的速度降落在这个房间内。即使外面的阳光从窗户上探过身子，照在硕大的镜子上，让这两间房子闪光且有了一些温度，但是，却无法挽回大局，感觉就是太冷了。这个理发店在冬天会烧一个蜂窝煤炉子，不过，我认为就是把整个东集的炉子都堆在这个理发店里点燃，也不一定能让她热起来。

小雪的剪刀如同冷静的手术刀一样，冷酷而准确，看不到任何情感在里面，难道人和工具之间也会互相传染吗？在让她理发时，我有几次都产生了恐惧感，唯恐她忽然想起了什么，刮鬓角的锋利的刀子刮到咽喉上去。可以说，在此之前，我从来没有想到理发竟然要面临生死考验。

有时我理发后，也不像小时候那样喜欢在集市上到处乱逛，就会在小雪的理发厅的一个长椅上坐一会儿。当然，那条长椅上不止坐过我一个闲人。附近村子里或者乡镇上的爱好美色的年轻人也有来的。不过，小雪也不和他们聊天，只是忙着手中的活计。她是一个多么波澜不惊的姑娘啊。

在不少时候，这个理发店向着后面大院子那个方向的窗户上会有个阴影袭了过来，如同老鹰在阳光下留下的阴影——它在准备对地上毫无防备的猎物进行袭击。不过，后来我看清楚了，这不是一只老鹰，而是一只秃鹰，精确地说是一只半秃的鹰。这是一个中年的男人，额头几乎已经秃了，但是，他在前额头留着很长的几根头发，不过那几根头发很是稀疏，总有点欲盖弥彰的感觉，反而让他前面的秃顶更加显眼。

他一把头印在那个窗户的玻璃上，这个房间里马上起了一阵大风。不仅那些好美色的年轻人停止了交谈，就是小雪脸上也好像被谁投了一块石子，一阵涟漪向着阴暗远方好久才消失。

我以前不知小雪的冷漠所在，也没有发掘她身上所罩着的无形阴影的根源。到底是天空上的云带来的呢，还是门前一棵很高大的梧桐树筛下的影子。不过，这也和我没有关系。但是，很多人都有一颗八卦的心。我那时年轻，当然也不例外。坐在长椅上旁边的那几个小伙子知道内情，他们偷偷地告诉我窗户外经常过来窥视的老男人是谁。

这个男人是小雪父亲的把兄弟，是个有钱的包工头，住在县城里。

本来小雪的父亲想让自己的女儿跟着把兄弟上班，这是一个更看得见未来的安排。但是，却没有想到把小雪送到了一个没有想到的黑暗中。这个老男人不顾世俗伦理，不知怎么和自己把兄弟的女儿搞在一起了。小雪也好像被一个无形的鬼魅样的东西领着，越走越远。她好像被鬼迷了心窍，无论父母怎么劝也不回头，就这样奔向正常世俗和心理外的诡谲之地。结果，她的父亲大骂包工头把兄弟，不仅和他绝交，也永远地把小雪扫地出门。这可能就是小雪清冷的原因，当四处都是寒霜冰雪，即使自己身上不冷，也被熏染得冷了。

看不出小雪是农村长大的，她有一种天然的城市女孩子的气质，但是，她家确实是来自附近另外一个乡的农村。在没有认识那个半秃男人之前，她和其他姑娘一样在山坡上放白云一样的羊，在松树下休息，听松针轻轻地落在青苔上。她和其他姑娘一样用陶罐打水，一样在林间穿行，一样用手挥动拂去缠在头上的蛛网。直到她遇到这个做包工头的老男人，就被另外一种难以看见的蛛丝缠住了。

三

我认识秋月是读大学时期的事情了。她在北集开了一家理发店。我那时读书与女同学不熟悉，也没有女朋友。特别在漫长的假期中，她就算我一个女性朋友了。不过，也不知她自己是否这么认为。或许我只是去她的理发店次数比较多的一个青年男顾客而已。那时，到她的理发店不去理发的男青年也有不少。至于去那里到底做什么，凡是有过青春期的男人都知道。

难道我们那里乡镇理发店都是雷同的，或者是同一个设计师设计的？都是冬天一进门时就有着一股淡淡的蜂窝煤炉子燃烧的味道——至今我不能确定这种味道到底是什么，难道是瓦斯的味道？不过也没见过谁中毒啊——都是后面连着一个大院子，留着后门。那个理发店是向着北边开门，有着塑料珠子的门帘，在外面看不到里面有人。一分开门帘，发现人却在里面呢，有男有女，不过，在秋月这家理发店里，人人脸上都燃烧着笑意，靠近墙角的蜂窝煤炉子也在滋滋地烧着。太阳从南边的窗户照进来，穿堂入户，毫不吝啬地把自己冬天微薄的阳光温和地洒在靠近的人身上。

后来我才知道，这个叫作秋月的理发姑娘就是小雪的亲姐姐。那么，为什么她们理发店的房型、设计都差不了多少的情况下，在里面的感觉差异却这么大呢？难道是理发店的主人把它们冻冷或者温热的吗？

其实，只要去过那两家理发店的人就会知道，譬如我，就算两个人是亲姐妹，她们之间的差异也是显而易见的。即使是不认识的人，在有人进门的时候，秋月也会笑着打个招呼。一开始我以为是职业让她这么强笑的，后来发现这还真是天生的。即使有过来赶集的大爷大娘临时放个东西，她也笑着答应。理发的时候也感觉得很清楚。秋月理发的时候，感觉温柔极了，就像是月亮漂浮在水面上，轻轻地游动，如同树枝摇动它的叶子在头上轻抚。

一开始不熟悉的时候，我虽然感觉秋月的性格很温和，也大方，但是，却不敢对她提起小雪的事情。毕竟小雪那家店也关门了。风与日光把那个理发店的门帘毁坏成了一个老人的眼睫毛，稀疏而没有精神。那扇白色的门也成了一个历经沧桑的老人的脸，皱的、起皮的地方比比皆是。谁也不知道她后来去了哪里。附近的人说那个半秃包工头唯恐年轻的小伙子勾引她，就把她带到很远的地方去了。我有时会想起小雪那冷漠而隐现着孤独的脸，以及半秃男人冷冷地窥视的眼神，她能幸福吗？

我后来和秋月熟悉到可以开任何玩笑，只是她的妹妹小雪的事情除外。有次我只是试探性地提了一下，如同用一个水桶浅浅地点在深井的水面，她脸上就变了颜色。我甚至有些不认识她了。她疾言厉色地说，她早死了，到底去了哪里我们也不知道，我们全家和她都没有关系了。

在我们那片相对比较淳朴守旧的山地，小雪的这种事情无疑是挑战了这个地方集体的社会心理，让秋月一家深深为此蒙羞。

人在一起时间长了，总会有一些微妙的东西流淌于其中。我有段时间经常去秋月的那家理发店，我感觉到她房间里的那些物体竟然慢慢地和我结合在一起了，好像我就是那个店的一部分。我和靠在理发台前的大镜子，和那个塑料珠子的门帘，和正午从窗户里漫不经心地落在屋里地板上的阳光，和那个整日烧着冒着热气的蜂窝煤炉子，都成了一部分，甚至连那轻微的好似瓦斯的味道也渗透到我的身上了。但是，我内心却知道自己不属于这里。我和这里的人事物的稳定只是暂时的稳定。

我后来毕业到我们市里工作，很少再去这家店，我怕自己陷入这永恒的难以改变的事物组合中。

后来我回老家赶北集办事时，看见秋月有了三个孩子。她喜气洋洋地领着一个，拖着一个，童车上还推着一个。我遥远地看着她，小心翼翼，好像唯恐惊吓了她的幸福。

可能因为孩子多需要照顾，后来秋月的那家店也关门了。不过，还是有另外的人家租了过去。那家店还是开着。不过，卖的东西不同了，进去的人也不同了。不同的人有不同的需求。

我不会忘记，一些普通的人，一些普通的事，一些普通的物，如同我在人世漂流中遇到的所有人事物一样，在感觉不曾改变中改变了我。

山路那边来的货郎

一

我一直认为柳货郎的家是在太阳落山的地方。我小时候很长时间都以为太阳就是落到他的家里去了。不过，在我更小的时候，一直没有去过他们的那个村子。即使我们村子也远称不上繁华，不过，相比较而言，比他的村子强多了。至少我们村子还有几条乡村之间通行的较大的路。他们那个村子很长时间就是一个断头村，只有一条路进出，走着走着，一不小心，就会跌入到群山的陷阱中。我不知道他们的祖宗究竟是犯了什么魔怔，竟然选择了那个地方建村。因此，柳货郎卖货可以选择的路不多，基本上都是从他那个村子出发，向东走过一片平地，再走过一片山岭，再经过一条昏暗的树林小路，再经过一片洼地，就到我们村了。

不过，我从来没有因为柳货郎来自落日之地，来自偏僻的山村就对他有看法，道理很简单，因为他是柳货郎，是一个卖货的人。他那时就是一个小小的流动超市。你别看小，在那个时候能够满足很多需求。

柳货郎还不到中等身材，胡子总是刮不干净，给人感觉就是少年们放火烧荒后留下的残痕。可能他总是推车向前走的原因，他的身子完美地在几十年中适应了这种进化。他总是身子向前倾着，即使是不推着独轮车时也是那样，好像在他面前留下了一个独轮车那么大的虚空。一边是独轮车的把，另外一边也是独轮车的把，前面是独轮车的轱辘，上面是独轮车的架子，对于这些空间，他在空手走的时候也是存在着的，他被那个独轮车控制住了。我不知他在睡觉时是不是也这样。如果这样的话，晚上谁要和他一起睡觉就倒霉了。

柳货郎的独轮车分为左右两个单间。当然，单间的房顶太大了，是露天的。四周几乎都是空的。一个单间里放着一个大木架子，十字架一样，远看不知谁在那里受难呢。不过，近看上边却挂着各种好玩的小商品。什么打出小石子的塑料玩具手枪，火柴枪，圆形的溜溜珠子。当然，也有女人们用的各种东西，什么头发卡、绳头花、针头线脑儿，成团的像是抱团蜂群一样的各色花线。另外一个单间则放着一个大木头箱子，他打开后我见过，这是他的货舱，十字架上的东西卖完了就从这里补充。

对于柳货郎的货摊而言，关键的是那个拨浪鼓，当他手腕一反一正地敲响这件神器时，这个货郎摊子就真正有了灵魂。在那时，天与地都感觉安静了，只是剩下了我的青葱岁月。那个时光好像成了被雕刻过的玻璃一样，玲珑剔透的。那是一段很容易满足的时光。在一只拨浪鼓的声声召唤中，我好像被摄取了灵魂，围着那个货郎摊久久不愿意离开。

二

柳货郎是一个卖货的好手。一到我们村里，他就在那里大声地叫喊着，没有钱不要紧啊，就去家里要。你娘不给？不给就打滚儿，哪里泥多到哪里打，时间长了你娘就给了。家里没有钱？没钱家里有鸡蛋吗？拿鸡蛋过来换也可以。

可惜，对于这些闪耀着光的商品，我只有欣赏的份儿。因为我的父母有个坚持了一辈子的传统，就是从来不给我买任何与生存无关的东西，更别说货郎摊上的那些可爱的小玩具了。

不过，我的手没法长久享受，眼睛却可以享受，柳货郎没有剥夺我看的资格。可以说，在柳货郎把摊子安在我们村的那段时间里，只要我有空，基本上都会把他带来的小商品看上一遍，趁着柳货郎不注意还要摸一下。到最后惹得柳货郎忍无可忍，对我下了逐客令，我才被迫离开。你看我那时就这么聪明，其实，就是自己花钱买了，可以用手把玩，其实愉悦感还是要通过心来体现出来。在这一点儿，用眼看和用手摸没有多大区别，反而用眼看到的东西可能更有愉悦感。何况，有的小商品我也摸过了啊。当然，关键我还不用花钱。

其实，现在很多漂亮姑娘可以逛一天商场、专卖店，却不买一件东西，纯粹就是喜欢逛。她们的愉悦感不一定是在买东西上，而是在买与不买之间的那种犹豫的感受上。如果任何东西都可以随便买，我认为买东西的乐趣就会减少很多。快乐的最高顶点在人的欲望的花朵似开未开之间，如果这个花朵老是开着，快乐就会疲乏，很快就可能枯萎了。

我当年就是那种情形，虽然没钱，但是，我的乐趣丝毫没有减少。我是那些漂亮姑娘的先驱。在没有超市的时候，我已经逛过无数次那种缩小版的货郎超市了。

我那时认为柳货郎是个吝啬鬼。等我长大一些后，我见到他还会开玩笑，"柳货郎，摸你的火柴枪行不行？柳货郎，摸你的溜溜球行不行？"那时，柳货郎已经改了行业，在村里大街上给人补鞋。这个人嘴很碎，总是说一些同义反复的话。他换的职业也好像是如此。从货郎到补鞋，这都是比种地稍微有点优势的行业，挣钱稍微多点，也更加轻松一些，但是，我感觉这对他儿子柳条的心灵塑造还不如柳货郎就是个农民。因为农民的坚韧及洁净是一条河流，在清洗着父辈的同时，也会清洗他的孩子。这是一种更加靠近岸上的职业，洗着洗着就在岸上了。

农民那种艰苦无法躲避，无法取巧，只有忍耐和对抗，力量往往就是在忍耐和对抗中产生的。因此，不要小瞧农民的重体力劳动，这像是一种从上辈到下辈连续的集体修行，在艰辛的劳动中，可能忽然就从不明白到明白了。当然，至于是哪一辈能够明白，这却不好说。

当然，等我读大学后，就不好意思开那些玩笑了。在我见到他时，柳货郎那种用推独轮车的姿势去补鞋的样子还没有改。不过，见了我就是一番感叹："唉，人啊，命啊，谁也没有想到你有今天，还混得这么好。要是柳涛像是你这么有出息就好了。"

柳货郎的儿子叫柳涛，他们村是沿着河边柳树建的。可能被那么多的柳树传染了，这个男孩长得像是柳树的枝条一样修长而柔软。因此，我们小学那个班的同学都喊他柳条。这是因为，柳条那个村比较小，没有小学，他就到我们村里读书。那时也没有什么交通工具，就是靠着两条腿丈量那么漫长的山路，因此，他几乎都是到教室最晚的一个，基本上都是在第一节课进入中场时，他就好像是替补队员一样匆匆地赶来了，于是大家都一阵小声躁动，"柳条，柳条，柳条来了"。

对于这个同学的迟到，遇到脾气好点的老师，就会愤愤地瞪他几眼后，让他坐下。不过，如果遇到脾气差的老师，他还没有正式上场，就会直接被罚下场。

那时我一直疑惑就是柳货郎这种身材，怎么生出柳条这种身子的儿子。我好长时间百思不得其解，直到后来到柳条的家里，才知道问题的症结所在。问题出在柳条他娘的身上。这是一个身材修长的女人，感觉脸上有些惨白，好像常年有病的样子。

由于柳条上学总是迟到，次数是如此频繁，即使多少年后，我一想到"迟到"这个词语，竟然有了应激反应，自动地把这个词语和他联系在一起。当然，这和他到我们村上学路远有关系。同时，这也和柳货郎的言传身教的作用有关。他是靠做货郎在村里维持着比其他村民稍微好点的生活，在他的认知中，如果说货郎不是宇宙的中心，也是他的很多年生命围绕着旋转之处。在他认为时机成熟时，决定将自己的这份事业传给柳条。那时柳条刚刚五年级毕业，他毕业就可以就业，比当时很多人强多了。

柳条对做货郎并没有多少反应，他很平淡。每个人生命中都有一种莫名的东西，虽然我们看不见它，它却在暗中起着作用，在未知之处指挥着我们，控制着我们。这是宿命吗？

在柳条做了货郎后，我一开始竟然对这个职业不适应起来了，好像不是他们父子之间的位置变了，而是我变了。在一段时间里，我对着西边的那个太阳落下的地方，偶尔看到柳条推着独轮车慢慢地从远方而来，我竟然忽然丧失了围观货郎摊的兴趣，谁把我的兴趣抢劫了呢？我看到柳条甚至有些羞怯。我们本来在一个世界中的，还可以用手互相试探着接触，在这之后，这种可以接触的无形的东西就死在路上了。

他是怎么在早上就起床，把那些零零碎碎的东西打点到独轮车上，像是要去送一个新娘。然后，他是怎么一步步地走过那片红褐色的土地，那片丘陵，那片树林能够认识他吗？能够接受他吗？这么短的时间一个人的人生就改变了。

在柳货郎穿过那片昏暗的树林向着这边的道路来时，我认为那里一定藏着什么秘密。什么秘密呢，我也不知道。但是，自从换了柳条后，我感觉秘密就不见了。他那么小的年龄，和我差不多，就是有秘密也不会降落到他的头上。他可能得到的只是经过树林里过滤下来的恐惧一样的阴影。即使是同一个事物，对待不同的人也是不同的。我估计多少年经过那条树林中小路的人有很多，他们经过的时候就把秘密藏在里面，柳条太小了，无力惊动它们。

柳条做了几年货郎，这个职业就慢慢废弃了。当然，并不是柳条导致这个职业的彻底退出。到底是谁？为什么柳条选择这个职业就有那么大的变化呢？这谁又能知道呢？在无限的循环中，这种不知道的事情多着呢。

三

我也没有想到柳条能够娶到我们村最漂亮之一的姑娘，这个叫作百灵的姑娘可是很多小伙子心目中最漂亮的鸟啊，谁知偏偏飞到柳条这个小子家里呢？他有什么好？长得跟个娘们似的。当年和他一起读书的那几个野蛮的男同学更是愤愤不平，都没有想到自己无数次的手下败将，却咸鱼翻身，娶了我们村那么漂亮的姑娘。

但是，后来柳条的妻子百灵不知为什么离婚嫁给了牛皮，像是当年嫁给柳条一样，看那样子不像是嫁给了爱情啊。

牛皮也是我们村的名人。他是一个三十多岁还没有找到老婆的男人。他太能吹了，听说很小的时候就有这个功能。他那么能吹，不仅小时候其他小朋友叫他牛皮，连白发苍苍的老人都这么叫，可见他的"威力"有多大。

我小时候傻，牛皮也比我大七八岁，我正是容易上当受骗的年龄。关键是他说什么咱也不敢反驳啊，也听得津津有味。牛皮说他家有多少支枪，多少箱手榴弹。家里挖了地道，里面坦克大炮都有，如果谁要是得罪了他，他就把这些坦克大炮开出去射击。

后来大了一些，多少有点明白了。发现牛皮配置的武器也没有比我好很多。他配备了一把人造的火药手枪，秃尾巴鸡一样。这比我的火柴枪是强，但是，差距并不是那么大。

牛皮还说他家里有多少罐银圆，袁大头也有。当然，他家里必须得有金子，都是像是板砖那么大。我不识趣地问他这些金银都是从哪里来的。他有些不耐烦，说是从老爷爷那辈传下来的。后来又改了嘴，说是从南边那个山上挖墓挖出来的。

那么，百灵为什么要嫁给牛皮呢？难道她也知道牛皮的秘密，被牛皮藏在家里地道里的坦克大炮吓着了，不敢不嫁给他？或者是牛皮家里真的有那么多的真金白银，我们村的那么多人那么多年都冤枉他了？

在牛皮和百灵在一起时，柳条也带着他们村的几个人到牛皮家里找事。但是，说是找事，其实是确认一下到底有没有让百灵最后回心转意的可能。相比较牛皮而言，柳条的身板太弱了。牛皮只是带了一些简单的镢头、镐把之类的武器出来迎战，并没有动用他的那些杀伤力强大的坦克和大炮等武器，柳条就不战而退了。

百灵嫁给牛皮几年后，他们一直过着不温不火的生活。其实，大多数人谁不是如此呢？这毕竟是农村，没有那么多的爱恨情仇、腥风血雨。这就让牛皮的坦克、大炮没了用武之地。

牛皮和百灵一家本来可以这么平淡地生活下去的，这一直到一场致命的疾病之前。牛皮患上重病之后，在县医院花了十万元钱。都知道，现在的疾病在医院里花钱可比一般的流水更快，那花的都是洪水。等到十万元钱花完，他们家就没有钱了，就把牛皮拉回家等死。

牛皮的母亲在大街上放声大哭，声音能够轻易地击败当年柳货郎的拨浪鼓的声音。其实，医生已经提前告诉他们家了，牛皮那种病到了晚期，治不治都是一个样。但是，为了让自己心安，百灵就把家里仅剩下的十万元钱全部花光了。

很多事情就是如此，一些事情到了最后，不是我们不明白，而是为了让我们的心得到安宁。

挖铁石的工友

一

椰子有一种特殊的天赋，这在我小学时的同学中是谁也比不了的。那就是，他做其他事情都很聪明，就是学习不聪明，好像生殖隔离一样，他就和学习被什么无形的东西隔离了。因此，别人上学一般都是上单数，比如说一年级上一年，二年级上一年……五年级上一年，五年的时间就把当时的五年义务教育完成了。但是，椰子上学都是双数，一年级上两年，二年级上两年……五年级上两年，混了个五年级毕业，他用了十年。因此，虽然我们是五年级的同学，实际上他是十年级，比我至少大了五岁。

不过，我也没有什么可以嘲笑他的，虽然我考上了初中，但是，由于家庭贫穷，初二就辍学到处打工。我们后来殊途同归，又走到一起去了——都去大柏庄铁矿的工地上挖铁石。

那时到外地打工的人很少。那次打工最初是我引出去的，像是把农村里的河水引流到了煤城的城郊。最初我们村去了三四十人，都感觉新鲜，工人也比农民好听多了。但是，很快他们就发现这种工人真的不好当，工地上的劳累程度远超过在农村地里的劳动。两个月后，只剩下了六个人：我、椰子、黑蛋、四堂叔、增哥，以及一个不干活只是做饭的大爷。

即使都是同村，也都是穷得靠发挖铁石生存的打工人，但是，在人与人之间也存在着血脉压制。在椰子和黑蛋之间就是如此。如果从外形看，黑蛋和椰子身材也基本差不多。在粗壮程度方面，他甚至比椰子还要稍微粗壮一些，但是，他就是怕椰子，这种东西是天生的，好像就是大老鼠也怕小猫一样。何况椰子不是小猫，而是具有一定体型的猫。

不知什么原因发生了口角，有次我们在不远处就看着椰子和黑蛋打了起来。准确地说，只是椰子单方面的进攻，而黑蛋在那里瞻前顾后地抵抗。椰子虽然显得瘦削，动作却麻利得很，简直就是拳拳到肉，即使没有把黑蛋打趴下。椰子的出拳速度也快，还没有等到我们其他几个人酝酿好词语过去劝架，他手脚麻利地结束了战斗。他快速打击完了，只剩下黑蛋在那里一脸落寞地抹着眼泪。血也从他的鼻孔里流了出来。

二

除了一个整天喝点小酒的淳朴得有点可爱的做饭大爷以外，按说，在我们五个人中，我是更应该受气的那个啊——你看我这想法正常吧，好像别人不欺负我还不满足似的，不过我当时就是那么想的。这是因为，增哥是我们这个小得不能再小的挖铁石队伍的头儿，他的年龄及体力优势都是碾压其他人的。另外一个是我的四堂叔，也是椰子惹不起的。因为四堂叔是特别会挖苦椰子的那号人，往往是一击命中，又讽刺又好笑。经常是椰子在满腔热情地说一件事情时，还没等他说完，就被四堂叔挖苦的口水淹没了。对此，椰子虽然凶悍，却也无可奈何，他还就吃这套。当然，在体力上四堂叔也和他差不多。四堂叔的必杀技是，在椰子得意扬扬说什么话时，忽然楔子一样地插入一句话：你是很厉害，五年级上了十年。这是椰子的命门，如同一个大铁棒挥来，正中他的脊梁骨，他身子一下子缩了下去，满脸通红，讪讪地说：我不行，你行，你五年级上了六年。

其实，人只有对自己擅长对付的人或者事才能进行碾压式压制。黑蛋也有自己擅长的事情啊。比如说，在捡柴时，他会迅速准确地用镢头在树上敲掉干树枝，好像这些树枝都是他的奴隶，想怎么处置就怎么处置，又快又稳。

还有，黑蛋抓鱼也比我强多了。他很会钓鱼，这是他的愉悦点。我们两家虽然相距不远，但是，我们的愉悦点却相隔千山万水。在黑蛋钓鱼时，不论是蹲着，还是坐着或者站着，都不妨碍他的愉悦在那里向外翻腾着冒出。他一边盯着河面，在最适合的那个点上突然提起钓竿——他一点儿也不慌张，和鱼形成了截然不同的表现。在鱼的手忙脚乱中，他安安稳稳地把鱼拉过来，鱼翻滚着拒绝配合，像是对待一桩不满意的婚事。他不管这些，只要他自己满意就行。然后，他把鱼拢在手中，如果对鱼特别满意的话，还放在嘴上吻上一下，然后心满意足地把它放进一个柳树条编的小罐子一样的鱼笼里去了。

黑蛋不仅钓鱼是行家，就是用网捕鱼也是一把好手。在他捕鱼时，就会带上一个蜘蛛网似的大片的网子，网子的一周坠上了一个个小的铅块。他捕鱼很会选择地点，好像事先和鱼打电话联系过一样。他往往是在我们那条河里发洪水的时候，站在滔滔洪水岸边的一块大岩石上，远处看去好像就是天神一样站在洪水里。只见他凝神静气，发现鱼情后把挂在臂膀上的渔网以一个优美的弧度抛下去，等到渔网落到水底稍过片刻，就用微风吹拂树叶一样温柔的姿势慢慢收网，最后图穷匕见，网中的鱼就这么活蹦乱跳地被连拉带拽弄到了岸边。

可以说，在捡柴、钓鱼或者其他农村的技巧活方面，黑蛋就是传说中的"母亲嘴里邻居家的孩子"，也是小时候母亲多年用来批判我的模板。我深受黑蛋之苦，因此，在椰子欺负他时，也不愿意劝解。

那么，我在哪方面对椰子有优势呢。这个问题我想了好多年，一直到写这篇文章时才感觉弄明白点原委。因为我知道椰子的为人，他鄙视弱者，对于弱者的打击从来都是不遗余力，虽然他也是弱者。

和椰子相比，在其他方面我也没有什么优势啊。我想了再想，最后认为我对他的最大优势就是文化程度比他高。虽然我初二就辍学了，但是，至少比这个五年级上了十年的人强多了，就这一点儿也让他自惭形秽。你看，这就是知识改变命运的鲜活例子。如果我不是上到初二，那还不被他欺负死。总之，就这样说吧，只要是椰子佩服的人，都能把他拿捏得服服帖帖的。

那为什么会捡柴、会捉鱼的黑蛋对椰子没有杀伤力呢？我想可能他认为这些东西他自己也会，或者说这本来就是他不喜欢做的事情。椰子是一个不喜欢农村的人，这也是后来多少年他一直在外面飘荡，直到最后到了我教书的那个南方城市。

其实，每个人都应有点优势或者特长。只有这样，才能说服自己在世界上更好地活着。那我的优势是什么呢？只能日复一日地写这些文字。对于它们，可能只是我一个人有兴趣，文字自己都没有兴趣，读者也可能没有兴趣，像是单相思一样——世界上最悲惨的恋爱就是单相思。那我为什么还要写呢？

我不知道读者厌倦了没有，估计这些文字都厌倦了我做这种百无一用的事情，它们整天被我翻来覆去地写着。我终日让它们不得安宁，即使是半夜时也不让它们休息。正是夜里睡觉的好时候呢，我却忽然想起了它们，不顾它们的抗议，拎起来就安放在一个自认为合适的地方。我想，如果文字可以起义，估计它们都起义无数次了。不过，我是难以被推翻的。

三

在挖铁石的那座半山腰上，越是在夏天感觉越热。天上一点云也没有，不给下面劳作的人一点遮蔽太阳的希望。在高低不平的半山腰工地附近，一棵树也没有，这几乎断绝了旁边劳作的人的念想。阳光比暴雨还要稠密，赤裸裸地照在工地上，这白色而炽热的光与黑褐色的铁石岩壁形成让人恐惧的反差。不过，在这样的阳光照耀下，在向外伸出一部分岩石的崖壁下，阴影就特别浓厚。那里也是我们唯一可以躲避的地方。中午我们吃午饭也在那种地方——做饭的大爷会把一些简单的馒头之类的食物爬山送到工地上去。

我们其余四个人大多都是在悬崖下装车推车，体力劳动更重一些，而椰子大多都是在悬崖上负责把铁石撬下来，供我们装车。相比较而言，他的活更轻一些，工作时间也更短一些。但是，我们都不羡慕他。他的活太危险了，我们干不了。

在挖铁石工地那里，在我们之前，这里已经被开采得形成了二十多米高的悬崖，在山石之间，有隐现的铁石脉层。我们的任务就是把这些铁石挖下来，再用铁车推着运到远处交给一个大的国营铁矿。

在挖铁石工地的岩壁上，椰子就像是硕大的狸猫一样，在褐色的山岩上不断地移动。他灵巧极了，不仅灵巧，还有力量，是灵巧和力量的结合体。

椰子就伏在几乎是九十度的岩壁上，在这鞭子似的阳光下，手也不能闲着，脚也不能闲着，他浑身必须都得用力，才能让他站在岩石壁上。

他用撬棍在一个岩缝里插入，用力地撬了一下一块巨大的铁石，铁石纹丝不动。换个位置再撬，那块巨大的铁石稍微有点晃动，还是不行。再换个位置，只见他的身子像是全部压在撬棍上面一样，那块巨大的铁石终于动了，山崩地裂一样，洪水猛兽似的从上面直冲下来，激起一大片尘土。就在纷纷扬扬的尘土里，我看见椰子在向着稍远处凹进去的地方迅速躲避，老鼠遇到地震一样地躲避。

四

我和榔子本来不是心意相通的朋友，但是，他却一定要和我在一起玩，好像和我在一起能够让他获得那种广博的知识一样——不过他也没有专门向我问过什么知识啊。他就是想获得一些接近知识的感觉吧。这是他在弥补自己知识不足的遗憾吗？

我在考上大学以后，只要是放假回家被他遇到，他必定是很热情地甚至有些谦卑地和我在一起。当然，也包括村里另外一个考上大学的茂银。其实，在茂银没有考上大学之前，他们关系也不密切的啊。知识就这么轻而易举地征服了他。

当我们一起走在村中的大街时。在冬天，阳光热烈地夹杂在我们的谈话中，也深深地抹在他的脸上，这时感觉他都有些骄傲了。是的，村里的两个大学生都和他是朋友，有什么理由不骄傲呢。

我们是形式上的密切朋友，实际上却不是。不过，在一起时间长了心里也就稍微熨帖一些，少了一些隔膜。我甚至有几次在夏天就住在他的家里。他的家分为前后两套，不过，都是有历史的房子了。那样的房子后来就不再容易找到，我后悔没有拍几张照片把那时留下来。

他的母亲住后面的房子，前面的三间房子榔子住。两套房子中间通着。前面的三间房子以前是生产队放牛的牛倌住的，很是宽敞，却遮盖不住它的破旧，以及时代印上的烙印。在墙壁上，还有那个特定时代模糊的标语。在门前，有一个以前喂牛的牛槽。这个牛槽也可以拴牛，缰绳可以系在牛槽的一个小圆洞上。这座房子是他们家从村里买的。现在已经没有牛。夏天时雨水经常寂寞地注满牛槽。

在夏夜，我曾躺在他家前面这套房子的地上，地是泥土地面，不过用辘轳压得很结实。地上铺着凉席，凉席外边罩着蚊帐。这三间房屋只是在正中开了一扇门，前后墙上都有。门很大，一打开，不仅风进来了，一地亮堂堂的月光也进来了。不知是风让月亮清凉，还是月亮让风清凉，一地的清凉。我们其实也无话可说，他有他的满足，我只是偶尔和他闲谈几句。

不过，为什么榔子在我到南方那个大城市考研、考博，并在那里教书时，他不再和我联系了呢？这不是他以前的惯常方式啊。或许他感觉我的学历太高了、知识太多了，和他形成了绝望一般的落差，让他对知识望而却步了？他把我看成一个活的能够说话会行走的知识了。当然，这只是我的猜测，否则，我无法理解他忽然不再和我联系的原因，想痛了脑袋也想不通。

有些事情就是感觉莫名其妙，有一年他的家里人给我打电话，说他在我教书的这个大城市死了，年纪轻轻的。他是骑着一辆电动摩托车被大车给撞死了。这个在那么险峻的崖壁上工作都没有出过危险的人，却在这个相对安全的城市里被撞死了。他好像是等待了那么多年，就是为了等待到这个繁华的大城市被撞死一样。他喜欢大城市，已经在这个大城市工作了不少年。我不知他做什么，他也没有告诉过我。

他的哥侄从老家来到我教书的城市，专门通知我去看他。在医院的病床上，我看到了，他快死了，甚至是已经死了。我很怕看这种将死未死的人，因为我怕撞见到他们慢慢离去的灵魂，不知如何应对。我在回避什么呢？

这就是那个迅速有力地击打黑蛋的那个男人吗？这就是在褐色岩壁上撬动巨大铁石的矫健的男人吗？这就是在月光下躺在那个大而破旧房屋里凉席上的男人吗？现在他只是成为一个人堆在那里——他甚至没有了躺的力气。他的脸色本来是黑色的，但是，一生中难得这次他的脸变成白的了——是那种惨白。他的呼吸没有了，他的力气没有了，他的蠕动没有了……他还是他吗？

我是从事法律事务的，但是，我婉言谢绝了他的亲属让我帮忙打这个交通事故官司要钱的提议。我要钱给谁呢？他没有子女，孑然一人。在这么一个漫长的打官司的过程中，也会不断提醒我和他在一起的时光。

同时，这也会提醒我以前帮助老家的事情。即使是做得再好，也会有人埋怨——那些人要求太高了。也可能是过去那些事情余波的影响，对于榔子亲属的要求，我有着本能的抵触与害怕。

当然，这些事情他农村的亲属不懂。他们有自己的思路，几千年以前就是那种思路。并且，当时我心烦意乱，还忍受着一次刚刚结束的失恋的重击。他的亲属在我耳朵里絮叨着怎么把他存折里的钱弄出来。难道只有钱吗？我怎么一点儿没有看到亲情。如果他有个孩子就好了，就是稚嫩的哭声也可以给他一点儿安慰，也给我一点儿安慰吧。

因为这件事情，他村里的亲属对我的名誉进行了雷霆般的诋毁。堂姑甚至认为我收了他们家多少钱。其实，我一分钱也没收。我不是一个钱能够随便使唤的人。

但是，堂姑长时间很不理解，既然我没有收钱，也有自己选择的权利，榔子的亲属为什么那么生气呢？至于为什么，榔子的一个比较讲事的堂哥说了一句：因为他们占便宜惯了，你没有让他们占到便宜，不占便宜就是吃亏，他们当然生气了。

学一门手艺

一

祖父一直想让我学一门手艺。在我们那里的农村，有这种想法的可不止他一个人，老辈人很多都有这种想法。学一门手艺意味着从身上标出一条粗横线，如同需要强调的词语或者句子那样，这可以让他们和每天拼命在地里劳碌的农民区别开来。

学一门手艺好像是为一个士兵配备了武器，这无疑大大地增强了他的力量。同时，对于男人而言，学一门手艺还和婚嫁市场有着直接的关系。在农村，那时除了极少数的人以外——这些极少数人指的是通过考学、参军或者当工人跳出去的那些人，如果男子学会了一门手艺，那么，他在婚嫁市场上的魅力值就大增，会明显超过其他只是依靠种地谋生的农民同行。

总之，学一门手艺太重要了，这么一写，我都想现在再去学手艺了。不过，我确实学过手艺，还不止一门，是两门。第一个是木匠，第二个是裁缝。但是，不幸的是，祖师爷不赏饭吃，我都是半途而废。不过，现在那两门手艺在农村几乎都不见了，就是祖师爷也没有饭吃了。世事难测，谁知道呢？

在我辍学后，毕竟我是祖父的唯一孙子，他得想着把基因传递下去，也就是让我找一个媳妇，为我谋划一下未来。但是，以我家的那种综合实力，在正常情况下，在婚嫁市场上是没有任何竞争力的。可以说，至少我的父母就不战而败了。他们或者没有想过，或者即使是想过，也没有想到自己的儿子能在农村找到媳妇。

虽然那时农村都不富裕，但是，别人不富裕是还有希望富裕，我们家那时是几乎没有希望。这就是现状。在母亲的筹划下，我家的房子费了九牛二虎之力二次改造后，也就是那种在农村显得很落魄的房子，房子低矮，门也是破旧的木门，父母之间的争吵也经常传遍那个小小的山村，谁家的姑娘会嫁给我呢？

我最先到祖父在煤城的家时，他住在一个巨大的垃圾箱旁边，是租的别人的房子。说是租的，其实几乎相当是白住。因为那两间小房子，一个月五元钱。即使在那个年代，这在煤城也是一个很便宜的价格了。

之所以如此，一是祖父用他做小生意的嘴打动了出租房子的人。二是这里的条件实在不好，其他稍微要点面子的人不会去租。这是什么房子啊？大门口就是一个巨大的垃圾箱，每天那个垃圾箱都沟满河平，溢出的垃圾到处都是，甚至还有不安分的瓶子或者纸盒之类的东西擅自跑到祖父的小院子里去，祖父也没有客气，全部收到一起留着卖垃圾。这个垃圾箱也经常有人过来捡垃圾，竞争也很激烈。祖父的谋生之道是不放过任何一点儿可以抓住的东西。毕竟他可以获得的资源太少，不过，即使是极尽全部的智慧和劳力，也勉强够一家温饱而已。

当然，在这种房子里居住的后果是可想而知的。特别是在夏天的时候，祖父租的那座院子和房子里整日充满着酸臭的味道。不过，人的嗅觉的最伟大之处在于，它比想象的更容易适应，它轻易地让我们接受了那本来难以接受的味道，变得和芝兰之香差不了多少。

我拜师学木匠是我祖父找的。他有一种自来熟的能力，不知怎么认识了一个年龄三十多岁的木匠，就住在祖父家后面不远的地方，也是租住的带院子的两间房子，不过比祖父的院子要大，房子也要大。

在木匠师傅大门前的不远处有个棚子，房东原来建造这座棚子的目的不明，不过，这一点儿不影响我在那里居住。这个棚子如同战时的临时掩蔽所，隐蔽性还挺强。一进门就如同跳进了一个战壕，如果年龄大点，腿脚不好，还真不敢住。这对我没有什么，我感觉自己就是来世上负责挑战的人。虽然不是荒野生存，但是，怎么说也有点那个感觉了。

木匠师傅那座院子门口有一棵很粗大的梧桐树，宽阔的叶子在夏日里像是大象的耳朵一样呼扇着。我和木匠的兄弟经常一起在树上把一根木头捆上，像是捆绑犯人一样，我们是两个执行者，整日用一把大锯来回地拉动，用锯子分解开木头——它们的秘密隐藏在内部。我们拷问它们的秘密，如同在逼问，"你为什么来到人间"？

木匠师傅最初教我的目的是为了防止我早学会了单飞。因为按照木匠学艺的规则——即使这没有立法，据说是从鲁班时就开始这么规定的，属于民间法的范畴——我必须要学满三年才能出师。换句话说，就是要给师父免费打三年工。这样，我急切地学会一门手艺的心情和他努力不让我学会的心情就产生了矛盾，这也是我最终选择放弃学木匠这门手艺的原因之一。

二

在尝过了艰辛的木匠学徒滋味后，我是多么希望学一些轻松的手艺啊。这种手艺应当是有些变化的和有趣味的，不能像是我以前那样整天对着木头，好似是仇人一样地对峙，不干倒对方绝不罢休。

这门手艺应当是有些人性化，让我感觉到人的活泼的气息流动于其中。木匠这个职业距离人有些远了。我跟着那个木匠师傅除了整日和他弟弟配合拉大锯外，偶尔还学点榫卯的事情，其他接触比较多的就是木匠师傅和他的老婆。木匠师傅的老婆还好一点儿，年龄不大且有些笑容。而木匠师傅从我认识那天起，就好像是我欠了他的钱了，从来没有笑过。

我甚至一度认为他笑肌失灵或者不会笑，不过，偶尔不小心看到一次，他也和老婆一起畅快地大笑。难道他就那么吝啬吗？菜就是胡萝卜丝，饭也很难吃饱，就是笑容也不给一点儿，笑难道还要用钱买？

当然，即使我想到选择学什么手艺，其实选择的余地也很小。而正好我六爷爷的大儿子，也就是我大堂叔在煤城开裁剪学校很是红火。那个时候他有多红火呢？他的四弟弟也就是四堂叔亲口告诉过我，在大堂叔教过裁剪的几个城市他都办有银行卡，到底银行卡里有没有钱我也没敢问。不过，在那时存折对我都比较稀罕。而那种硬而神气的银行卡到底藏有多少秘密啊：多少财富的大河在里面流淌，多少美女在里面翩翩舞蹈，多少高大的房子在里面耸立……好了不想了，我从小就有这种漫无目的的遐想的毛病。无论如何，这都证明大堂叔是个成功人士。我虽然不敢奢望成为他，就是成为一个乡村的裁缝也可以啊。

大堂叔通过学裁缝、办裁剪学校把自己的根成功地移植到煤城郊区一个农村安家，他甚至把全家都带过去了，包括我的其他三个堂叔。那时我们老家那里是贫穷的代名词，一提到我的老家第一个反应绝对是和穷直接联系在一起，就像是一提拉斯维加斯就知道是赌城一样。而煤城的条件就好多了，除了整天漫天飞舞的煤炭灰尘外，其他东西都终日洋溢着繁华与热情。可以说，通过裁缝这门手艺，大堂叔成功地完成了阶层跨越——从山区农民变成了城市郊区的农民。

在六爷爷的四个儿子中，大堂叔的成功也是有理由的。如果把他们哥四个放在一起，就是一个盲人也能摸出来谁是最优秀的。他个子最高——虽然不是很高。他最帅，娶了一个老家附近村子最漂亮的老婆。更为重要的是，大堂叔还慷慨，我在他那个裁剪学校学手艺不要钱。他的裁剪学校一期就有上百个学员，其他人不具备我这种优势。

在那个裁剪学校里，我感觉到了人间的美好。那么多的漂亮姑娘花团锦簇一般，都来学习裁缝这门手艺。裁缝那时还是一个朝阳行业，大家都看到裁缝祖师爷穿着彩衣每天驾着太阳从东方冉冉而来。为什么不呢？相比较那些枯燥的工厂车间的工作，即使是在煤城，学一门裁缝手艺也是值得的。如果学好了，可以当作谋生的手艺。即使不把它用来谋生，那时买成品衣服的人还不多，为自己家人做衣服不好吗？这叫作艺不压身。

我没有想到学裁缝手艺也和我读初中差不多，也是需要准备本子和尺子，也需要老师提问学员回答，唯一的差别就是迟到、旷课老师不会罚站，犯困也不会被揪着耳朵提起，沿着课堂里游街示众——我在初中时经常目睹过，也是受害者之一，不过很少。

估计后来我重新再上学，几何课的成绩有所提高，可能就是在这里培训好的。可以想想，整日画那些横线、竖线、斜线，还涉及一些数学计算问题，这种高强度培训，能不提高几何课的水平吗？

不过，那时学习裁缝像是现在学习法律一样，绝大部分都是纸上谈兵。就是更多地在图纸上写写画画，只有不多的几台缝纫机可以操作。并且，在缝纫机上操作的时候，你总不能用脚踩缝纫机的轮轴对着空气做衣服吧——通过这个轮轴带动线团，就可以凭借自己的裁缝水平在布料上操作了。但是，这要求个人出钱买布料练习，这直接就把我拒之于门外。此外，我有钱买缝纫机吗？总不能学会后我凭着嘴巴就给人家做衣服。我有开裁缝店的房子吗？我有开裁缝店的启动资金吗？最为悲哀的是，我都学了几个月了，都有点学会了，才考虑这个问题，这也是我后来愤愤不平的原因。这不是因为别人，只是因为我自己——我自己的特殊家庭情况。

三

学一门手艺是农村弱者弯道超车的最便捷的路径之一。因此，一些农村有些残疾的人也通过这个改变或者至少部分改变自己的命运。

在我们村，松二就是其中一个。这是一个不幸的人。他是一个小儿麻痹症患者。从出生开始，他的道路就是颠簸的，他的天空就是晃动的。那时我见到他走路，看上一会儿，都感觉自己的脚下也要颠簸了。其实，我不知道他内心的艰辛，像是他不知道我一样。松二比我大几岁，我叫他二哥。他是一个和善的人，其实，这也可以理解，有这种身体，在农村里，即使是正常的孩子都得不到太多的关爱，他不和善也不行啊，没有人会惯着他。

在更小的时候，我经常看见农村顽劣的孩子欺负松二，有的看着松二摇摇摆摆地过来了，趁着他不注意，就把他的火车头帽子拿下来——那时的冬天都戴帽子——一只手举起来，喊着："松二，你跳起来够帽子，够到就给你，够不到我就给扔了。"可怜的松二像是残疾的鸭子一样，努力地踮起脚来抓他的帽子，这更让他的平衡性失控，让他的呼吸不畅，让他的手脚颤抖……不行，还是不行。

"嗯，嗯，够不着，就是够不着。"坏小子们哈哈大笑起来，然后把他的帽子向着天上一抛，帽子画着一个优美的弧线，向着远方去了。

幸运的是，松二的大哥就是村里的医生。在村里还属于水平不错的那种。要知道，就是我们一个村子，也有两个医生，一南一北，分为南派和北派。因为松二的大哥住在村子南边，就划归为南派。因此，松二的大哥松大医生为了给亲兄弟找个吃饭的营生，就教松二学医生这门手艺。

松二开始主要是给松大医生拿药，只有无关紧要的病人去时，像是我，正好松大没空，他也给我拿药。每次让松二拿药都是一场惊心动魄的过程。这并不仅仅是不相信他的医术。

他先是哆哆嗦嗦地在药单上写着需要拿的药。都说医生写的字难懂，松二写的字不是难懂的问题，那就是无法解读，就是天书。然后，他颤巍巍地走向药架，九十多岁的老人都没有他走得那么艰难。他拿出一个药瓶——农村的药很少有成瓶或者成盒卖的——他的眼睛马上睁大了很多，我都害怕眼球从里面跳出来。他好似惊恐无比，这加剧了我的紧张心理。他探头向瓶子里看还剩下了多少粒，然后，像是倒仙丹那样万分小心地一粒一粒地向外倒。不过，他越是小心，越是出错，本来预计是倒几粒的，结果手一抖，倒出了半瓶子药，这让他更加紧张，手就那么一划拉，结果把倒在纸上的药全部弄到地上去了。

这真让我揪心。更让我揪心的是，他的嫂子在门口摆了一把椅子晒太阳，其实正在向这边盯着呢。当松二刚把药弄到地上，她眼睛里好像突然出现了一头恶狠狠的猛虎，嘴里发出了虎啸，"该死的，就这么一点儿小事都做不好，还想做医生，还不如死了好，死了最容易。"

松大家的门诊是开在连着大门的平房里的，在松二拿药的药房里，有个不大的窗户对着外面。外面是一片田地，地里有人正在扶着犁耕地。牛在前面身姿矫健地拉着犁把土翻了出来，很远我都好像闻到了新鲜的泥土气息。在那片土地之上，天空无辜地蓝着，上边的云好像被谁用毛笔涂抹了白色一样，笔锋重的地方云厚一些，笔锋轻的地方云薄一些。云下边的几只鸟飞得太高了，我看不出它们到底是什么鸟，但是，我能看到它们展翅飞翔的舒畅。在这座诊所门口，有一棵鲜亮的槐树，阳光在叶子上闪闪发光。一切都生机勃勃。但是，却没法照到这个有些黑暗且狭窄的诊所房间里。即使我那时还是个少年，也能感受到松二那张脸没法隐藏的羞耻、无助、可怜……

松大是一个面目黝黑的男人，脚虽然不是残疾，但是，却有点和正常的脚不一样。虽然他是个高中生，但是，由于相貌一般，年龄不小了也没娶到媳妇，直到他学了医生这门手艺后，才勉强地找了一个肥胖的农村老婆。我说的勉强不仅是指他的娶妻难度，也指的是他老婆嫁给他的勉强。怎么办呢？那个女人年龄大了，也不好嫁人，就好像是捏着鼻子一样嫁给了松大。因此，她和松大的感情也非常一般。没有感情的婚姻就是一间枯燥的药房，即使里面有很多药，但是，没有一种是适合治疗自己的。

我能理解松大的老婆。因为在农村开诊所，就是这么一点儿的地方，还分南派和北派，竞争是很激烈的。如果松二经常这么拿药的话，一定会对他们家的诊所生意产生影响。看到松二这么费劲地拿药，都恨不得自己动手了，谁有这种耐心一直等着呢。

其实，即使我对松二嫂子有些鄙视，甚至她这么做好像是对着我的，是对另外一个弱者的示威。但是，如果设身处地想一想，她这么做也有自己的理由。一个婚姻不幸的女人整日看着一个残疾的小叔子让她家的生意日渐凋零，这更加剧了她对婚姻的愤慨。当然，她只是考虑自己，没有考虑到松二的感受。即使是对一个温和的残疾人，这种恶劣的态度积累久了，也会形成一个大坝，这最终将松二的生命堡垒冲垮。松二在忍受了不知多少次后，最后用一根绳索为自己的生命打上了死结。

松大最后也和妻子离婚了，不是因为弟弟的事情。在农村，那时离婚相对还是一个小概率事件，但是，他们就真的离婚了。这是他的妻子主动要求离的。

后来我在市里做律师时，由于需要给皮鞋做个鞋后掌，就到律所办公室外面的十字路口，竟然神奇般地遇到了松大的妻子——这时应该是她的前妻。她摆了一个小摊位在路边补鞋。要知道，她在结婚期间是什么也不干的，这可能也是她那么胖的原因之一。当然，我还是像是以前那么称呼她嫂子，并没有称呼她前嫂子。她见到我脸上竟然有些羞惭，不知为何我竟然也有这种感觉。我甚至忘记了自己出去做什么的了。第二天我再经过那里时，松大前妻的临时补鞋摊子就没了，以后再也没有见过。

手艺啊手艺，这是多么纯粹而让人惊奇的手工的艺术啊。在农村，在一定程度上，它们为弥补缺陷而存在。它们的地位看似位于农业之上，但是，它们只是顺着一股洪流走而已，一不小心就掉到洪流之中，连个水花不起就不见了。

在农村，学一门手艺，其实也就是在后天治疗一下自己的残疾。我有贫穷的残疾，松二有身体的残疾，手艺将我们在人生的深坑里抬高一些，尽量获得一点儿阳光。我们好像被谁提起来安放在这里，试了一下，不合适，又放回原地，就让我们自生自灭了。

不过，太阳就是这么一个，毕竟不能均匀地照暖每个人。于是，就有人在那里长时间或者是永远地冷着。

村委大院

一

在我老家那里，村委大院基本上都是村里最大的院子。如果你去一个村里找村委，找不到的话，奔着最大的院子去就基本上差不多。在村委大院里，一般都是种植白杨树，不知是什么原因都选择这个树种，可能是它们更容易高大的原因。在白杨树上，夏天的蝉鸣也是最响的，最密集的，在最热烈的时候，如同挂在白杨树上的大喇叭一样，一起叫起来，让全村都能听见。

村委大院里的大喇叭用处多着呢。当然，这里主要是村长专用的发声舞台。只要是在我们那里农村做了村长，即使是平常口才不好的，也变得说话流利起来。这也不奇怪啊。村长讲话比老师上课还要频繁，口才练不好才怪呢。

从村里大喇叭里传来的声音，永远不单调，内容纷繁多样，有国家的政策，也有县、乡等上级的通知。不过，这只是大喇叭里传出声音洪流的一部分，最主要的还是村里的一些零零碎碎的事情。当然，如果村长和气，还会把这个他独霸的声音舞台借给其他人用。什么有小商人来买卖东西的，谁家结婚出嫁时通知过去吃喜酒的，还有谁家的猫狗丢失到这里寻求帮助的。

有次我竟然奇迹般地在村委大院的大喇叭里听到了一个女人在叫，田富士家里丢了一只大公鸡，专门留着打鸣的，其他都是母鸡，要是谁见到，抓紧时间送过去。可以听到喊话的办公室里的声音还挺嘈杂。一个声音很粗的男人说，不用喊了，说不定早下锅了，谁吃不香啊？那个女的好像有些恼怒地在那里嚷嚷着说，我们家就这一只公鸡，其他母鸡没它不下蛋。不找的话，让你去我家顶上。能够听见里面的人狂笑，搅成一锅粥一样的笑。

现在确实文明多了。在以前，谁丢了鸡的话，如果遇到脾气强悍的妇女，可能会一手拿着菜刀，一手提着小案板，一边用菜刀砍案板一边骂，她从南来走到北，又从东来走到西，我们村子不小，有千多人的样子，这种巡回式骂街演出，估计得持续好几天。在那个娱乐活动很少的年代，村里人就可以免费看巡回演出。那些超级歌星巡回演唱会算什么，都是我们村大妈玩剩下的。

在我的印象中，即使是全村的院子都会寂寞，村委大院也不会寂寞。想一想，村里那么多的事情比蜂箱里的蜜蜂还要密集，并且很可能是蜇人的那种，都纷纷地飞向这里，怎么会寂寞呢？

在白天，村里的人都去地里干活了，只是把院子留在家里。这些院子在阳光下一动不动，好像是睡着了一样，但是，村委大院却不是如此，它总是充满着力量。这是一艘很大的船只，如果不是那些白杨树牵着，我都害怕它独自扬帆开船走了。

二

在这个村子里，这几十年来，村长基本上是南北轮流担任，也就是村子南边的人和北边的人轮流当村长。这是一个奇怪的规律，也不是强制性的安排。当然，村南边的人当村长的时间要远超过村子北边的。这可能是因为，南边的人最早接触太阳，在夏天获得热量就特别高，也更加具有热情和活力。在冬天，太阳最早温暖村南的人，因此，他们的脑袋就因最先受到阳光的照射而活跃。

当然，对于有热情和有活力的男人，他们就更容易找到媳妇，也更加容易繁衍后代，因此，村南人的后代一般就比村北人的后代更多。如果在农村生活过的人都知道，家里兄弟子侄多，对于担任村长而言，有时要超过上级任命的权威性。这是因为，即使上级任命你做村长，你家的门户太小，人丁太少，支持你的人也就少，你的村长就做不牢靠。这里有一种潜隐性的规则，它不在正式的规则之中，却有时会发挥出比正式规则更强大的力量。

在村南的人中，水清是这么多年来做村长的代表。可以说，他甚至影响了这个村子几十年的历史。

水清是一个聪明的人，这个本事就让他在农村丛生的草木中高人一等。同时，他家的门户还大，这使他更容易天然获得家族中人的支持。在农村，如果没有意外情况，一般都是本家族的人支持本家族的。否则，根植于传统中的乡土人情舆论压力也会让不支持本家族的人受不了。

水清担任村长和其他人不同的是，其他人只有在村委大院做村长，才显得强大，是他们依附于村委大院，如果他们不在村委大院了，他们的身子好像也缩小了不少，腰不再挺拔，胸脯不再挺起，声音不再洪亮，这一切随着他们在村委大院任职的结束而结束了。村委大院就像是他们开的坦克车一样，只有他们驾驶着才有力量。如果出来以后，就和一般的村民毫无两样，甚至变得更加低沉。但是，水清不同，即使他的那个院子不再是村委大院，他也是有村长的样子，是村委大院依附于他，而不是他依附于村委大院。他本身就是一辆坦克车，他是自己的武器。

钢球则是村北人担任村长的代表人物。对于钢球这个外号，不知他本人还记不记得，如果不记得，最好不要提醒他，否则他可能会恨我。这个外号最初是我给起的，没有想到引起了村里人的共鸣，这个外号就这么流行起来了。

钢球长得就像是球一样的圆。不过这还不能全部概况他外号的神韵。另外一点儿就是他还很坚硬。在我们一起读小学时，我对这个同学最深的印象是他的抗击打能力。栗树老师对这点有亲身体会，如果他介绍会更好一些。我经常看见，不知什么原因栗树老师在操场上就狠狠地一脚对着钢球踢过去，钢球就像是球一样倒地滚了很远，然后一骨碌就爬起来，好像只是热身了一下，什么感觉也没有。他眼珠子咕噜咕噜地转着，还讪笑着对栗树发出邀请说，再来啊。栗树老师心情好的时候就再踢他几脚，如果心情不好，就懒得再踢。对于在这种猛烈打击下都不学习的学生，这是他农村几十年的教学生涯中遇到的最大挫折之一。

一想起这个脸长得像黑地瓜一样的同学，我都为他的皮糙肉厚而感觉不可思议。好像他走错了职业道路，如果让他搞职业搏击估计前途不可限量。

钢球终于完成了当时的五年义务教育。有几年，他都是在自己家承包的果树园里帮着照看。在那里，他经常不回家吃午饭，或者是家里弄点送过去，或者是在山上那间看果树的窝棚里自己弄点吃的，什么煮地瓜、烤地瓜都可以对付。在闲着无事的时候，他就成为一个树上人。

他在一棵很大柿树上的三根树杈之间放上了一个平滑的石板，上面用斗笠罩着，特别是夏天，只要有人经过，就会看到他手搭凉棚向四周观望。在那棵柿树的南边不远处是丛生庄稼的山地，山地里有个石头做的一脸落寞的稻草人，稻草人的远方，则是一片长着尖刺的花椒树。有鸟在附近的树上雀跃，忽然又飞起，越飞越高，最后成为一个黑点，就那么逍遥地消失在蓝天的蓝中。

在更远处，在视力能够到达的极限，能隐约看见一片如刀斧切割一样的断崖，远了只是模糊的黑色一片。但是，如果在近处，就能够听到断崖下的河水因为流畅的行路被截断而发出的不满的抗议声。这声音比咆哮的声音小一些，比哗哗的声音大一些，像是琴师很难以找到的一个合适的音阶。

后来钢球能当上村长，除了基于他钢球的特质外，我认为这段树上人的经历对他影响很大。因为他经常在树上，看到的东西就比别人更高一些，也更远一些，这让他超越了一般农民的见识。但是，只是那棵柿树的高度有限，这影响了钢球看事情的高度。

三

那些年是水清做村长最红火的时期，也是他一生的黄金时期。水清家的院子本来只是住宅，后来水清就把村委大院和他的家合二为一了——老的村委大院是我准备考律师资格住过的那个荒凉大院子。但是，那个大院被一个只干了三个月村长的人给偷卖了——你看就是这种见识，决定了他和水清的格局不能比。村委大院陡然增加了水清家的地位。可以说，即使他的家现在不是村委大院多少年，村里经过的不少人还会感受到这座大院的威严、肃杀和阴影。

虽然我去过水清的村委大院的家不多，但是，由于他是我的本家，我几次进过他热气腾腾的院子。这不仅是指他家里人多，人的呼吸和热情让这里热气蒸腾。也指的是他们家里几次都在一个很大的锅里炖着全羊。当羊肉煮熟的时候，热气腾腾的。几个在村里帮忙的人就那么无所顾忌地找个地方或站或坐地吃了起来。有个满脸络腮胡的大胖子是一个幽默的人，让他坐着吃他坚决不同意，他说，不能坐着，还是站着吃得实，吃得更多。

钢球就是水清当年的手下。水清是从树上把钢球弄到地下，同时也是又把他从地下弄到树上的人。我没有看到水清当年是怎么培养钢球的，或者说，他压根就没有专门培养，而是潜移默化地把自己的影子笼罩到钢球的身上。钢球跟着水清那么多年，慢慢地把自己也变成了水清。在一个合适的机会，他成功地完成了跨越，成为村里真正的村长——他用了十年左右的时间，把村委大院从村南迁移到了村北。

钢球也学水清把村委大院安在家里。可以说，自从水清担任村长以后，他创造了一个先例，也破坏了更早的先例，那就是把村委大院安在家里。那么，把村委大院安在家里有什么好处呢？显而易见，这可以让他办公更加方便一些。同时，钢球是一个有点惧内的同学。在这里，不论村长权力的大小，都可以让他获得更多的权力感，从而在妻子面前勉强挺起腰杆。

钢球的家安在靠近河边的地方。当晚上他躺在床上的时候，就会听到外边河里流水的声音，鱼跃起又落下的声音，月亮漂浮在水面上的声音。水的温柔让他的钢球性格变得相对柔和了一些。这也是他后来担任几年村长的原因。

即使钢球学习不好，但是，他是一个很聪明的人，也是一个在树上生活过的人，因此，他的见识还是在村里高人一等的。当他卖自己承包大片土地的农产品时，即使不要别人的，也优先要他的——他知道以一定的好处来获得更多的利益。钢球善于钓鱼，当然，我们村里善于钓鱼的人也不少，不过，别人钓的真是鱼，他还会钓除了鱼之外的东西。

但是，后来为什么上级不让钢球再当村长了呢？这可能是因为，由于他以低廉的价格在村里承包了几百亩的烟草地，在烟草长势最为浩大的时候，整个田野都是像蒲扇一样的烟叶。这些烟叶把红褐色的土地遮住，让土地里野兔的踪迹深藏在叶子的深处。谁知道那些野兔在阴暗之处藏有什么秘密呢？而秘密意味着可能有更多的利益，也可能有更多的风险。

还有个原因就是，在他建造的众多、硕大的牛棚里，他雇人养的牛的叫声比我们村的鸡鸣加在一起还要繁杂，当然，牛的叫声也更为洪亮，这让村里人休息不好，更加不得安宁。

其他的原因就是，他承包大片土地上种的麦子在春天里无边碧绿，在麦收季节，这些麦子的金黄和红褐色的土地、蓝色的天空组成美妙的三色板，这让村里人眼花缭乱，暗暗心惊。

接替钢球担任村长的人是水清的儿子宽程。在这个村子留下来的人中，能让村子变化的人很少，能够让村子里起波浪的人就是水清，钢球也勉强算一个。那么，宽程怎么样呢？看来村委大院又得从村北转移到村南了，像是轮回一样。这是一个戏剧性的结尾，但是，却可能不是结尾。在我们那些个村子，只要生命还像激流般地涌动，那么，村子里的弄潮儿就永远不会休止，会有一茬茬的他们在唱着自己的歌曲，扬起自己的风帆。这里的水不是被推动的，而是沿着坡度根据惯性前行的。那么，弄潮儿是被水推动的，还是被自己推动的呢？

故乡再望 ────────────────

我家的山地

一

　　我老家在山区和平原交界处。不知是谁恶作剧式的专门安排的。虽然我老家都是山地，但是，在老家南面十几里路的地方，就是坦荡而土层深厚的平原。在那里，地力浮现在平原之上，特别是麦收季节，能够看见平原的力量高出土地一米，麦子在骄傲地随风摇摆、展示。

　　我们那边的山地种的都是红薯，红薯的秧子都是蜿蜒匍匐在地上的。它们从地底里钻出，经过九曲八折的爬行，不知费了多少力气，终于长成了矮小及长而弯曲的身子。红薯生长在山地里，红薯的力量在山地的内部。那些红薯对于外来人而言，看到的可能只是表面上的红薯。其实，在地底下，红薯却长得好像是山地下面埋藏的火种。

　　夏天是山地喧嚣的时刻，喧嚣到让人注意不到田间地头的雀鸟的叽喳鸣叫声。到了冬天，当所有的庄稼如潮水般退去之后，只有此时，才能将雀鸟的叫声如同礁石一样裸露出来。当然，也可能是在夏天那么富饶的时刻，雀鸟忙于进食而不愿意浪费太多时间鸣叫。在冬天，它们因为饥饿而鸣叫。它们的鸣叫扩大了山地原野的空旷。

　　在秋天的夜里，这些山地里往往会有羊群经过。特别是在秋天收成过的土地上，这些羊在捡拾着地上遗留下的庄稼秆子、小的红薯根茎，以及地上掉落的零星花生。这些羊和它们的角一起沉浸在夜色里，它们真是牧羊人的伴侣啊。在如此深的夜色潮水里还能给牧羊人以温暖。这些羊的角好似半个罗盘，几百只羊就是几百只半个罗盘，这可以让牧羊人不会因恐惧失去方向。即使我知道这些羊的最终命运，却很难相信牧羊人会忍心卖掉它们。

在冬天，那片山地周围的山好像变得远了起来，天也变得高了起来，这让人在其中感觉更为孤单、渺小。因为没有那么多的庄稼再耐心陪伴了。群山并不是那么紧紧地围绕着，但是，遥遥地看到四周远处的仍然是山。在这种冬天的山地里，没有庄稼和树木的掩护，更加一览无遗，那些兔子之类的小动物一步一步需要更加谨慎小心。

然而，由于那时我和饥饿经常性地做着斗争，我的肠胃和我一起饥饿地奔跑，我没有心情看那些东西。我怀疑那些山地上的风景，其实都是我后来回忆出来的风景。它们已经被我的大脑加工另造，不是原来的景物了。我只是如同给素描的画添加上颜色一样。要知道，在我童年和少年的时光里，看到的很多事物都是苍白的。如果我那时生活在夏秋的鸟的轻盈翅膀上多好，但是，我只是像红薯那样，没有漂亮的形状，毫不起眼，只是委屈地待在山地里，不知什么时候才能验证来自地底下努力的力量。

只有到了冬天下雪的时候，我才真正有心情欣赏一下山地上的变化。以前我经常精疲力竭地淹没在山地里，这时我可以俯下身子观看。特别是雪将山地覆盖一层的时候，那时可以更容易看到平时看不到的东西。我能看到兔子的足迹斜斜地奔向远方。虽然没有雪泥鸿爪，但是，绝对是雪泥兔爪。不过，即使是冬天雪地里的兔子留下痕迹，对于我而言，别想着能够追到它们。一位经常捉兔子的邻居告诉过我，兔子能够掩藏自己真正去的方向，像是一些高深的人一样，他的形迹总是被假象所掩盖。当然，至于兔子怎么掩藏，他也不肯告诉我。其实，就算是告诉我也没用，我掌握不了要领。我从小就没有这方面的天赋。

我应该感激自己没有这方面的天赋，上天是公平的，譬如说，我不会捡柴，就需要另外寻求方式获得热量。我不会寻找兔子的足迹，就让我努力破译掩藏在生活的命运的轨迹。

二

我和父亲是以吃为中轴运转的竞争关系。有时我想，如果是以爱为中轴该有多好，那么，我可以为他写多少温暖的文字啊。对于他最经常说的一句话，我承认是很对的："要吃饭你就得干活，一天不死你一天就得干活。"我丝毫感受不到爱，而是感觉被吃饭这条鞭子抽打着，"干活，干活"。我想自己的逆反性格就是在那时反复锻造出来的。我小时宁愿为邻居家干活，人家连饭也不管，就是管一场温馨而有趣的孩子与父母的对话，即使如此，如果不是强迫，我也不愿意为自己家里干活。因为在邻居家里，我能感受到爱，即使那些爱不是对我的。

但是，我知道没法去指责父亲。他也是这粗粝的山地生活磨损的残缺的人。祖父母就是这么对待他的，他原封不动地传递给了我。

我的父母都是爱地如命的人。虽然这些山地贫瘠，却真的是一家人的命。父亲在村子里只有三个对他还算不错的人，或者说他只有三个好朋友。其中两个多年前就死去了。他就在村里孤零零地留下一个朋友。

这个朋友的家在大村，他们家的祖坟在我家的山地不远处。由于他距离祖坟有些远，就把祖坟上的小块山地托给我父亲打理。别看这小块山地表面上有一层薄薄的土，下面却可能埋伏着一块块大的石头。因为这小块山地太过贫瘠，这家坟墓的主人也就没有种什么东西。就是这种疥疮一样的土地，父亲也没有放过。他花费了整整一个冬天的时间，如同冬天的老鼠在挖掘紧急避难所，把那小块土地下的石头翻了出来，然后，迫不及待地在第二年种上了绿豆。虽然他的那位朋友没好意思说什么，但是，他们家里是三兄弟，另外两个兄弟对我父亲表示了抗议，说是翻动坟墓土地里的石头，会破坏他们家的风水。结果那块地只种了一年绿豆，没有等到第二年绿豆开花，就给收回去了。

因为我们家那些山地出产的东西太过单薄，不足以支撑我们度过严冬，作为补充，父母就会在那些山地边上种上一些花椒树。这是一种可以发出麻的气味的果树。可能在山地边上结出果实的过程太过艰辛，花椒树就用尖利的刺来保护，或者说对付我们。我的母亲是花椒树的受益者，也是这些锋利而让人发麻的尖刺的受害者——每年在夏天最炎热的时候，她的手指和手掌都被这些尖刺密密地走过几遍。

除了这些尖刺带来的尖锐疼痛，那些年秋天收成后山地里留不下任何一点儿多余的东西。即使是山地里的红薯被收获完了，我的父亲还是在秋后认真地去再刨上一遍，地里的任何一点儿的根须或者残破受伤的红薯都无法逃跑，这个笨拙的人依靠认真对它们进行追缉。

在我家那片山地的地头，花椒树只是占据着中等高度的位置，更高的位置是几棵柿树。这也是我们那里极为普通的树，却是在我小时候能够带来一些短暂辉煌般喜悦的树——只要有耐心。柿子只是在熟透的时候才有魅力，或者更为准确地说是吃的魅力。它们有椭圆形的，也有圆形的。在秋天最为深沉的时刻，它们熟透了，红彤彤地挂在树顶，这是一种透明的红，柔软而多汁地闪耀着。不过采摘这些美丽而甜美的东西却要小心，它们异常脆弱，掉在地上就是撒泼一样的粉身碎骨。意思是你不好好对待我，我就不让你吃。

三

很是奇怪，我似乎没有见过父亲摘过或者吃过这些甜甜的的东西。其实，小心翼翼地采摘那些半透明的果实也能让他坚硬的身体多一些不同，变得稍微柔和一些。

父亲好似黄连树变的人。这是我们家乡一种很苦的树，我没有品尝过，这不是一种能让人吃的树木，它的果实也是如此。但是，我的父亲如同这种树一样，距离多远就能闻到苦的味道。这是一种凛冽的苦，能够发出让人望而生畏的寒光。

我不知道需要加多少糖中和，才能让他变得稍微甜一些。有时我会想，如果我把自己的心和大脑借给父亲，他的生活中是否更少一些苦涩？他是不是会更少受一些苦？如果能这样，我是不吝惜作出一些牺牲的。其实，父亲对于我而言，就像是冬天，两人之间有种触手可感知的清寒。即使是夏天时也是这种感觉。我一直向着冬天般的父亲的相反方向行走，这也决定了我们没法遇到。

我在南方一个城市教书时，中午出去散步遇到过一对父子。那时已经是夏末秋初的时候，但是，这里的天气还是很炎热，特别是正午的时候。我沿着轻轨下面的步行道向前走，在没有树荫的地方，就借助着上方轻轨建筑的阴影在阳光下掩藏自己。一对父子和我擦肩而过。父亲六十岁左右，瘦而小，儿子二十多岁，胖而高大。但是，儿子是那种一眼可见的智力缺陷，只是乐呵呵地跟着父亲。父亲背着爷俩的全部家当，这是鼓鼓囊囊的一个包裹，但是，这还不是让我关注且动心的，让我动心的是，即使父亲那么吃力地向前走着，还是不忘记拉一把傻儿子，让儿子躲进阳光的阴影里。这是一种无意识的动作，没有任何理由，只能是天性在推动着他作为父亲的手。

那时我暗自思忖，我甚至不如那个傻儿子。不过，如果我是那个傻儿子的话，不用想，我都知道父亲绝对不会这么对我。我又大胆地进一步想了一下，如果让我做那个傻儿子，获得那个老人的父爱，我会交换吗？很多事情感觉都是谁安排好了的。谁都没有选择，我和父亲是如此。那个老人和傻儿子也是如此。

在父亲眼里，更确切地说在他的心里，我赶不上那个老人的傻儿子。

当然，我更不如他的那些山地。有的父子是对手，只是挂了父子的名义。即使我们是父子，也长时期生活在同一个破旧的院子和寒酸的房屋内，却相隔过于遥远。我们相隔着几个代沟那么遥远的认知，也许我们都各自生活在自己的孤独里——这是固执紧紧围拢住的那种孤独。我们之间的孤独没有桥梁，终其一生也无法到达对方。

四

我对那片山地并不执着，这方面远远不如父母。然而，我却对我的文字很是执着。后来慢慢才知道，我的文字也是埋在那片山地下的。

父母亲对土地有种执念，像是我对待自己写的文字一样。这是一种爱，还是一种疾病？如果一种爱成为癖好，那么，这就可能和疾病一样，由内里向外发作，还不好治疗。

在父亲去世之后，他那么深爱的土地没有带走任何一块。土地本来是没有主人的，谁也带不走丝毫。

在这些年来，即使是农村人也知道土地亏待了他们。否则，又怎么说呢？他们辛苦地在土地上摸爬滚打一年，只是换了一个让土地埋葬他们体力的机会，除此之外，几乎什么都没有得到。

即使有些农村人还是对车流不息、高楼压迫着头顶的城市怀有一种恐惧，但是，还不太老的有些体力的人都去了城市。不知是他们背叛了土地，还是土地背叛了他们。土地是完全无辜的吗？如果真的如此，那么多的汗水为什么不能浇灌出更多的粮食。

母亲年老力衰，她和外公具有一样的毛病，都是年龄大的时候就佝偻着腰。其他人都抬头看着蓝天，她只能更多地低头和山地对话。有人说是遗传。我并不否认，这是贫穷的遗传，或者说是劳累的遗传。

父亲的去世等于消灭了我家山地劳作的主力。母亲也无力挽救那片山地衰败的命运。那片山地如同一个王朝到了末日一样，不是她那佝偻而摇晃的身子所能扶住的。

不过，当年因为两块地中一条狭窄的生产路谁家占的多少都争得不可开交，现在母亲以极其低廉的价格把那片山地租出去，却没人愿意接手。还是猫仁看着和我当年的交情上，勉强答应租了两年。不过租过两年后，他也无论如何不续租了，白给也不要了。

那么，我的文字呢，我一直这么热爱自己的文字，几乎每天都在这片荒芜的山地上低头劳作，如同照顾幼小的子女一样地精细地耕作。可以说，如果是牛的话，都累死几头了。然而，这些文字和我家的那些山地，我和父母的命运又有什么不同呢？那么，我为何还心心念念地在里面寻找红薯一样的火种呢？

赌博

一

我不知道我们家是不是有赌博基因。仅从目前的数据来说，不好判断。原因是，从我太祖父到祖父及其兄弟，没有听说谁喜欢赌博，我甚至都没有见到过祖父赌博过一次。但是，我二叔却是一生以赌博作为生活常态的，我的父亲也是有不小的赌瘾。这就在家族遗传史上出现了一个难题，到底是发生了变异，还是赌博是我们家族男人的天性，只是被其他兴趣压抑住了？

在这里，我需要做个自我检讨。我是有赌博历史的，也有些上瘾。当然，都是小打小闹。我只有到了开始写文学作品后，才真正地将赌博的瘾头戒掉了。当然，文学写作也是一种赌博，只不过这种赌博相对好听一点儿。可以想象一下，如果没有其他收入，却一辈子以文学为业，除了极其例外的情况，基本上这个赌博在经济上都是失败的。当然，精神上则不好说。

我有一个不太熟悉的朋友兼老乡，就是将自己的大半生赌进了文学。这是一个诗人，还是停留在过去颓废诗人的阴影里无法自拔。他长发飘飘，从前面看是一个猛男，后面看却像是一个美女。当然，估计他也不想这样，可能没钱理发。他没有正式工作，目前也没有结婚。看这种趋势，不仅是目前没有结婚，有向着向长期化发展的趋势。

现在的诗人可不是 20 世纪八九十年代吃香的时候，现在朋友们在一起开玩笑都会经常说，你骂谁是诗人？这位诗人朋友经常以采风为名到全国各地穷游。他前几年自费出版了一本诗集，号召朋友或者朋友的朋友，七大姑八大姨给凑了出版经费。我也以较高的价格买了两本。不幸的是，人家还比较高产，这不又出版了一本，还是采取老办法在亲朋好友那里化缘，结果弄得大家怨声载道，因此，就在家里小孩子不懂事的时候吓唬说，你再不好好听话，以后长大了就让你做诗人。

如果从功利角度看，这位朋友可能赌输了。我却没有这么认为。这是一场公平的赌博，别人都是赌现在，他是赌未来。即使现在没有赢，可能他未来能赢。其实，之所以在这方面支持他，我何尝不是如此呢？我在某种程度上也是他的同盟军。不过，由于我穷得不够彻底，因此，我虽然资助了这位朋友诗集的出版，在内心中他是对我不大认同的。

二

回头再说我自己的赌博。我从小就有些好赌。那时的冬天特别寒冷，不过越到腊月的时候，村里的少年们越是有时间赌博。在这个时候，村里人将田野中的一年收获搬回家里，西风也配合地将田野中的枯枝败叶扫荡干净。山上的树木肉眼可见的瘦削。这时我看着它们，总有一种它们拢着袖子瑟缩的感觉。在早晨空茫茫的山地上，雾气空蒙地连成一片，在路边贴着地皮生长的枯草，因过于低矮而免受人们搜刮之苦，此时在那里顶着一头霜花。

在村子中，我穿着单薄的棉衣，袖子也短，因此，想要像香港赌片中通过袖筒作弊绝对不可能实现。不过，其他少年也比我好不了多少。我们都是鼻子里流着鼻涕，口里吐着白气，手上长着冻疮，不过，这也阻挡不了我们赌博的热情。这种热情可以抵御严冬，让饥饿退避三舍。我们都是在村中房子外的地方赌。因为那时的年龄还没有获得入室赌博的资格。当然，最主要的原因是不敢在家里赌，怕被父母发现来一顿暴打。

一个真正的赌博热爱者是不需要高昂的赌资的，如同一个真正的饮酒者不在乎酒肴一样。我们那时候很多东西都可以用来赌。赌资的初级阶段记得是火柴，不是一盒一盒的赌，而是一根一根的赌。至于这些火柴到底有什么用处，那可用处多了。在冬天，消灭在山野和路边仅剩的不好收割的柴草，可能都归功于这些火柴，它们都是元凶。当然，这些火柴头部的磷也是火柴枪可靠的火药支援。这种枪没有什么杀伤力，只是最简单的一种枪的样子，有扳机，扣动扳机后，就会将火柴头刮下的磷引爆，发出炸裂的响声。其实这种东西叫枪，也是侮辱了枪的名声，它几乎不能击伤任何活物，就是响声也像一棵玉米秆折断的声音。不过，在那个年代，如果能够武装这么一只，还是能够体现个人实力的。

应该说，除了热情以外，我赌博是有天赋的，这点我不用低调。但是，在少年时，却没怎么赢过钱，因为那时我们的赌资基本上都不是钱。等我有钱了，却又对赌博失去了兴趣。我在少年时只是赢过一次钱，是在刚过完春节后的几天。之所以我记得这么清楚，并不是记忆力超群，而是那次我先赢后输，输掉了我所有的压岁钱。要知道这十几块钱的压岁钱是我拿头换来的——不要惊慌，并不是我真的把脑袋给了人家。在我们那里，虽然当时都很贫穷，但是，过年时小孩磕头拜年都要讲究个面子。我那年运气好，平时最吝啬的本家也给一两角的拜年钱，加上我们家门户也大，我又努力，几乎给所有的本家都磕过头——是这种头换的。但是，非常不幸，这些脑壳都磕的发晕换来的钱，被比我大的那几个少年设局给赢去了。是的，我没有骗人，他们三个确实是设局，即使不是很高明。虽然那种牌的玩法是各跑各的，但是，他们却联合在一起，集中火力对付我一个人，你说那还有好吗？

三

我父亲也是一个热情的赌博爱好者。他有一个特点在我们村或者附近村子谁也比不了——虽然不是逢赌必输，但是，绝对能做到十赌九输。幸亏我母亲看得紧，加上农活忙，否则，就他这个水平，估计就是世界首富都输光了。

父亲打牌是单向透明的，不是他的水平高到故意让牌友把牌看光的程度，而是他就是这种拿牌的习惯。在农村的赌博人中也存在着鄙视链，像是我父亲这种，不论是玩的金额还是水平，都是让那些水平更高、赌资更多的人所看不起的，也不屑于参加他们。父亲都是和那伙赌资拥有量更少或者赌博水平大致相当的年龄更大的老头子一起玩。

父亲经常玩的是那种长长的二指宽的纸牌，牌面上印刷着古代装束的人，并且根据不同的人形标明了数字，以分出彼此。他们那一伙更多的是在我们村逢集时玩牌，因为家里人此时对他们管得更松，并且可以借口说去赶集买东西，偷偷地去玩上半天。

我也能感受到父亲那一伙人的满足，即使我偶尔经过，甚至都能感觉到他们的满足从脸上、身上溢出，蔓延到我的身上。特别是冬天的时候，他们都斜靠在一个麦草垛旁边，阳光满满地照在他们的身上，一点儿也不会浪费。即使风再大，那是外面的风，这里是风没法到达之地。倚靠着这温暖的麦草垛，我似乎能看到麦苗从父亲他们身上生根分蘖。

不过，父亲那水平确实愧对这么好的环境。在抓牌的时候，他哆哆嗦嗦地把手指伸进嘴里蘸一点儿唾沫，然后慢慢接近纸牌的牌面，牌面上被这些老人用同样的沾牌方式已经弄得一片乌黑。父亲会根据他们打牌的规则，小心翼翼地把牌插好——这如同士兵战队，必须按照高矮个儿，不能有什么马虎。不过，看着别人都是有条不紊地安排那些牌的顺序，他这么做简直就是惨不忍睹。牌在别人手里紧凑而有力，好似随时准备出征。在他手里，却是稀稀拉拉地一大片，散兵游勇一样。同样的牌，在别人手里好像不够用，而在他的手里却显得太多。本来他抓牌就慢，同时又由于紧张，就不自然地把牌面毫无保留地向打牌的对手们展示。他的牌友迅速地插好牌后，还不忘记察看他的牌——你看这能赢吗？等父亲好不容易把牌抓到手里，还没有开始出牌，他的坏牌友就在那里催了，结果父亲更加紧张，一不小心纸牌哗啦一声全部掉在地上，于是，在周围的抱怨声中，他再重新拣起。

最为不幸的是，父亲好不容易捋好牌后，还没有来得及享受成功的快感，我的母亲就不知怎么侦查到了这个地点——她在这方面几乎是无师自通，在父亲那伙人毫不知觉的情况下如同天降，一巴掌把父亲手中的牌打落一地。结果这牌就玩不成了，留下父亲一脸零落的牌友们在那里面面相觑。

四

和父亲相比，我二叔可就算附近村里的赌博高手了。在我少年不太懂事的时候，我还曾经羡慕地站在他的身后观看。真的，他赌博时甚至和赌博融为一体了。他赌博的手势潇洒，气势磅礴。我当时认为那种形势下最适合的姿势就是那种了。那是指点江山的手势，是一切尽在掌握之中的眼神。当然，这是他赢钱或者是打顺风牌的时候。

不过，他也有牌风不顺的时候，这时不要看他的牌，看他的手的动作就知道了。他的手长而瘦削，好像是一双专门为赌博准备的手，敏感而多疑。当然，这种敏感与多疑与外界其他事物无关，它们专用于二叔的赌博王国。

在摸牌时，他的手开始只是缓慢地在那里移动，动作幅度很小，像是地下刚爬上地面的蝉蛹一样。然后，他的手指忽然静止下来，在那里发出长时间的沉思，比一个哲学家还要深沉。慢慢地他的手指开始变成了一个神经质的女人，互相在纠缠扭动，能看出手背上的血管里的血也开始不安起来，几只蚯蚓在里面好似做着挣扎。很快，他的手兴奋起来，能听到手的骨骼不断地摩擦，不断地加快着节奏，如同一只准备随时一跃而起捕捉猎物的野兽。不过，当牌面随着他的一声大吼在桌子上响亮地被翻开——并不是一副好牌。他的手如同遭受了雷电的重击，更确切地说好似一个痴情的女人被男人所抛弃，独自在瓢泼大雨下哭泣。他的手满是沮丧，好像所有精气神被谁一下抽光，软绵绵地瘫倒在桌子上。每次打牌时他的手都遭受到这种程度的折磨，反复不已，即使那双手不是心脏，一般人也难以承受。我好多年都认为这是不是会诱发他的心脏病。

除了在我家祖屋以外，另外一个二叔经常去的赌博据点就是村里水库的看护鱼的两间房子。这里距离附近村庄还有一段山路，鱼跳起的声音时有耳闻，很是幽静。不过，无论在哪里，对于附近村子这些闲人赌博汉而言，都是惊心动魄的战场。

我认为经常赌博的人和搞创作的人都是一类人，都需要抽烟来刺激灵感。在二叔那个赌博的屋子里，本来就狭窄且通风不畅，时间长了整个屋子就被烟气抬起来了。里面朦胧一片，每个人面目都不清楚，云里雾里一般，加上那歪七扭八的姿态，如同《西游记》师徒四人取经一样，就差一匹白龙马，一根金箍棒和一柄钉耙了。

二叔是初中毕业生，而我的父亲只是上了小学三年级。可以说，那时的初中毕业还是一件值得一提的事情。同时，他当过兵，长相也是仪表堂堂。即使是在年龄七十多岁的时候，也留着向后分的大背头，头发上闪闪发亮，不知上面涂抹的是发胶还是口水。就是这样，他在农村灰头土脸的老汉中很容易地被凸显出来，他在以自己的形象向周围展示——我就是和你们不同。

我祖父带着我们一家从吉林省重新迁移到山东老家时，二叔当时正是青春耀眼的时候，他在吉林住的那个村子还当过村干部。不过，和他从部队退伍的原因一样，由于吃不了苦，就提出不干了。

　　二叔以尖刻式的幽默著称，这一点儿，在我们附近的村子谁都不能和他比。我知道就有两次，都和他的婚姻有关。当二叔随着祖父回到我老家这个村子后，曾经别人介绍过一个女朋友，都谈婚论嫁了，但是，二叔又不知怎么认识了现在的婶子。我婶子那时是公社秧歌队的，长得年轻美貌。后来年龄大了在农村跳广场舞，还跳到澳门广场舞大会上风光了一把。因此，我二叔更加中意现在的婶子，就把那个女朋友退亲了。他那个女朋友很生气，一定要嫁给我们村的人——一个从供销社上班的男人，就是要看看我二叔以后过得怎么样。

　　确实，后来二叔落魄的下场让她亲眼验证了。不过，她也过得不幸，丈夫在儿子初中没有毕业就生病去世了。因为这个事情，二叔就在人前人后大肆尖刻地挖苦，说自己当时就有预见，幸亏没有娶那个女人，要不死的就是他，他早就被她克死了。

　　我二叔如愿以偿地娶到了秧歌队的二婶。这在农村属于优势互补。因为那时二叔看上去至少比一般种地的人要有出息。否则，像是二婶那种村花级别的姑娘怎么会嫁给他。何况二叔又是能说会道。这是一种让农村一般人害怕的嘴，直接可以碾压农村的那些乡邻。但是，这些花花绿绿的外在掩盖了二叔的内里。

　　我不知道他什么时候染上了赌博的习惯。不过，也可能这种习惯本身就深植于他的体内呢，这个小小的似乎人形的东西长着一双灵巧的翅膀，只是在合适的时候飞出来而已，并且从一飞出来就把二叔绑架了。它的肉体成了二叔肉体的一部分，二叔的灵魂被它的灵魂所寄生，它和他就合二为一了。即使二叔被赌博所绑架，家里人想着还有赎回来的希望，但是，赌博要的赎金太高了，二叔时间长了也犯了赌博斯德哥尔摩症，成为屈从于赌博的帮凶。即使我的祖父没有放弃二叔，这是他一只宠爱的长不大的玩偶。但是，二婶终于难以忍受，决定离开这个虚有其表的男人，离婚后去南边几里路远的一个村子，嫁给了一个杀猪的屠夫。但是，二叔还是不以为然，说就是嫁给那个杀猪的也不会有好下场。很不幸，真的被他说中了，那个杀猪的男人过了大概十年左右也得病死了。我二叔真是个乌鸦嘴，他的嘴应当被封印。这以后，二叔在村里大街上更有话说了。"我就是刘伯温，前算八百年，后算八百天，我就知道这么下去有生命危险，就早早和她离婚了。"你看气人不？不过，到底二叔会不会算命不好说，他可能算准了别人，就是没有算准自己。

五

二叔曾经是祖父的希望，也是我们家走出困境的希望，可惜如同黑夜远方的鬼火一样，闪耀着邪气而不可捉摸。

二叔是一个善赌的人，但是，无论在亲情还是经济方面，他几乎没有在我身上放一点儿赌资。对于二叔而言，他好像是一个在深水里的溺水者，我们家本来希望他能拯救这个四处漏风的家族，最后没有想到还得去拯救他。

二叔患上了重病。他是那种即使是疾病可以把其他器官都腐蚀掉，却唯独不会腐蚀掉嘴的人。即使病重，我听村里人讲，他却奇怪地声音很是洪亮。我只能把一些钱让一个本家长辈转给他。因为他总是一脸优越地看着我，无论做什么总是那么理直气壮。我感觉二叔就是一潭不见底的深渊，我怕他把我吞噬了。二叔太能说了，我很怕他的那张嘴，如果他的嘴能用于正常的地方多好。

如果他能像是那次黑夜中载着我前行多好。我曾经和二叔一起在深夜去附近的那个煤城。那时祖父母都在那里做着小生意。我坐在自行车的后座上，二叔骑着那种大轮的自行车。这种自行车坚固耐用，本身却有些沉重。那时的路也不太好走。我们在夜色中前行。我感觉二叔在奋力向前骑行的时候，夜色如水一样被他分到两边。

那是一个月光亮堂堂的冬天，这让人显得特别寒冷。不过，月亮同样让我们的影子紧密地贴在一起，特别是上坡的时候，即使穿着棉衣，能感觉二叔背上的热气都冒了上来，亲情一样地蒸腾。在冬天，这让我特别温暖。毕竟他是我的亲人，在这么寒冷的夜里，亲人的一点儿热量都可以用来取暖。

在经过村庄的道路时，好像更加温暖一些，或许这只是感觉。四周有鸡在叫了，这是天快亮的征兆。他对我说，我们再坚持一会儿，天亮了就好骑了。

进煤城到祖父租住的房子的时候，天已经黎明，感觉到我们两个人的头上都被露水打湿了。祖父已经早早起床。他看到我们后一脸的惊喜，因为这是他最爱的儿子以及孙子。我不知道自己是否辜负了这种爱，不过，可以确信二叔绝对对不起祖父的爱。

祖父至死都深爱着他的二儿子。父亲有三兄弟。父亲和三叔加在一起也得不到二叔获得父爱母爱的十分之一。祖父在八十多岁的时候，还用自己辛苦一生赚的钱给六十多岁的二叔建造房子。祖父在已经九十多岁的时候，我去看他后准备离开。在祖屋里，二叔组织的赌局在里面正高呼酣战。这是二叔的第二个主要的赌博据点。祖父颤巍巍地跟着我走到大门前，欲言又止，最后好长时间才知道他老人家的意思。这个九十多岁的老人用充满深爱的眼神看着屋里正在赌博的二儿子说，我老了，就是现在身子骨还行，早晚有不行的那一天，我估计也快了。他指着七十多岁因赌博一脸兴奋显得年轻不少的二叔，"你以后要好好照顾你二叔。"

我感觉一口闷气压在了胸口。祖父这么大的年龄，我已经没有任何指责他的动力。但是，他这种溺爱其实也是一场赌博。能够想象到二叔少年时的聪明帅气，在每天上学时不仅迎着一天的朝霞，也在背后承载着祖父祖母多么深沉的爱的眼光。不过，祖父的这种爱赌输了。

虽然我们家不是赌博世家，但是，我有时却会忍不住这么想，祖父赌的是二叔，因为这是他最优秀或者说是最心疼的孩子。二叔赌的是自己，他把自己一生当作了最大的赌本。

那么，父亲赌的是什么呢？在那么长的时间里，他都沉浸在自己疲惫的、缺少爱的世界里，好像沉睡的时间太久，他似乎忘记了自己在赌什么。他只是凭借着惯性在赌。不过只是用很小的赌资。

父亲至死还留着赌资。钱也不多，不到一千块钱的样子；整整齐齐地叠着藏在席子下，都被压到粘在一起了。母亲打电话告诉我，说这些钱她费了好大劲才一张一张地揭开。母亲打电话时，我晚上正在写着东西，书桌上摆着一面镜子，在晚上还可以依稀看见我慢慢有些斑白的鬓角。在桌子的里面，摆放着我写的所有的书，此时，它们整整齐齐地站在那里，一脸警惕地看着我。

三叔

一

后来想想，可能是祖父和祖母是亲姨哥姨妹结婚的原因，我三叔在成年后感觉有些傻。当然，这些都是我后来的分析。至少在我们家从吉林蛟河重新搬回山东老家时，三叔还没有被村里的人说傻。他的傻不能确定一定是天生的，也可能是在后面的岁月流言里逐渐积累成的。一开始，他可能也和正常的小朋友一样活泼可爱，就是读书读不下去。不过在那个时候，这并不稀奇。那个时候读书的不多，读书好的就更少。

在我们山东老家人还对三叔的认知有些陌生的时候，还有热心的邻居专门上门说亲，把附近村子的一个姑娘说给他。可以说，三叔傻的历史至此还是一片空白，直到他在刚相亲没有几天，就去新的对象家里偷看前，他都是一个完全正常的农村人。

三叔是亲自去新对象院墙外且满怀希望地败坏自己名声的。可以想象当时的情景。在万物复苏的春天，上午的阳光一直照到三叔的心里。在野外，桃花灿灿，如火如荼。那时的村庄人烟相对稀少，道路上也是见不到多少人。车辆不多，人们没法更快，都在路上慢悠悠地前行。不论是推着独轮车，还是步行的人，好像山地上的牛羊一样散漫地走着。三叔也就是这些人中的一个。但是，此时，他的心却像是桃花那样燃烧，因为他急不可耐地要去看一下别人刚给介绍的对象。

三叔就那么喜气洋洋地走在去新对象家的路上。那时我们一家刚从吉林一个农村搬回老家，当时东北地区经济比山东更为发达，否则，也不会那么多的人都携家带口去闯关东。我们家就是这人群大潮中的一个浪花。可以说，即使那时我们家不富裕，但是，毕竟三叔青春年少，他的青春就是最好的衣服。何况，他刚从东北地区那里回来，穿的衣服也比山东老家这边更为时尚一些。因此，三叔更加傲娇地走在新找对象的那个村里，他不顾那个村里人的惊疑目光，自顾自地走着，旁若无人地走在他的世界里。

就是那么一直走到了他的第一个人生分岔口。他在一家有着简陋石墙的院子外停下，里面有着女孩子的声音，还有鸡叫的声音，这好像是公鸡在挑逗母鸡，毕竟春天到了，这是万物春情萌动的时刻。三叔就是这万物的一个小小的颗粒。本来以他的新角色，就是从大门大方地进去也没有问题。但是，他有自己的思考方式，否则，就不符合他的特殊内心世界的运作规则了。他喜欢欣赏，就踩着墙外的石坝，爬上了那家的墙头，和幸福而期待的桃花一样，将头探入那个石头院子里，以未来丈夫幸福的眼光看着未来的可能妻子。但是，他未来的可能妻子看到了这么一个鲁莽的男子，并且他未来可能的岳父、岳母也看到了这个不走寻常路的男子，很是吃惊且羞辱。其实，不是三叔有问题，而是那家人的思路和三叔的思路不能同步，他们的思想与三叔的思想没有互相进入的渠道，因此，就不能很好地欣赏三叔，结果，不出意料的是，这门亲事就黄了。这也是三叔一生中唯一一次可能的婚事。因此，即使是多少年后，我都愿意为他多写上一些文字。

没有办法，谁没有一个青春呢，即使是一个傻人也是如此。他们也有自己的世界，可能只是我们没法进入，就恶意地猜测他们的愚蠢。他们也是有快乐的啊，并且他们的快乐飞翔的更高更长久。在我们看来，他们生活在一个颠倒的世界，但是，在他们的眼里，我们的世界也是一片混沌、颠倒错乱。

二

一个傻子可能比看上去更聪明。如果只是将别人看作是傻子，那说明你也不聪明。我三叔有时被村里人认为傻，或者说缺心眼，这不是三叔的错误，以哲学的观点，三叔的傻可以照出村里人的傻。

三叔很少有朋友，因为他的那个世界对其他人紧紧关闭着，只有对同类人才能打开。我堂姑家雇的一个傻子就是他的屈指可数的朋友。

那个叫梁二的傻子是堂姑父的本家，他的村里人都认为他智力有问题。堂姑父后来看到他可怜，正好我堂姑家在村西边的山坡上建造了一个养鸭场，就把他叫过去，帮着照看鸭子。当然，工资也不高。这个傻子只能在白天到处行走，难道他这么喜欢光明，这么厌恶黑暗？后来一打听才知道，主要是因为这个傻子眼神不好，到了夜里出去能出去，就是找不着路回来了。不过这样也好，晚上养鸭场不怕没人照看，反正他想跑也跑不了。

这个傻子是一个羞涩的男人，和我小时差不多。这是一面镜子，看到他我很恼火，好像回到了自己那段傻乎乎的往事。我小时候特别害羞，就是走路都得只走路的两边，一般在白天不敢走路的中间，中间的道路是留给更勇敢的人走的。不过，这个傻子还是要强过我，我看见他在白天走山路时简直就是横冲直撞，然后从山路转到好的水泥路时也是左右摇摆，当然，这估计也有眼神不好的原因。

我到堂姑家的养鸭场时，经常看见这个傻乎乎的男人。他由于害羞的原因，好像五官都提前有远见地长得缩到一起，整天低着头，不知是不是思考一些深沉的问题。他很少说话，在一段时间我甚至都认为他不会说话。因此，我见到他也没有打过招呼，我想他也不会在意。

不过，我错了，他恰恰很在意。因为我堂姑在养鸭场找一些土鸡蛋给我做菜时，遭到了那个傻子的强烈反对，他终于明确地表达了自己的态度，说这些土鸡是他经常照看的，因为我去了后不和他打招呼，因此，鸡蛋不能给我吃。即使我堂姑是那些下鸡蛋的土鸡的真正主人，也是替我说了不少好话，才把鸡蛋从山上拿了下来。你看，我情商低的缺点就显现出来了吧，即使是一个傻子，如果不好好对待，他也会给小鞋穿。

傻子管三叔叫表叔，都是论的"村邻"，也没有直接的亲属关系。很荣幸地我同时用三轮车载过他们两个人。那时我祖父还在人间，在老家的山地里种植烟草。他整日侍弄这些烟草，这不仅是他的经济作物，而且也内化为精神的一部分。

农村里农忙的时候大家都忙，闲的时候大家都闲。这样，在农忙的时候，傻子的优势就显现出来。因为傻子没有忙的时候。祖父就安排我开着三轮车，载着三叔去南边隔壁村的隔壁村去请那个傻子帮忙，那个傻子梁二一般只有三叔才能请得动，因为他们懂得彼此的语言。

对于三轮车这种铁家伙，三叔倒是没有什么畏惧感，后来他买过七八辆三轮车，经常在祖父留下的那个上坡陡峭的大门挣扎着把三轮车推进去。不仅是他在挣扎，三轮车同样也在挣扎。同时，三叔在三轮车这方面还有锲而不舍的精神——在这里声明一下，他的这种精神仅限于三轮车这极少数的物体。即使他骑三轮车摔过很多次，也很多次领教过三轮车这种铁家伙失控时的狂野性格，但是，他像是对待心爱的女人一样，从来都保持着一种痴情的爱，即使不是专一的爱。

不过，傻子梁二显然没有三叔这种见识和格局，他害怕任何奔跑迅速的或者有电的东西。特别是用电，在养鸭场，我堂姑教过他很多次，他就是不用，不知是不敢还是敬畏，或者是厌恶、恐惧，反正就是坚决不用，用提升工资为诱饵还是不用。他才不管鸭子是不是缺水，没水就忍着，热死算命短。在我开着三轮车让梁二上车时，幸亏三叔用他们的语言动员，梁二才慢吞吞地向着三轮车走过去，十米那么远让他走出了十里路的感觉。终于走到了三轮车边上，他刚用手一摸三轮车的车斗，又像是触电一样地躲开了，还真没有想到梁二有这么敏捷的时候。三叔连忙从三轮车上下来，一边吐着口水，一边好好安慰。当然，这不是他对梁二表示鄙视，而是他有个吐口水的习惯。无论见着多大领导都是如此。不过，他能见到的最大领导也就是村长。三叔对梁二还是挺有耐心的，他扶着梁二，梁二从三轮车后边打开的门小心翼翼地上去，好像三轮车里面到处都是值钱的水晶杯。最仁慈的僧人见到蚂蚁时落下脚也没有他小心。终于，他好不容易地上去了，我想那一刻，整个村庄或者整个世界的人都和我一起深深地出了一口气。

那天刚下完雨，地面上的积水在三轮车的颠簸中闪着快活而明亮的光。三叔看到了梁二刚买的崭新的雨靴。三叔是一个特别喜欢雨靴的人，家里的雨靴总是擦得锃亮。他说，侄子，你买的这个雨靴挺好看的。

梁二嘴里好像是塞了一团煎饼，他嘟嘟囔囔地说："表叔，我这个热天在山上抓蝎子，抓了几个月卖了后才买的。蝎子可把我蜇死了。"

三叔说："你真是个傻子，蝎子蜇你，你不能拿石头把它砸烂。"

梁二说："你才是傻子，砸烂了就不值钱了，一摊泥一样，卖给谁要？"

三叔说："你的雨靴不实用，你看我这双解放鞋多好。晴天下雨都能穿。说着他伸出自己的脚。因为下雨，这双有些破旧的解放鞋沾上了湿湿的泥垢，感觉就像是一个衣衫褴褛的乞丐。"

三叔接着说："你买这双雨靴被骗了，很薄，我们这边带刺的东西又多，几天就给你扎个大洞，就烂了不能穿了，你是瞎花钱。"

梁二这时有些着急，他说："那你说怎么办，表叔？"

三叔说："这样吧，我们爷俩也是朋友，我这双解放鞋比你这双雨靴耐穿多了，我就吃点亏，给你换了，你可不要对你哥说啊。"

梁二有个大哥，不过也没有找到媳妇，好像也有些智力问题。难道傻子还能同辈遗传吗？没听说过他们的父母是傻子啊。梁二听到这里千恩万谢，在三轮车上就把雨靴和三叔做了交换，连连说道，我不说，谁我也不说。我爹我娘都不说。不过，这个时候，梁二的父母已经去世好多年了。

三

三叔是一个讲究原则的人。我和他在周村煤矿做过工友。那时他三十几岁，无论是年龄还是体力都是一生中太阳中午的时刻。在周村煤矿，为了促进工人多挖煤，就采取了激励式的工资支付制度。每个月工作 26 天及以下，每天六元。每个月工作 28 天，工资是八元一天。如果遇到我这种年幼的猛人，工作满 30 天，每天工资就是十元。尽管我那时力气单薄，平时也不是特别勤快，但是，由于金钱的刺激，让我凭空增加了不少力量，一定咬着牙坚持赚个每天十元的月工资。幸亏我那时年轻，牙齿也和我一样年轻，否则，几副牙齿都咬烂了。

这里的关键点都能看清，就是挖煤至少超过 26 天才不吃亏，否则，工人的损失还是比较大的。这一般人都能算清，我三叔当然也不例外。就算他真的算不清，还有我祖父，那是个干了一辈子小生意的人，多精明啊。

不过，三叔工作最多到第 26 天的时候，就无论如何也不干了，无论祖父怎么劝说甚至打骂也没有用。可以看出，我三叔的最高的原则就是每月工作 26 天，每月工作 25 天及以下更好。这点我真的和他不能比，从那个时候就看出我们爷俩的差距了。

讲究原则这点还体现在三叔不论亲疏的方面。在周村煤矿挖煤最初那阵儿，我是多么希望他能帮助我一下，然而，在煤矿下面和煤矿上面没有任何差别，他只是喊着腰酸腿疼地做自己手中的活儿，多一点儿也不帮助。我知道他的苦心，这是他在锻炼我的意志。

那时我才知道煤矿下面是一个不同的世界，确切地说，是一个弱肉强食的世界。一个工友仗着是老资格，年龄也比我大，就处处找碴欺负我，但是，三叔还是无动于衷。不过别看我年轻，可不惯着那个找碴的坏小子。在我们厮打的时候，我看着远方的三叔手扶着铁铲在那里呆若木鸡，我多么希望他能把压在我身上的坏小子推开，就是不用铁铲也行。不过，最后还是靠我自己，我努力把那位推到一边以后，用镀灯盒子——这是一种为头上的镀灯提供硫酸以发光的坚硬的方形物体，狠狠地砸在那位和我打斗的工友的头上。如果没有戴着头盔，我估计他基本上脑震荡没有问题。不过，这也足够了，我让他的心灵得到了震荡，自此以后没有再敢欺负我。

三叔是一个极其讲究原则的人，这方面在保卫他的钱时特别明显。我在结束四年打工生涯后重新读书，在读大学时经济遇到了困难，就向祖父求援。祖父看着也是心里焦急啊。不过，本来他的钱就不多，还需要支援他的二儿子重建家园。他就让三叔给我一百元。不愧是三叔，这就是最大的原则性问题，他坚决不给。最终直到祖父动怒，像"制导导弹"一样把半截扁担朝着三叔扔去，不过，确实是"制导"了，却不精确，没有打到三叔。只有到了这时，三叔才委屈地掏出了一百元钱。其实，就是这一百元钱我也非常感激他。因为我看到了他掏钱的全过程，虽然没有看到他这一百元钱是怎么赚来的。他找了一架破旧的梯子，梯子摇摇晃晃地发出警告声，三叔沉重的身躯像蛇一样地弯曲，从屋檐下的一个洞里摸到一个陶瓷罐子。这个罐子以前是几只鸽子的家，后来不知被外边哪个不良的鸽子给拐走了，就剩下了这空巢寂寞地卧在那里。不过，不知三叔什么时候发现了这个罐子的银行作用，就悄悄地把他的钱存在了里面。他在罐子里拿出一个塑料袋——这可以防水，看三叔想得周到吧——细细地一层一层地揭开，最后在一沓钱中抽出一张，万分珍惜地拿给我，这时我都差点看哭了，恨不得给他一张。

在二叔生病很重的时候，三叔也是对原则性问题寸步不让。我在南方的那个大城市因疫情封闭，也没法回去，其他人告诉我，二叔那段时间睡着拉睡着尿。他离婚以后，两个孩子让我婶子带走了，到老他也不再嘴硬，也没人照顾。他就声嘶力竭地喊三叔的小名，声如洪钟，特别是在夜晚，让整个村子都坐卧不宁。

但是，就算三叔就在二叔的门外和别人闲聊，就是不帮着他收拾。我不知道为什么，难道他想起了小时候我的祖父祖母的偏心？明明是纸面上有三个儿子，实际上心里却只有一个儿子。可能他想到了二叔仗着年长和我祖父祖母的宠爱，对他经常打骂？这都是我不知道的事情。三叔从来不是一个情绪化的人，在他那里，我看不到生老病死，也看不到喜怒哀乐，最多就是看见他被祖父打时的恐惧以及被骂时的着急。

可能村子附近的人被二叔的叫声折磨的实在无法忍受，就有一个本家的长辈出头，问我三叔："我出钱，你替你二哥打扫一下家里的卫生行吗？"

三叔说："我二哥不是说谁也不靠，哪里死喂哪里的狗，死了还能没人埋吗？现在找我做什么？"

本家长辈说："那是你亲哥，这个时候不依靠你依靠谁？"

"多少钱？少了我不打扫。"三叔说。

"给你四十你打扫一下吧。你不是我侄子，你是我叔行吧！"本家长辈说着有些着急上火了。

三叔说："六十元，少了我就不打扫，里面比厕所还难闻，脏死了。"

最后，本家长辈给了我三叔六十元钱，才最终艰难地达成了这项协议。

四

在祖父去世的时候，二叔表现得让我有些诧异。他好像超越了正常人的感觉，忘记了祖父对他的深爱，悲痛悬挂在他的感觉无法触及之处。

他在放着祖父遗体的灵堂里和别人有说有笑。我最后实在看不下去，才严厉地制止了他。

三叔还是一脸木然，和平常没有一丝异常，只是在别人催促他哭时，他才装模作样地号上几嗓子。不过，等到没人说他，他像是投入一块石子很久后的湖面，又恢复到平常的表情。在他那里看不出悲喜，好像什么都没有发生一样。如果从这一点儿，也许他是一个高人，在我们都看不见的隐秘角落里，一脸深沉地看着这茫茫人群。

不过，在祖父快要离世的最后几年里，三叔至少比二叔要强多了，比我父亲也强不少。聪明人往往不如傻子。特别是对父母而言，这点可能在最后更为明白。在最后的日子里，那些聪明人总是有自己的事情，匆匆忙忙，整日忙碌，好像他们就不会死亡一样，好像能够把一切带走一样。三叔没有妻子，一直跟着祖父。在祖父最后的那几年，即使他的身体还可以，毕竟是一棵将要枯萎的树了，全身没有了水分，需要靠三叔这个傻子经常给他浇上一些水。可以说，在那种情况下，在农村那种相对隔离的住房环境中，即使老人渴了，如果没人在旁边，在生病或者衰老不能动的时候，喝口水也变成巨大的难题。

虽然村里人都说三叔傻，但是，我们家最后改变了多年根深蒂固的认识。他真的不傻。祖父临终时留下了一两万块钱，都存在我们村的信贷员那里，但是，在把祖父的灵柩送到墓地后，却无论如何找不到那张存钱的存折。都以为是祖父偏心，把这些钱给了二叔。不过二叔指天指地发誓不承认。没有办法，我姐说去挂失吧。要不这些钱取不出来就浪费了。只有到了这时，三叔才出来承认这存折在他那里，千万不要去挂失。谁还敢说他傻？

我父亲去世的时候，家里特别繁忙，看着三叔无所事事，我就鼓励他说，你好好给家里帮忙，以后等你老了，我会照顾你。

三叔脸上的肌肉忽然如当年的桃花一样绽开，眼睛里放出讨好且期待的光，他激动地说，是，是，我好好帮忙。等我老了就靠你了。你说话要算数，一定要好好照顾我，给我养老。

以后每次我从南方教书的那个城市回老家探亲，他遇到我总是反复地核实：你以前说过，等我以后老了，动弹不了，你要给我养老送终。

都说三叔傻，我从来不信，你看，他哪有一点儿傻的样子？

母亲的小屋

一

我不知道我们在山东老家最早的那几间房子是怎么修建的。我看到的只是多少年后它的尊容。房子一共三间，本来是建在一片桃树林子里，这片桃树林子就是我家的院子。但是，院子的地面却是北高南低，如同我们村子背靠的天空一样，向着南方倾斜。即使是平整这座院子，也不知过了多少年才完成的。都是在农闲的时候，在外边的山地里，我们家用独轮车发挥愚公移山的精神，一点点地向家里运土石。此时，父亲如同瘦削的大蚂蚁一样，奋力地在石头凸起的路上与独轮车搏斗。独轮车也是有性格的，只有力气大的人才能控制住，蛮牛一样。独轮车的两个车把就是牛角，父亲两手好似就握着牛角，在他们互相搏斗的时候，我甚至能听到牛的粗重的喘息声，当然，也可能是父亲的喘息声。他们就这么互相纠缠着到了我们家那个破旧的大门前。如果不了解情况的人，还以为是两个关系密切的人在那里互相搀扶。

大门前面的洼地比门槛矮了不少，加上村里的小巷狭窄，这个时候，我们一家甚至和独轮车成为一体，大家都恨不得融进独轮车中，好让力气集合在一起。母亲在前边拽着牵引独轮车的绳子，父亲在弓着身子推着独轮车用力，焦急地大呼小叫。这简直不是推车，而是抬车。没有办法，父亲当时既没有更大的力气，也没有牛等大型的牲畜，只有把人当作牛来用了。

最初在院子东南面的角落垫高一些，那部位在整个院子里就显得特别优秀，其他的部位伴随着母亲的抱怨也开始不满起来。因此，父亲就推着那辆独轮车，像是推着一个心爱的人，在外面山岭上挖掘土石，周而复始地摔跤一样运到家里。在最初垫高部位的相邻地方接着再垫，一点点的如同蚕吃桑叶的镜头倒放，这个院子最终总算是垫起来了。

在院子垫高以后，以前与之相配的房子就越发显得不顺眼起来。如同一个上身穿着乞丐服，下身穿着花裙子的漂亮姑娘，可能以时尚界的眼光看起来还挺好，但是，以我们农村人的眼光，这能让人产生割裂感的心痛。没有办法，加上这座老房子已经与风雨斗争了那么多年，筋疲力尽，平常四处漏风，下雨时到处漏雨。于是，母亲狠心了好久，把所有的本来不多的资源全部用上，准备再建一座新房。

我们家拆掉了原来的房子，院子里明显不够用了，四处都是老房子的残骸，如同把一头牲畜杀了，它的肉被分解在地上。在半天以前，这座老房子还是完整的一个，风在它的耳边轻轻地抚摸，每年都来的燕子在它的额头做巢，现在它已经完成了自己的使命，轰然一声倒塌了。一片尘土如同老房子发出热气的呼吸，很快这呼吸也被风吹走了。

除了老房子的残骸外，其他的家具或者餐具还零零散散地摆放在院子里。在建新房子的那段时间，我们全家都没有地方住，就在院子里搭建了一个简易棚子，作为临时的住所。当然，这也是防止别人夜里把家里的东西偷走。那时的人都穷，几乎所有的东西都是有用的。因此，失窃也是常有的事情。这几年来，在农村，就是整日家里没人敞着门，也几乎没有丢失东西的了。

我们一家睡在新搭建的塑料棚子里。到了夜晚，周围忽然变得透明起来。月亮从天而降，闪耀地照在棚子外面罩着的塑料上，这无形中加强了它耀眼的力量。月亮照在地上，让一切都历历在目，多少年后也能让我看得清清楚楚。月亮穿过塑料照在我们的身上，母亲因劳累已经发出安全的鼾声。那时我就知道，原来月亮是那么的公平，它照山，也照水，照富人，也照穷人，照那些森然的大房子，也照我们这一院子的房子的躯体——这些建筑材料将要获得房子的名字和生命。

那座房子的建成必须感谢母亲。父亲是一个迂腐的人，在村里没有一点儿威信，找人帮忙就全靠母亲。那时建房子除了石匠是支付工钱外，其他的都是求左邻右舍过来帮工。当然，其他人有类似的事情，也需要过去帮忙。母亲就是那么一点点的凑着建房子的钱，一家一家的找人，一步步地到十几里路远的地方买建造房子需要的东西，这座房子就是那么建成了。

二

父亲去世之后，母亲没有继承其他什么，直接就继承了在那个老院子里的随之而来的恐慌。

如果恐慌是有形状的，我想它一定是很巨大，对于母亲而言，就是一个院子那么大的范围。恐慌的里面一定是没有活跃的人气，以前曾经在这个大院子里的人气都变凉了，冷成了露珠的模样。

恐慌一定是空旷的，即使是脚步都能够发出很大的回音。如果是一片叶子从树上落下，那么，在里面陷入沉思的人可能会吓一跳。

恐慌一定是孤独的，里面只有一个人，其他连互相打骂的人都没有。互相打骂也能让恐慌变得缩小一些，变成拳头那么大小，此时的形状就不是那么让人恐慌。

恐慌一定是能够变形的。平时夜里听到的猫头鹰的叫声——这是山区常见的现象，恐慌会让它变成具有特殊含义的征兆。是不是有什么要被带走？以永远决绝的方式带走。是不是有什么要来？以难以想象的方式来。

我们家后来建造的那座房子其实把母亲也建造进去了。对于一个农村妇女而言，我不知她是以什么样的决心和毅力，在几乎是白手建房的情况下，费尽心力、破釜沉舟地把那座房子建造起来。

　　可以说，让她建造那座房子的难度多大，让她放弃那座房子的难度就有多大。可是，母亲在父亲去世之后，她义无反顾地放弃了那座房子。这里就可以看出那无形的恐慌在她心中凿出的巨大空洞。

　　母亲这时忘记了一辈子和我父亲惨痛的斗争历史。她这时可能会想，有个人一起打斗原来是一件幸福的事情——这是和父亲刚去世前相比较。母亲在那几年里犯了恐惧综合征。即使在父亲去世送葬的那几天，我和姐及我的外甥都在老屋子里陪着她，她也好像是被谁到处追击似的坐卧不安。她不敢一个人在院子里，即使大白天也不敢，好像是白天也有人不放过她。天色一晚，她就不敢独自待在屋里，屋里以前所有熟悉的物体好像都对她构成了威胁。在夜里，她需要和我姐在一个床上睡觉。就是这样，还在夜里经常被谁敲门一样的惊醒。谁在夜里回来呢？房间里的那个陈旧的木桌子上的灰尘已经积了一层，寂寞地留下了几个指印。在傍晚的时候，如果没有关上大门，能够听见门被风所吹动，开了又关，关了又开，谁会在傍晚来呢？

　　在那几年里，在我出钱为她建好一个小房子后，邻居说她再也没有去过老房子。她是恐惧什么呢？难道越是熟悉的东西越是陌生？越能给她造成杀伤。那个房子也是她一手建造的啊，如同喂养一个孩子一样的艰辛。母亲不仅不去老房子，甚至老房子的那个方向也不去。即使去地里干活不得不走那里，也绕道过去。那座院子被她彻底埋葬了，还是终究无法埋葬？

　　我的母亲不是以前的母亲了。以前她在父亲面前很是强势，她几乎很少正常地和父亲交流过。本来她比我父亲要矮小，但是，在很多年里，我一直感觉她比我父亲更为高大——那种压人一头的高大。不过父亲的去世让她没有了比较对象，她以肉眼看得见的速度老去。她的身子佝偻得更加厉害，说话颠三倒四，耳朵也会滑稽地改变对话者表达的原意，她已经完全是暮年的老人了。母亲是受到父亲的牵连而老的。

我以前以为母亲这个年龄，已经看淡了生死。不仅是看淡了自己的生死，更是看淡了别人的生死。因为母亲在村里多年就经常参加农村的一些丧葬活动，她主要是负责给村里死去的人穿上最后的衣服。每个人都希望自己体面，即使死了也不例外。我母亲的工作就是负责让这些死去的人最后体面一次。但是，在父亲真的去世之后，事情却发生了新的变化。

我以前想由于母亲做的那些事情，她一定比一般人更习惯死亡。然而，那是别人的死亡。母亲骗了我，原来相杀可以真的和相爱互相依存，虽然母亲自己不会这么表达。好似有一根长长的隐秘的绳子，本来一端在遥远的地方，现在被父亲的死亡所凸显。母亲最终把这根绳子扯了出来。

母亲甚至珍视起夫妻打斗起来。通过换亲娶上老婆的邻居张豁子——其实他只是兔唇，村里人都这么称呼——和老婆因家庭纠纷打架，母亲惊慌失措地过去拉架，回家后对我大哭一场，说以前就是这么和我父亲打架的。这还是我熟悉的母亲吗？

三

我们家最初建的那座老房子被推倒，一座新的房子在原址上重建。重建的这座房子变老的命运没有改变，它的出生就是为了变老，无限接近死亡。我们人不也是如此吗？

自从父亲去世，那座房子被母亲用伤心屏蔽了。即使房子还在那里，但是，已经没法在原址重建了。伤心被织成一面巨大的幕布，横亘在老院子和母亲中间。母亲看不到老院子，虽然能够闻到它清冷的气息，以及逐渐废弃的声音——草从院子里逐渐拔节的声音，树的枯枝又断了一根的声音，老旧的鸟巢从树上掉落的声音，石磨的磨眼在遮住自己眼睛的声音。

我们决定再为母亲建造一座小屋子。建造小屋子的速度需要跟得上她要摆脱过去的速度。只有建造了新房子，她的心才能在被往事的追缉中得到解脱。她被往事绑架、羁押了。我说的一点儿不夸张，那段时间她很少吃饭，不是不饿就是忘记了吃饭。

她没法在比我们乡更远的地方居住，说一个乡的距离主要是考虑我外公家里。因为我外公就住在本乡，她几乎一生只在我们家和外公家里住。但是，我们很难在村里给她找一个更合适的地方。本来打算在我二叔那个祖宅里住，准备给她在东边隔开一间房间，但是，她和二叔两家关系又不睦。又考虑在一个本家堂叔的野院子里给她盖两间小房子，却有些不放心。那个院子荒废很久，虽然在大村的中央，但是，由于现在大村中央的街道更窄小，没法开车，左邻右舍的院子已经荒废掉了。如同一个果子，看似光鲜，里面的心却空了。如果住这种房子，万一晚上有个三长两短，就是喊破嗓子也可能没人听见。特别像是母亲这种老人而言，可能也没有力气喊破嗓子。再说，在大村那里建造两间陌生的房子，和我们原来空旷的老房子有什么区别呢？难道只是从父亲的气息中逃跑吗？

幸亏我的本职是从事法律事务的，经常为别人考虑，我反复思考了好久，决定在三叔和祖父那座宅子里再建造两间房屋。自从祖父归西以后，三叔就独霸了那个院子。之所以如此考虑，这是因为，虽然三叔智商是有点问题，但是，毕竟那是亲人，让母亲挨着他也可以多一些照应。

何况，那座宅子屋后就是村里最主要的一条道路，那里新修了水泥路没有多长时间，这可以为母亲带来更多的人——即使不是她的亲人，但是，对于一个恐慌而孤独的老人而言，只要是人就可以。在那个路边，最不缺少的就是人，即使夜里也是车声和脚步声不断。母亲那个时候需要的不是安静，而是喧哗。

因为我们那个小村很多人都搬走或者到外地打工，在我们准备为母亲建造小屋的道路两侧，却成了最热闹的地方，因为农村人都喜欢在看上去好点的路边建造房子。这也很符合母亲的性格，她一生没有别的爱好，就是喜欢到邻居家聊天，这天衣无缝地契合了她多方面的要求。

四

堂姑有时说我对母亲很好了。村里那么多老人在老伴死了后，很少见过有子女再出钱给盖房子的。这是她体谅我的不易。她目睹了我从童年到少年所有的遭遇，也看到了我在外边这么多年漂泊的不易，她是我们家族中最能理解我的。

我站在屋后邻居大门门楼下，秋天的雨水给四周带来一片空蒙。我认真地监督着施工的人在三叔家的院子里填土，建造地基。三叔和祖父一起住的这座院子地势很低，房子后新建造的水泥路由于垫高又增加了这种落差。因此，在那座院子里建地基并不容易。

我是强行让这些自然的地方增高的，并不是自然形成的。这使得这项小小的工程凭空多费了很多力气。有时我想，我和父母之间的感情也是后来我强行给增高的。他们是我的父母，我从理智上应当爱他们，但是，家庭的贫穷导致他们对我的感情的贫乏一直是我的隐痛。像是建造房子一样，本来就正常的地基多好，可以省很多力气。我和父母的感情也一样，如果自然地平坦多好，这让我的心里重建变得简单一些。

我在为母亲策划着建造房子的时候，母亲和我姐都在旁边。由于急躁，我说了一些让我姐不高兴的话。我母亲老了，她已经没有力气再反驳。我却不知为何想趁着有力气说出来。我承认家里在我后来读书时给了一些帮助。对于一个亲情极度干旱的人而言，任何一滴水珠都是值得感恩的。

但是，一些事情我还是无法忘怀，一些伤痛还是让我在那片秋风秋雨中隐痛不已。

这包括我手指的伤痛。我在周村煤矿挖煤挤断了三根手指，对于我的父母和姐这些家里人，好似这件事情和他们没有任何关系，没有一个人问过我，没有人关心过伤得怎么样，一句话也没有，好像是没有发生一样。但是，这确实发生了。我感觉有时我们相隔的太远了。

我趁着那个急躁的当口把这些话说出来了。其实，这些话早就潜伏在那里，只是被我内心的闸门严密地关住了。不过，在找到了合适的时机后，它们还是任性而舒畅地奔腾而出。

不过，毕竟母亲还是爱我的，以她的母亲的本能在爱。何况，她现在陷入了巨大的空洞之中，我不拯救她谁拯救她呢？我有次夜晚经过那个老院子，里面的风声晃荡着，夜色将它充满得如同一口巨大的枯井一样，好像一不小心就会掉下去。即使在院子外，我也会有些惊慌。在这点上，我开始有些理解母亲。

在我的生活里，都是我一个人在回忆。有时我想，要是有个人补充一下多好。因为我能够记住的事情太少，在一棵人生之树上，只是用手掰下了一个枝杈。

我竭力想着父母对我好的方面，好让我感恩，让我在回报时，更加心甘情愿。

很长时间里，我好像一个人对抗着外来铁铲的不断挖掘，身上的碎片如同电锯下的木头碎末一样。很多人认为这是理所应当的，但是，当这块木头在干渴至极的时候，很少有人为它浇上一滴水。当然，口水还是有些。但是，如果是我的母亲在挖掘，我还能忍受，毕竟我也用铁铲挖掘过她。之所以我们能够互相容忍对方，这是有天性的成分在里面。

家里有泉水的那个人家

一

我十岁时就老了。这不是我的错。从记事开始，我就如一叶孤舟，在父母家和祖父母家来回摇摆，这样，心理从小就经历了更多的人世风浪，见识得多，磨损也厉害，就这么早早地老了。

那时，父母和我不亲近，祖父母毕竟隔着几十年的代沟，因此，和他们两边在一起的时间都很少，我就把余下的大把的时间去陪伴别的老人。我的这些直系亲属本来可以享受我的亲昵，我却去陪伴别人，这是他们的损失。不过，他们不懂，也根本不关心这些。我的这些亲昵就白白地送给了别人。

我十岁开始变老的征兆就是，在那个年龄我就喜欢和老人在一起。虽然我也有几个少年朋友，但是，不知为什么，我感觉真正能够进入我心里的是老年人，特别是那些聪明的老年人。

我就是在那时和家里有泉水的那个老头子接触的。他符合我的标准，在村里我管他叫大爷，他是一个老人，并且是一个聪明的老人。这点从村里人给他起的外号就可以看得出来。他的外号叫小鬼，我们那里人认为小鬼更加聪明。当然，我们村也有外号叫大鬼的，这是一个身材很高大的中年人，因为身材魁梧获得了大鬼的称号。

小鬼大爷的家是后来搬到我们那个偎依在山前的小村的。在我和他不熟悉之前，好长一段时间还对他们家恨恨不已。因为他们家的院子把这个山村唯一的山泉包裹进去了。这多么不公平，以前我们可以在夏天炎热欲烧时到那个山泉掬一捧泉水解渴，也可以在山上摘下没有成熟的浑身是毛的桃子在里面清洗。当然，在泉眼下方的水流中，也可以把脚伸进去感受盛夏的难得清凉。不过，自从小鬼大爷的家搬来之后，泉眼就被他们家用破旧石头垒成的院墙关进院子里了，如同一个幽怨的女子，少年们只有痴情地隔墙望着，内心对这家人充满了怨恨。

不过，我慢慢发觉小鬼大爷是一个和善的人。那时我是一个受人轻视的孩子。我当时还年幼，这种轻视都是从农村地位不高的父母那里传递过来的。不过，小鬼大爷却没有把我当成一个十岁的孩子，而是和我类似于朋友那么的说话。至少我是这么认为。当别人都叫我的小名，甚至是尖刻地叫我外号时，他见到我总是笑眯眯地打着招呼："来，侄子，到大爷这边的石头上坐一会儿。"他指着身下门槛两边的两块方形的石头。石头靠里面有个圆形的空槽，这是为了固定门框用的。那一刻，不仅他脸上皱纹笑了起来，连山羊胡子也笑了起来。

我们一小一老，像是黎明和黄昏，坐在大爷的门槛上，直到夜色弥漫了我的眼睛。我发现傍晚一开始是一点点地走的，它从远方而来，一点点地走过黛青色的山峦，走过河流和田野，慢慢来到我们那个村子。在村子里傍晚是从上向下降落的，从树梢到房顶，从房顶到院子，最后如同一片幕布，在瞬间将一切都笼罩在它的怀中。

二

那些年，我们村边原野和村子里到处长着柿树。在秋天，村子被挂在柿树上的红透的柿子照得亮堂堂的。可以说，每次看到这些红透的柿子都会点燃我按捺不住的喜悦。这些柿子如同一个人的灿烂时刻一样，邻近的人都会感觉被照得发亮。在这个时候，少年们如同肉食动物在巡查它们的领地，经常到柿子快要变红的柿树下逡巡，这种机会早了不行，晚了就没有了，只有正好在那些柿子红的时候赶到，就发现它们在阳光下透明而温暖地等着呢。

那个时候老人都不让早晨或者晚上吃这些红透的柿子，即使它们熟透了，还说是对肚子不好。后来我仔细想了一下，不是肚子，而是对胃不好。不过，我吃那些熟透的柿子的时候，可不管什么时间，就是半夜也吃，再冷也吃。不是对少年们的胃不好，而是对这些老人的胃不好。少年时吃什么胃都好。这些我到现在开始慢慢地体会到。

到了霜降以后，这些树上的柿子就会被摘下，它们高光的时刻从树上降落到树下。在我们那里，没有变红的柿子被一个个放入一种能够去皮的刨刀中，在周圈去掉柿子皮的时候，那个小小的刨刀如同纺车一样地旋转。

去掉皮的柿子如同被脱光衣服的娃娃，被整齐地摆到一片不高的棚顶上。这些棚四面透风，上面是剥去叶子的高粱秆排在一起，用绳子串成席子的模样，下面用山石作为基座，再用长长的木棒垫上，棚子就成了。

一开始我是不用去看护这些忽然因脱去外皮而感到有些寒冷的柿子的。因为它们都很涩，根本没法下口，没人去偷。到了它们晒了几天之后，脸上慢慢地变成了红紫色，这一发展路径和我们那里的山里人特别相像。这个时候我就打点一些简单的行李，住在晒柿饼的棚子的下面。这真是一个在外面野地住宿的好地方，因为天气不是很冷，同时，这个时候蛇蝎等动物也不再出来活动。蚊子也到了销声匿迹的时候，总之，只是有好处没有坏处。

夜晚的月亮如同透明的扫把扫地一样，把山地上打扫得光光的。月光落在褐色的土地上，如同霜落在柿饼上，这让那片山地有了甜美的感觉。无人能够打扰，在这里，我们可以奢侈地享受一天一地的大好月光。

我家看护柿饼的棚子和小鬼大爷的棚子挨着不远，这让我早早对这种生活充满了向往。其实，我就喜欢这种半露天的感觉，最美好的是有人在附近陪着。相反，在家里那狭窄且黑暗的房子里，父母之间永不停息地争吵，这让我憋闷且压抑。

相比较而言，在外边这种地方睡觉该有多好啊。即使那时已经是秋末。在秋天刚开始的时候，风是一片一片的，到了秋深的时候，风就成了一缕缕的，专门找那些被子里有空隙的地方。风是有眼睛的，它的眼睛越是在夜里越是敏锐。即使我藏在被窝深处，也能找到我。这真是一个善于追缉的好手。在单薄的被子下，它如同凉水一样地洗刷着我。然而，在这样的地方住着还在乎那么一点儿冷吗？世上哪有那么周全的东西。那时我是一个容易满足的人。

我忘记了和大爷在夜里聊过什么。其实，一个六七十岁的老人，一个十岁左右的少年，到底能够聊什么呢？我曾努力在记忆深井里打捞，但是，捞上来的都是空空如也。不过，这有什么关系呢？至少我们聊过，对着满地的月光，听着满山野的风声。至于聊得具体是什么内容，已经不重要。语言不过是桥梁，只要是跨过了，不管是什么样的桥梁，让我过去就可以了。

我打量着那个临时遮挡风雨的棚子，这是多么透明的家啊。即使没有四周的遮挡，却短暂地给了我更多的家的感觉。可惜这种时间不是很长，大概一两个月的样子，棚子上的柿饼每天早晨都被捏上一遍，最后被捏了无数次，完全把我的那段透明的时光都捏进去了。随着几次霜降以后，棕红色的柿饼上面也有了霜花的模样，却不冰冷，也不融化，这时的柿饼叫作上霜了，那就到了收回家的时候，我的那段美好的时光也结束了。

三

我喜欢小鬼大爷，却不太喜欢他的大儿子，更准确地说是对他的大儿子有些惧怕。这位大爷的大儿子是村里的民办老师，也是那种当时粗糙村里小学的粗糙老师。我不知道他是怎么当上老师的，给我的印象就是他除了手法准确外，看不出有什么优势。他总是在上课的时候，看到哪个学生调皮，在毫无声息之间，以迅雷不及掩耳之势把手中正在用着的粉笔头掷出，准确率估计远超过他教过的数学的准确率。

这位老师直到被辞退后还是保持着当年的习惯。在穿着上，他还是喜欢穿带兜的中山装，这可能是那时小学老师的标配。在上衣兜子里一定要插着一支笔，那支笔还能不能用不是关键，关键是要有。即使种地做了真正的农民，他神情还没有从当年做老师时转变过来，严肃而执着。不过，由于被辞退，他的眼神中还是掺杂了一些忧郁的成分。即使在使唤驴子向家里运送庄稼时，他也是一本正经、正义凛然的样子。那头驴子不知在他们家活了多少年，任劳任怨。每次他指挥驴子时，就睁大着眼睛，这让他的抬头纹特别突出。这些皱纹不符合年龄地深，就是有两只小虫子掉了进去，然后费力地向外爬，估计也爬不出。那头驴子也是如此，后面拖着的地排车上的庄稼如同泰山压顶一样，把驴子几乎淹没。他就在那里大声地说教，数落着这头驴子的种种不是，像是数落他当年不听话的学生。他的这些喋喋不休的话语如同唐僧在念经，让那头驴子不胜其烦，为了摆脱耳边的这种困境，那头驴子使出了吃奶的力气，终于把那车庄稼从一个深坑里拖了出来。当然，最大的好处是脱离了被辞退老师的语言的深坑。在驴子的身上，我第一次感到了他的语言的杀伤力。这是能够让一头驴子产生置之死地而后生的力量。

不过，虽然这位辞退的老师在使用驴子上还算成功，却在婚事上弄得满城风雨。这得感谢我那位小鬼大爷。可以说，小鬼大爷的大儿子那几年的民办老师的经历是他找到对象的一个重要原因。不过，自从他从学校被辞退后，他在农村人眼里文化人的形象迅速凋零，这让他的对象及其家庭也产生了疑虑。如果在农村生活过的人都知道，在农村，如果要找个对象，你总得有一点儿值得嫁的地方，也就是给一个嫁给你的理由。如果你不给她一个嫁给你的理由，她就给你一个不嫁的理由。对于这个面目忧郁的民办老师，他出力是不行，但是，好赖当民办老师也有个名声，等到没有这个名声后，那门婚事就成了难题，最后一直拖了八年，终于把婚事给拖垮了。是的，真的如同一座房屋一样给拖垮了，并且在农村资源那么紧缺的情况下，拖塌了就很难重建。

对于大儿子的婚事告吹，小鬼大爷此时做出了在那片农村中多年后都流传的一件大事。那次我正在距离我们村子东边不远的一个集市上卖蒜。没错，确实是卖蒜，这也是我人生中难得的一次摆摊。我之所以卖蒜是被二叔骗了。他不知道从哪里找到一串蒜，都编在一起，清朝的遗老遗少的辫子一样，中间还被谁揪去几头。二叔本来说带我赶集，哪知道到了集市上把我安排到一个路边，临时设了个摊位说让我先看一会儿，交代了个卖蒜的价格，叮嘱我过会儿他过来找我，没想到直到散了集才来找我。他那时就是那么不靠谱。

不过，如果我不替二叔卖蒜，还看不到小鬼大爷那戏剧般的一幕。只见他从远处遥遥而来，一手拿着锣，一手拿着敲锣的鼓槌。他的眼里闪着奇怪的光，分不清是愤怒还是讽刺，甚至还有点浅笑的感觉。他一边敲着锣慢慢地走着，一边向赶集的人诉说着大儿子刚分手对象的不是。我能理解他的愤怒，毕竟儿子拖到了那么大年龄，在农村男子再找对象就比较麻烦。但是，不知为什么，我隐隐感觉到这种方式不妥。在小鬼大爷的前后左右，都围着不少人。对于围观者而言，这是乡村集市上难得的一景。诚然，小鬼大爷确实出气了，因为他大儿子找的对象就是这个集市所在的村里的，但是，他没有想到败坏别人也就是败坏自己。看着他的胡子激动地在嘴唇上下跳跃，我忽然替他感到害羞，连忙在人群中藏住了身子。

四

在那次逢集的大街上，小鬼大爷从南走到北，从东走到西，这让他及他的家庭在周围村子声名远扬。我认为这是他一生中最让人记忆深刻的一次。不过，这却给他的儿子们带来了难以弥补的后果。每一次放纵都是有代价的，我那时就知道。

在农村的婚事中，大多数都是指望别人说媒。其实，如果大爷不这么大闹一场，再心情舒畅地离开，那么，他的大儿子也许能够再找到妻子。然而，小鬼大爷的这种做法就等于直接向那时相对封闭的农村婚姻市场宣示——你们给我大儿子做对象，一定小心，不成功，我就让你们的名誉扫地。这其实是将他家本来就狭窄的婚姻渠道变得纤细无比，在本地很难看到太多希望。

小鬼大爷的大儿子一直在我们本地没有找到对象。多年后，他降低自己当年民办老师的身份，和我一样去吉林一个煤矿挖煤，才找到了一个因工伤失去丈夫的寡妇。同时，小鬼大爷的这次放纵也导致其他两个儿子的婚事受阻，他的另外两个儿子都成了婚姻困难户。到这里，我忽然明白了村里人的智慧，为什么管大爷叫作小鬼，那就是聪明是很聪明，不过是小聪明。

不过，这家人有值得荣耀的高光时刻。这一般都是在新年前的几天里，村里的干部会组织人去他们家，敲锣打鼓地去，结果吸引了一路的不少小孩子。到了这家人的大门口，就不由分说地把一张"光荣烈属证"贴在他们家的大门上。在贴这张"光荣烈属证"的时候，小鬼大爷就笑容满面地在门前等着，旁边的锣鼓也不能停，仪式感一定要有。他笑着让那伙送"光荣烈属证"的人到家里坐坐。其实，他也知道人家没有时间去坐。同时，他又在兜里掏烟，不过兜里那时偏偏没有。他又吆喝着老伴到里屋拿烟。大娘是那时标准的老年农村妇女——善良懦弱，没有发言权。她听到小鬼大爷发话，连忙迈过高高的门槛，说是迈过，感觉就是爬过的样子，人群中有看热闹的人哄笑起来，她就更加羞惭，跌跌撞撞地奔着里屋去。我们整个小村都是院子北高南低，因此，这增加了她行进的难度，好不容易到了里屋，又搬开了一个沉重的木箱，香烟压在下面的另外一个木箱里。这是以前小鬼大爷在农村吃喜酒带回家的，每人一盒。不过可能攒的时间有些长了，香烟的味道消失了不少，整盒香烟上倒是充满了岁月悠久的味道，也就是那种微微发霉的味道。大娘也不管那么多了，她慌不迭地拿着香烟努力冲向大门口，却听见那里的锣鼓声音逐渐远去，那些送"光荣烈属证"的人早已等不及，到下一家去了。

不过小鬼大爷也不骂她，只是意味深长地看着我，"这都是走个形式。"我也不知道他说的是让老伴回里屋拿烟是形式，还是村里干部送"光荣烈属证"是形式。接着他看着大门上贴的崭新而散发荣耀的"光荣烈属证"，叹了一口气说，这张纸是我爹拿命换的。

其实，在农村，时间都是重叠着的，周而复始。农村人的命运也都是在那片土地里反复地循环着，几乎所有人都是朴素甚至有些卑微地生活着。没有人在品行方面完美无缺，小鬼大爷也不例外。然而，毕竟大爷在那些年陪伴过我。那里有红透的柿子，被霜走过几遍的柿饼。还有那眼泉水，它又从黄昏中款款地流出，慢慢地充满了我幼小的眼睛。

好多年我回家探亲都是来去匆匆，我甚至忘记了问一下小鬼大爷的情况，在村里大街上也没有看到过他的踪迹。母亲平常负责为村里死去的人穿最后的衣服，她好似掌管着村里人的生死簿，最清楚谁在哪年死了。在母亲一次偶然的谈话中，我知道小鬼大爷的大儿子死了，就是当年那个被辞退的民办老师。不知为什么，我一直没有问小鬼大爷的下落。虽然我隐隐地猜到什么，但是，我还是坚持不问母亲。如果不问的话，或许那个大爷还活着，还在那泉水旁边的石头上坐着，看着路边经过的人，他温和地打着招呼，直到暮色掉进了他的眼睛里。但是，如果我问的话，他真的死了呢？我怕他的死是我给问死的。

在胡柳村：他们曾经活在我的周围

一

我的堂姑住在胡柳村。胡柳村是一个相对平坦的村庄，这里的土地更平缓，人也更平和。这个村在我们村的南方，因此，就会最先获得南风的吹拂。在冬天快结束的时候，可能他们村的人都被风吹得暖和了，我们村的人才开始化冻，因此，我们村的人相比更加冷漠。当然，他们村地多人少，竞争没有那么激烈，人就更加朴实。我们村地少人多，竞争就更激烈，人也更加机变。因此，我很喜欢他们的那个村子。

我在考研的那段时间，就住在这个村我堂姑的一个荒废的房子里。这里本来是一个中心位置，但是，却由于村里的人建房都向着外边靠近道路的地方发展，这里就成了空心。

在这里，我感觉到更为放松。除了堂姑每天都可以按时给我做饭外，这个村的氛围让我浑身更加舒展，因为我是一个熟悉的陌生人，走在村里的大街上，这个村的人大多都认识我，我却大多都不认识他们。我可以和他们打招呼，也可以不打招呼。

在这个村子里，我打招呼的一般只有三个人，他们是柳二、梁三和老马。

柳二个子不高，却是很精悍。他们村里的人都说他有驴劲。他说话着急的时候，简直就是在喷话，确实像是驴子的"咴咴"叫一样。他年轻时是个精力无穷的人，连说话都成了他精力发泄的出口。

每个人可能都有在年轻时气势如虹的日子，柳二也不例外。到了老了，柳二的目标也并不高大，他只是希望自己比年轻人力气更大，希望力气能够一直跟随着他，不背弃他，让那些后来的年轻人不要轻视他的存在。

但是，没有想到他的力气背叛了他，比他想象的要早得多，也比我想象的也要早。我几年后重回胡柳村，不敢相信疾病把柳二摧残成这个样子。这不是几年前连说话都要像是钢球掉在地上一样当当作响的他了。他被一场慢性疾病所纠缠，成了疾病的奴隶。没有疾病的许可，他不能独立行走，哪怕十几步。

我看到他的时候，他几乎就是堆在门前的小板凳上。他甚至不能扶起自己，他的腿也背叛了。可能还是顾着自己最后的尊严，也可能表示对我形式上的礼貌，他不顾我的劝阻，扶着墙摇摇晃晃地努力站起，还是不行，他不得不求助于另外一只手里的拐杖，最终墙和拐杖一起终于把他抬了起来。

老年是一场被疾病和衰老挑起的政变，连自己最为亲近的手脚、眼睛都背叛了自己，可以说是众叛亲离。还有比器官对自己更好的事物吗？

想当年他的那些器官，比任何亲属都要亲近的器官，是多么的高效有力啊。在麦子熟的时候，他的鼻子在几里路远就能闻到麦子的香气。不用去麦地，他也知道当年麦子的长势以及成熟度。他的鼻子甚至能闻到麦子是如何簇拥着麦子，在风中发出喜悦的微笑。年轻时他的一个器官往往能当几个器官用。现在正好相反，他的几个器官也不如当年的一个器官好用。

他是一个早年杀过猪的人。在他年轻力壮的时候，甚至比杀猪刀更为锋利。不过，他也慢慢被时间的杀猪刀所杀。时间虽然不比杀猪刀闪亮锐利，也没有血腥的气味。但是，这是一种钝的刀子，是一种软的刀子，它缓慢地履行着自己的消除职责。一天天一月月一年年，它都以看似不易觉察的步子，一点点地从皮肤开始切割，然后到达骨骼，最后到达心脏等关键部位。

在接近六十岁的时候，柳二几乎是一个人建造了自己家的三间房屋。这是一座石头和石头之间像是优秀的牙齿一样细密排列的房屋。看他那几年长年累月认真地建造房屋的样子，好像是要在这座房子里活无数年。在建造房子时，他像是对待最心爱的儿女，充满柔情地从小开始抚养，用一块块不大的石头细心地喂养，用温情的眼睛看着这座房子一天天长高、长大……

我不知道他是如何抚养自己的子女的。他有两个儿子。大儿子在很多年前就成了仇人，甚至比真正的仇人还要恶劣。我曾经看过他和大儿子互相用农村最恶毒的话咒骂对方。大儿子曾经跟着他学过几年杀猪，父子两个都有趁手的武器，都手拿着明晃晃的杀猪刀，刀上透着杀过猪后留下的油腻的温润。他们的眼神都很凶狠，我想在那时，父子两个都把对方当作待宰的猪，只是没有被绑上而已，都在那里嗷嗷狂叫，都在那里看着对方哪个部位更适合下刀。

我不知道，一个建造一座石头房子都那么细致、耐心的人，是怎么抚养自己的孩子的。房子能周遭围拢，让他安然度过严冬。但是，孩子也是另外一种房子，让他在老年时可以遮风避雨。但是，他建造的孩子的这座房子彻底地让他风雨飘摇，没有任何遮蔽风雨的作用，两个儿子反而成了风雨，不断地摇动着柳二的房屋根基。

疾病如影随形，对柳二逼迫得越来越厉害。虽然他和我的父亲年龄差不多，却是一个年轻时更为灵巧的人。他早早地就会开三轮车。村头的农村诊所距离他家只有五十米，对他而言却像是五十里。他后来都是开着三轮车去诊所看病。他只能短暂地扶着三轮车下来，再借助着拐杖，辛苦地走进诊所那扇绿色的门。他的蹒跚脚步下偃伏着他当年的雄心。

不过，他的心还在，还是不服任何人。有的人天生就是吃草，有的人天生就是吃肉。在言语上谁也不能戏弄他，他还是有健康时那种接受任何人挑衅的心。

不过，像是他这个样子，不过是一棵腐朽的大树，不用风，自身的重量就可以把自己压垮，也没人去招惹这位风烛残年的老人，怕惹上麻烦。

我父亲就不信这个邪。我父亲虽然年轻时比柳二吃过更多的苦，身体却比他好得多。两个都是七十多岁的老人，却不知因为什么事情发生了口角。我不知懦弱的父亲在年老时怎么就焕发了雄心，他在推搡中把柳二推倒。柳二开着三轮车去我们家诉苦，说自己因为这次摔倒在那个诊所治疗了一个月。母亲也怕被赖上，好说歹说赔了二百元钱，等父亲回家时把他大骂一顿。

这次我比较庆幸，家里的这个事情没有找我。很长时间就有个规律，家里只要有麻烦的事情就来找我。柳二可能还保留着最后的一丝尊严，因为即使在他病重的时候，我也从来没有轻看过他。可能就是这个原因，他才没有打电话找我。

即使病得那么重，柳二也不想死。他还有一些钱，但是，两个儿子没有一个愿意带他去县医院治疗。我可以想象他在生儿子时有多么的狂喜，但是，多么巨大的狂喜就有多么巨大的悲凉。

柳二的死也是有尊严的死。在那座精心建造的房子里，他吊死了自己。绳结打得很精致。那种绳结在农村最为好看，也最为结实，只有在捆最难对付的猪牛时才使用。他真是一个精致的人。在农村，这种绳结叫作绝情结。

为了表示对他当年爱儿子这种观念的彻底告别，他把剩余的钱一部分给了几次带他去医院治病的朋友——他们是杀猪宰牛的朋友，在宰杀的血腥中竟然也培养出了临终的友情。另外一部分钱被他烧了。隔壁村开饭店的中年男人是一个大嘴巴，他用夸张的手势和夸张的语气比画着说：看样子烧的钱不少，烧的灰都那——么——高。

二

在考研那段时间，我一个人成天待在那座院子里。院子的石头墙很高，早晨出太阳的时候，阴影就拖得很长，阴影和寂寞的颜色很像，好似把我淹没了一样。幸亏我还有些事情做，那就是不停地潜入那些题目的深海中，不停地忙碌，从而逃避寂静的追缉。

在那时，和我大多数时候一样，我是一个没人想念的人。在没有人想念的时候，那种寂静是贯穿全身的，寂静将我绑架，如同一根直直的冰棍。我必须有点事情做，这样才能让我的身子热起来，不被寂静所控制。寂静是寂寞的初级症状，它最终向着死寂发展。死寂更加寒冷，冬天月光下被拉长的影子一样。它走来的时候，身后拖着几道霜被划过一样的痕迹。

梁三好像也是一个没人想念的人。这也是我感觉到他亲切的一个原因，我就是对一条孤单无依的狗或者一个流浪人也是如此。我们是同类。

是的，谁会想念他呢？他孤零零的一个人，身材矮小，相貌如同秋后红薯地里的土坷垃，即使在农村也并不起眼。他的父母死了，哥嫂也联系不多。他没有妻子，更没有孩子，这是那个村秋天后在树上留下的一个孤单的果子。

但是，不知为什么他并不寂静，或许我们的寂静并不相通。当然，也可能是忙碌把他从寂静手中解救出来，避免他滑到寂寞甚至到死寂。

他自己也是自带温暖的。我在冬天认识他时，他住在村东的一个小的房屋内，房门对着南方，更远处是成片的白色塑料蔬菜大棚，这让周围的阳光聚集到他的房屋内，从小小的门进入，再也不愿意出去。于是，就在他的房屋的泥土地面上，一大块的阳光把房屋照亮。如果在冬天，在阳光和煦的日子，可以不要子女，不要妻子，这样就可以温暖自己。

他一个人养活自己并不需要太忙。同时，感觉他的身体不好，好像是心脏有问题，也没有见他干过很重的体力活。

他就是那么简单地活着，阳光照在他的身上，让他也成为阳光的一部分。在冬天，总有一扇小门为他而开。他坐在门里，好像这里是他的整个世界。

阳光把他照得温热，他也没有把这些阳光独自吞食，而是又反照到村里的其他地方。村子里很多人都因此而受益。

村里人几乎把他们所有的修理难题都给他了。他会修农具，什么耧车、耕犁、镢、镰、锄、铲、耙等都会修。在电器方面，他会修电视机、收音机。他还会修锁。不过，只要是修理不需要买配件的话，他从来没有要过谁的钱。

我那年考研，在冬天堂姑家的老院子里，只有我一个人，白天看书劳累时，就会出大门，向东经过一个狭长暗淡的胡同，再走到大街上。但是，在冬天的大风中阳光很难聚集，于是我再向前走十几步，向左就拐进他的那个小院子、那个小屋子。在这里，晴天的阳光唰地一下子落了下来，披风一样披到我的身上

在那片阳光下，我有时也不进屋门，只是倚在门框上，我阻住了阳光进屋的通道，一身阳光，而梁三就在屋里被隔绝于阳光之外。不过，这也没有什么，他只是忙着自己手中的东西，我也是有一搭没一搭地和他闲谈。

梁三的手巧极了。在修锁时，他把一把不能用的锁放在手里，用一根铁丝之类的东西探听着锁孔内的声音。他想探听什么呢？锁内是不是如同一个姑娘的心一样，不知被谁所伤，现在它彻底地封住了外界进入的门。钥匙已经丢失了，如果不是梁三，这把锁的一生就到此为止。

梁三像是细心的大婶一样和锁耐心地谈着心事。他面带微笑，露出老年妇女般慈和的模样。他们互相握手，互相寒暄，他的手温和地抚摸

着锁的全身。接着，他会找一些其他的钥匙，在上面细细地挫割——他要用这把新生的钥匙去打开已经完全封闭的锁之门。锁和钥匙都获得了新生。

三

在我老家那里，一个农村的男人如果有一点儿爱好，那么，一定得有一个容忍他或者是爱他的女人。因为所有人的所有精力直奔的方向都是一致的——那就是生存，其他和生存无关的东西，都是有罪的，是大逆不道的。

玩小小的赌博更是如此。如果一个人的老婆能够容忍这些，你难以想象这是多么大的宽容，才会让一个农村妇女容忍自己的丈夫去玩牌。这或者是很宽容，是真爱，或者就是真的管不了。

老马从年轻到年老一直都有爱好。我不知道老马的老婆是否真的爱他。在农村，这是一个奢侈的甚至是让人难堪的字眼。农村人不说爱，最多说关心，甚至连关心也不说，只是去做。

老马的老婆就是能够容忍老马有爱好的人。她是一个面目模糊的老妇人。她整天穿梭在靠近河边的院子里，在一片花草的掩映中，似有似无地出没。在这些柔软而浮动的花草中，站着那些坚硬的大大小小的雕刻的石头造型。这个老妇人的柔软和老马的坚硬也是如此结合在一起的吗？这个院子另外一边临着大街，但是，我感觉大街似乎和她没有关系，她全身的重心都倾斜到这个小院子里。

老马年轻时以练拳术在附近村子很有名。他确实有练习拳术的天生素质。在过去那个大多数人都比较瘦弱的年代，老马可能应该感谢基因，让他有了高大而强壮的身体。

在当年夏夜最早的月光下，一天的忙碌过去，农人们吃过晚饭，摇曳着蒲扇走出自己的家门，他们要去怀抱一天难得的清闲时光。那时老马在他们村的打麦场上有一个压轴项目，就是选村里最重的石磙推倒，他不顾刚吃过饭圆鼓鼓的肚皮，紧了紧布条腰带，俯下身子，趴在石磙的前端，用两条粗壮的大腿夹住石磙，如同草原人夹住最烈的马。他用手撑地，下盘用力，一声怒吼"起"，在众人的一片叫好声中，石磙缓缓地站起，最后一个翻身就稳稳地站在打麦场上。

当然，由于我们都是临近村子，在我小时和他不熟悉的时候，经常听说他一个人到附近村里和十几个人对打的故事。但是，只有到了他年老时，我由于经常到堂姑家，才真正和印象中的他对上了号。

我没有亲眼见到他当年豪气的形象，关于那些打麦场上以及他拳法高明的事情，都是从那些村里人或者我堂姑的嘴里拼凑而成的。我看到他时就是一个完全的农村老人。他蹲在雕刻的粗重的石头件上，端着一个大瓷碗，一边在那里吸溜吸溜地喝着稀饭，一边给我打着招呼：爷们，又到你姑家了，到家里坐坐，喝碗稀饭再走。

我走过去看了一下他的大碗，碗里已经消灭了一小部分，里面是红薯干、红豆煮在一起的红黑的稀饭。其实，说是稀饭，也不是标准的稀饭了，很稠。

不过，我更喜欢的是他做的雕件，即使有懂行的人说他雕刻的东西有些粗糙，也很难卖得出去，但是，这毕竟是有他的爱在里面。我能看见他指着自己的作品介绍时，眼睛闪着几十年前的光。我没有见过他几十年前的样子，但是，我见过年轻的光的样子，都是那种跃跃欲试的跳动的光，没有被时间所囚禁的光。

他大声地吆喝着说："爷们，我的这些东西前几天一个市里的老板过来看了，说是要买几件。你是有文化的人，懂行，你能看得出来这都是好东西。村子里那些人都是瞎掰掰，不懂。"

他的老婆在那里露出无奈的表情说："你都这么大年龄了，还像是个小孩。一辈子就喜欢玩，谁要你那些东西啊。你雕石头那么多年，也没有见过你卖过几个。"

四

我后来考上了南方一个城市的研究生，就留在那个城市教书。生命的溪流发生了分叉，以另外一个方向流向一个不可知之地。我就这么逐渐地和柳二、梁三以及老马少了联系。

柳二死了，精致地用绝情结结束了自己的生命。老马死了，死在自己最喜欢的石雕上。因为他整天雕刻那些石头，也不知戴口罩保护自己，结果石头的粉尘呼吸到肺里，时间长了，就得了硅肺病。那么多的石头粉尘积累在他的肺里，越来越沉重，他终于被拖进了生命中最深的深渊。梁三还在吗？他是怎么死的呢？确实，我不知道他死了，只是我去那个村庄再也没有见过他。他是一个很少外出的人，一生只在这个村里漂流，如果长时间的外出就可能是永别。

这个村庄如同一艘古老的大船，还是那么在阳光下细风中航行在那片广阔的土地上。只是这艘船上少了柳二、梁三和老马三个人。少了他们这艘船也得航行，不过，却不是我认识的船了。现在我到了这个村子时，有些人还是笑着和我打招呼，好像认识了我一万年。但是，除了堂姑一家外，我只是认识这三个人。这三个人中途下船，让我感觉胡柳村不是那个熟悉的村庄了。

他们曾经在我的周围，现在却像是树一样的种植。以前他们不是树，自从他们的根被埋上之后，他们就成了树。他们不能欢笑、不能语言，任凭小朋友在坟墓前来回奔跑，牛羊爬上坟墓顶部吃草，他们不能招呼，不能吆喝，只能深深地叹息，这些叹息是从地下发出的呓语——我曾经像是他们一样活过。

这里有一个隐秘的世界，如同我们平时看过的蚁巢一样，多数的人都是偶尔一瞥，绝对不会给更多的目光。因为现在人们太忙了，有限的目光需要照射更重要的事情。

　　想到他们就像是哑巴一样，有嘴却不能表达，有手却无法挥舞，那该是多么寂寞啊。但是，他们的优点就是不知道自己的寂寞。万物被造出都有特定的理由。

　　他们可能从来都没有关心过自己的命运，就这么悄然地死去了，像是他们悄然地活过一样。当然，他们也不需要承受因为思考命运而带来的折磨，这个锅我去背。世界是公平的。

　　我能为他们做些什么呢？我唯一能做到的就是把文字编成一把扫帚——尽量温柔一点儿的扫帚，轻轻地扫去他们身上的尘土——抚慰一样地扫。在他们身上留下一丝丝的扫痕，证明他们寂寞地来过，也证明我曾经寂寞地写过。

乡村里的信贷员

一

在我老家那里，信贷员属于村里具有话语权的人。这并不是阿猫阿狗都可以做的。做这个行业，不仅要有人到你这里存款，而且你把钱放出去还要能收得回来。

但是，无论如何，信贷员在农村生存生态链上处于上游位置，他的下游还有着不少底层。可以想一下，供销社里进货临时没钱了，要去找信贷员。杀猪匠买猪没有钱了，也得找信贷员。当然，一般的农民更需要借钱——不过后来感觉我们村基本都是一般的农民。对于农民而言，往往今年还没有过完，最为悲哀的是，钱没了。怎么办，为了下一年的种子、化肥，就不得不到信贷员那里借钱。

这是因为，借个人的钱——无论是亲戚还是朋友——都很难以借到，就是借到后人情也不小。有人认为，欠了钱好还，欠了人情不好还。当然，关键的原因是借不到钱。在农村这个狭小的经济循环圈内，绝大部分人都是围绕种地这个中轴而忙碌的，像是无数头驴子一样。你能想象一头驴子能向另外的驴子借到钱吗？在很多人不知道的山的低洼之处，还有不少在冬天啃食剩余枯黄草木的羊，它们的沉默不代表它们不存在。人的洼地也是如此。

因此，如果有人存款，并且让存款和放款、收款之间形成平衡，信贷员绝对是乡村夜里闪耀的那颗星。即使是在白天，也挡不住他们自带的光环。他们有让老百姓看起来眼热的好处，除了工资和提成外，还有用不完的礼品。在农村的基本礼节中，谁去借钱还能空手的？谁不知道借钱是世上最难的事情之一？

在农村，那时几乎都是缺钱的人，就是最富裕的也缺钱。说这个你可能不信，别说你不信，我如果没有亲自了解也不相信。在我教书的南方城市里，有一个本村的人也在这里做着不大的生意，也就是做个二手房东中介。当他准备和我们村最富有的一家人合伙到新疆做生意时，这个南方城市的本村人要出五十万元，老家村里最富有的人也要出五十万元。但是，无论如何，老家的那个很难拿出来。不仅南方城市这个本村的人吃惊，我也更是吃惊。当然，我不知道老家这个人最后向信用社借款了没有。

这是因为，从我有清晰记忆开始，就是听着这家村里最富有人家的拖拉机的奔腾声长大的。在我们一般人都常年长在地里时，他们家的拖拉机就不停地高歌。在那个时候，我就对他们家羡慕得无以言表。我经常想，像这么一家有钱的人，说不定每天都得就着煎鸡蛋吃馒头吧。我马上对自己进行了鄙视——你看我的想象格局多么小吧。检讨以后，我重新修正了我对他们家吃的东西的想象。这家人一定是每天馒头就着猪肉，猪肉还是最肥的那种，只有那种才解馋。

二

在以前，对于信贷员，我感觉就是一个村里的顶级人物。他们整天骑着当时比较时尚的摩托车，带着一股尘土飞来飞去，就是最曲折的巷子也难不倒他们。

在人们没有钱到他们那里借钱的时候，他们会带着居高临下的神情，让借钱的人说尽好话。在借钱的人放下带来的礼物后，经过信贷员综合评估，如果认为这次借贷风险可控，就把东西收下，然后，在那张盖着厚重大玻璃的办公桌上填一些单子。信贷员的办公桌也很有特点。对于信贷员而言，如果不在大玻璃下压着的桌面上放有不少张不同版本的小额人民币，那就可能不是完美的信贷员。最后，信贷员让借钱的人签字，接着像是抓着犯人一样把借钱人的手按在印泥盒子里，在相关单子上按上手印。如同犯人承认了罪行，借钱的人认可了这桩借贷。

但是，这些都是我看到的信贷员的模糊的影子，只是在表面上浮光掠影一样，我可能是接近了信贷员的皮肤，最多是摸到了信贷员冰凉而冷静的手，却没有进入到信贷员的运作程序内。

我真切地感受到信贷员是我到比利时留学前的借钱中。那年我为了出国，真的是挖地三尺，到处搜罗能够搜罗到的钱。在我做律师所在市的一个区，一个法院的临时工说她认识信用社的主任，让我拿出几千块钱，她很义气地说帮着我用这几千块钱送礼，贷个几万块钱。我就把几千块钱给了她。当然，我那时认可她是一个踏实的朋友，这是出于对这个人的信任。但是，她把这些钱误作为给她自己的了，耽误了几个月也没有动静，问急了说家里做生意缺钱，临时把我的钱用了一下。我一看事情不好，抓紧时间费了好大劲儿才要了回来。

这个女的以前是一个水厂的工作人员，不知通过什么关系到了法院做临时工，以图找个机会转正。当然，我也不怕她。大家都是做法律的，谁怕谁呢。我还是正儿八经的法律科班生。不过，我高估了自己的实力，低估了她的胆量，她竟然真的把我那可怜的几千块钱挪用了。我至今都不能理解这件事情。这还真不是不能原谅，只是不能理解。因为我一直把她当作一个信得过的朋友。

没有办法，我决定向村里的信贷员厚伯去借钱。之所以找他借钱，不是我有把握借到，而是我感觉到他那里就算借不到钱也不会困窘，更不会损失尊严。他有一种让人放松的坦然的能力，虽然他自己可能不知道，但是，我感觉到了就行。或者他的年龄大到具有能够洞悉我，从而有防止让窘迫袭击我的能力。

为了不被村里人看着说闲话，我还是趁着夜色到了厚伯的家里。厚伯家里整体都给我一种衰老的感觉。时光是怎么在这里变老的呢？他家门口有一棵家槐树，在我小时的印象中感觉还没有多大，最多就是手腕那么粗，现在都到了树的老年了，皮肤散乱，老气横秋，能感觉它在努力地支撑着自己。厚伯家里的门也老了，本来是白色的门板，现在大多成为黑色的了。可以看出这扇门陪伴他度过了多少的时光，他都把门熬老了。当然，门也没有放过他。整个院子里的树木很多，这些树木的手脚到处伸着，不过，即使是在白天我也没有注意到它们到底是什么树，可能是为了惩罚我对它们的漠视，它们把灯光割裂成碎片，让我如同进入了一个森林，一时不知身处何地。

厚伯是一个老实人。我祖父最相信他，总是把钱存在他那里。但是，老实人做事就稳重，一个这么稳重的人遇到了我做这么一个不稳重的事情——谁敢相信我要到国外去留学呢？就是去了，我借钱万一从国外不回来怎么办呢？我当时的直觉厚伯的极限是最多能借给我几百元。这也是他看着我还可以挽救的份儿上。当我对他说出一个上万的数字时，明显地看到这个老人坐在小马扎上身子趔趄了一下，差点摔倒，如同发生了至少六级以上的地震。我说的这个数字大大地震惊了他。他好不容易恢复了一下神情，有些尴尬地摸了一下脸说："侄子，你这不是给大爷开玩笑吧。"

我有些庆幸他没有摔倒，否则，我还真的要承担一部分法律责任。我说："大爷，你看这么晚了，我从市里回来，我哪有那么幽默，专门找你开这个玩笑。"

他不可思议地摇了摇头说："侄子，你把我这里看作是中国人民银行了，我哪有那么多钱。就是有，咱爷俩说实话，我也不敢借给你啊。

万一你跑到国外不回来了，我找谁要钱去。这些钱都是乡里信用社的钱，也不是我个人的。"

我们在那里半天相对无言，他家的瓦数很小的电灯沉默地亮着，只是能照清屋里地上的一小片地方，其他地方都是混沌地暗着。这是一个节俭的人，都舍不得用瓦数大的灯泡。此时，屋外有鸟从树上飞起，好像是碰断了一根树枝，它的声音好似尴尬地叫了几声。我们在那里也感受到了这种尴尬。

厚伯毕竟是一个厚道人，他好像微微缩了一下身子，有些神秘地对我说："侄子，本来我不应该告诉你，不过，我看着你也是有恒心，就对你透个实底。我大叔——他是指我祖父——在我这里存了几万块钱，这些钱存了好多年了，他也不让我对外人透露。不过，你就开口向大叔要，如果他同意，我就把这些钱给你。"

三

朋友与朋友之间借钱的话，一般事先都会事先考虑一下可行性。这要考虑各种因素，包括两个人之间的交情，自己对朋友的价值，朋友为人如何。当然，最关键的是能不能还得起钱。

如果向至亲之人借钱，亲情是关键的。但是，只有亲情是不行的，这里存在着亲人之间的一种模糊的难以表达的认知。这就是直觉知道一个亲人会借钱。

对于祖父而言，我作为他的唯一的孙子，从小就经常和他住在一起，我清楚他是疼爱我的。如同在冬天，太阳是否温暖，直接站在下面的人感觉最为真切。但是，我知道祖父不会借钱给我。这是两个人之间的直觉。虽然我们是祖孙俩，但是，我们之间的"交情"还没有达到这种程度。

这一点儿在以前我读大学时就验证过了。我读大学时那么困难，他只是强制我三叔给了我一百元钱——那差点把我感动哭了的一百元。祖父有几年全家搬迁到煤城去谋生，就把家里余下的几百斤麦子存放到我堂姑家——堂姑是我们家他唯一相信不会占他便宜的人。但是，很不幸，在我最困难的时候，堂姑没有经过祖父的同意，就把那几百斤麦子卖掉后的钱给我了。祖父知道后也无可奈何，也没有说什么。不过，堂姑辜负了他的信任，他再也不敢把一些值钱的东西放在堂姑家里。我祖父一生都是一个小生意人。这点他做的没错，也一点儿不妨碍我对他的挚爱。

当然，我还考虑过向村里的另外一个中年的信贷员借钱。但是，相比较厚伯而言，这个瘦而高的信贷员就有些刻薄了。以我父母以前借款的经验，我知道，如果我去他那里，不仅可能借不到钱，还会把尊严赔进去。我的父母曾经向他借过钱，在经历了千辛万苦和多次数落后，还搭上了几十个鸡蛋，最后只是借到了本来预计借六百元钱的一半。

不过，对于我堂姑，我感觉我们之间有那种借钱的"交情"——这怎么表达呢？只能是直接的当事人才明白那种感觉。但是，堂姑当时没有那几万块钱。因此，她带着我去乡里找一个叫作强哥的信贷员那里借。

强哥是个胖胖的年龄从青年到中年之间过渡的男人，或者用时髦的话说叫作微胖。多少年我都形成了一个根深蒂固的印象，就是胖子比瘦子好说话。强哥是个不错的人，堂姑看的没错。当然，这是以她的信誉作担保的，如果是我去借钱可能就会不一样。不过，堂姑那时家境还可以，至少在那位信贷员看来，还是有还款能力的。

强哥是在家里办公，只有在逢集那天才去乡信用社报账。本来堂姑要晚点再去的，因为我们准备了一点儿礼物。不过强哥说中午可以过去。我和堂姑忐忑地从去乡镇的那条大路拐进去，然后就进入了他的村子里。从那么宽大的路转到巷子里，如同一个事物惯常的运行道路忽然发生了分叉，我们进入了一个狭长而两边石头墙高耸的胡同。天空被墙分成一块长长的蓝片，天上的云就那么干燥地飘荡着。这是一个夏天的中午，两边的荫凉遮蔽住我们不安的心。谁家的鸡鸣叫起来了，无忧无虑地，就那么扯着喉咙高歌。我好像被囚禁在巷子里。这是一个乡镇所在的大村子，这条巷子太长了，一眼都看不到头。但是，我还是不能停下来，还得一直向前走。

那个村子好像家里都没有人，只有几只狗在叫。这些人都在做什么呢？去了哪里？知道我来这里了吗？他们知道有一个人在做和他们几乎没有关系，却对这个人自己至关重要的事情吗？人与人之间的轨道并不相交，各有各的悲欢。

强哥的房子建得不错，高大宽敞，处处提示着他的不同凡响的地位。在他那座在农村称得上宏伟的房子里，堂姑和我眼巴巴地看着强哥写着数据和填着单子，最后好不容易地从那个沉重的保险柜里取出预先电话留下的四万元钱。本来是一沓一沓的，一万一沓，这个胖男人真的是好性格，他耐心地一张张数了钱，还数了两遍。当时我恨不得自己就像是《封神演义》中的一位神话人物，眼里长出一双手，劈头一把把那些钱夺过来。

终于把强哥手里的钱装到我的皮包里，我成了它们漂泊旅途中一站的主人。堂姑千恩万谢，我感觉她差点感动哭了，好似这不是以比较高的利息去借款，而是信贷员白给我们的钱。强哥一再强调我们不用谢，但是，堂姑却一直感谢不停。

不过，我能理解堂姑的心，这已经非常不容易了，或许只有她才能知道借钱的艰辛，而强哥借款时的慷慨超过了她的想象，从而突破了她心情冷静的大坝。她一再对着信贷员保证，一定会按时还款。不仅以后她家里有钱要到他那里存款，而且她还转身对我说，我们千万不能忘了强哥啊，你以后有钱了，也要放到他那里。我不知堂姑以后在强哥那里存钱了吗？不过，我真的是没有存过。不是我不知感恩，距离远是一方面的原因，同时，我不想一生在背债心理中度过。这是一种心理提示，它让我想起多年前这段压抑的往事。

就为借这四万块钱，我就这么费尽心力地做这么多的事情，如同一条小船穿过一道道激流、险滩一样，最后还多亏堂姑的帮助。如果看到这些，即使你们不知道我是如何长大的，也知道了我是怎么变老的。

乡村小学老师

一

那些年在我老家那里，乡村教师无疑是最难以定性的人之一。你说他是老师，但是，除了在上课时穿的整齐一点儿，哪里像是教师呢？他们和其他农民都像是牛一样地拉着犁耕地，和其他农民都像是羊一样吃红薯茎叶——只不过是做熟的。这些乡村教师不是我小学一篇课文里的蝙蝠吗？既不是鸟，也不是兽，那他们到底是什么呢？这种事情估计他们自己也很困惑。

其实，我小时候对为什么要去上学也很困惑。人间这么美好，为什么要去上学呢？在田野里没事割猪草不好吗？那里鸟的啁啾一定比老师念经式的讲课好听多了。在河里和鱼儿赛跑不好吗？即使我知道以自己的水平追不上它们，但是，我追的是欢乐。如果从远处看到我在小河的浅水里奔跑，浪花四溅，那就是我在追赶欢乐了。不过，没有办法，虽然我的父母也不相信读书，但是，大家都读书，至少得弄个五年级毕业啊。这样我就去上学了。好在上一年级的时候，小学就在我祖父家隔一个胡同的下方。我们那里的房子都是依山而建，除了同一排的，都是以上下划分的。

我有时翻过小学的院墙就到了一年级上课的教室外了。墙下面以前就是生产队里的养猪场，几头猪整天好像那时的人一样，哼哼唧唧地吃不饱。当然，它们吃饱的时候也是很好对付的，就是侧出自己或黑或白的半个肚皮，让它暴露在春天温暖的阳光下，舒服地在那里懒懒地蠕动着身子。我想，如果它们可以把自己完全翻过来，让自己的肚皮完全暴露在阳光下，让四肢尽量伸展，让身子被春天的太阳热透，只要有能力，它们绝对会这么做。我感觉自己挺了解猪。因为我也有在猪窝里这么睡觉的冲动。那几头猪到底在阳光下躺着有多舒服，即使我还很小，都感受到了它们的满足。

小时候的春天一定是最美的春天，有几树桃花点缀就更美了。在那个小学院子里，靠着墙有几株桃花，院子外靠墙的地方也有几株，学校里的桃花的手伸出墙外，墙外桃花的手探到墙内，如同两边互相拥抱一样。且不论它们以后结出的桃子到底如何，当我的脸淹没在这些桃花之中时，感觉就很是美妙了。

校门也非常简陋，白天里终日开着，只是风大了偶尔替人关一下。春天里视野辽阔，一出大门向北就可以看见学校后面山上的不少株桃花，株株都是开着的，看不出哪一株保持沉默。那真是一个简单而幸福的时光。当然，要是小时候衣食无虑那真的就太完美了。

二

可以说，从一年级到二年级，我不知道自己学了什么，也和大多数同学一样，不知为什么上学，只是知道家人让过来读书，如同凑数一样。不过，无论如何，想起这些，即使那么多年后，我还是能够感觉青春消逝前的美好。我也是和所有的人一样，也是那么幸福地在不知幸福的情况下懵懂过。青春的美就在于它永不再来。

当时一年级条件不行，都是自己在外面搬石头垒成板凳和桌子。那时的小学生的年龄不像是现在都整齐划一。同是一年级的同学，年龄相差三四岁的也有。体力差距也就比较明显了。这样，每个人的石头凳子和桌子都可能不一样。力气大的建造的好，力气小的、年龄小的就搬一小块石头凑合一下。因此，可以从每个人桌椅的配备程度看出每个同学的大致年龄情况。

当时教我一年级的是贤伯。这是一个面目忠厚的人，和纯粹的农民唯一的区别就是在上课时不穿带补丁的衣服，这是那时乡村教师能够保持的最低尊严。贤伯显得并不凶。当然，这可能是多少年后我的感觉，这种感觉失去了具体的环境，也变得没有那么准确。实际上，我在一年级的时候还是比较怕他的。他做了好多年的民办老师，一直到五十岁左右才苦尽甘来，考上了公办老师。贤伯主要是教一年级的老师，可以说，我们村几乎所有的上过学的人他都教过。因此，村里的人都半真半假地给他喊先生。当然，这里面有尊敬的成分，也有一些戏谑的成分，只有在跟前的人才能够感觉到。

贤伯有个女儿，也和我是同学。由于她是老师的孩子，而其他人的父母或者是没有文化教，或者是没有心情教，或者是没有精力教，反正学习都很一般。但是，由于贤伯毕竟是老师，他的女儿就比我们掌握到更多的知识。从一年级到二年级这两年里，我感觉我们班就是贤伯女儿一个人的舞台，我们其他同学全都是啦啦队，都是负责鼓掌的。因为每次贤伯提的问题我们都不会，而贤伯的女儿都会，于是贤伯就号召我们一起鼓掌。我当时年龄最小，个子也最矮，就坐在第一排石凳子上，鼓掌也最热烈。不仅是我如此，我们那个班的同学的手掌每次放学后都是红红的。我简直太崇拜这个女同学了。不过，这种现象到了三年级后，由于贤伯不再教我们，也不再教她的女儿，鼓掌这项活动就结束了。可能是后来鼓掌没有跟上，影响了她的成绩。在我们五年级考初中的时候，贤伯的女儿就没有考上，后来出嫁后也不知做了什么。

三

在我们村里，当过民办老师的估计得有二三十人，能够坚持到最后的，只有三四个人。当民办老师实在是一项出力不讨好的事情，就是要了个面子，而里子都是破烂不堪的。这是因为，最开始听说做民办老师是没有钱的，只是生产队发工分。后来逐渐有点钱，从每月一元到两元再到五元……这对养活一家人实在是微不足道的。相反，全职做个农民，至少在经济上要比做这种半农民强得多，家人多出力多受了罪，却可能过得连一般农民都不如。因此，能够坚持下来的人很少，最后坚持下来熬到考公办老师的寥寥无几。可惜的是，有的人熬到最后的前夕，在接近能考公办老师的时候退出了。

栗数老师就是我们村坚持到最后的人之一。那时老师很多都是全才，是全科老师，什么语文、数学、自然、体育都教。栗数老师主要是教语文的，印象中也教过数学。可以说，是他发现了我的语文有那么一点儿不同于其他三年级同学之处。因为在那时，所有的同学都没有课外书，都被封在一个外界信息隔绝的茧室里，我却写了一篇他看起来比班上同学好不少的作文，如同暗夜中时隐时现的天边孤星发出的微光一样，这让他欣喜不已。毕竟老师都是喜欢有可能有些出息的学生。找一个好老师难，找一个好学生也难。这也是我自己从教后的想法，并不是说我的学生不优秀，但是，却很难找到我想的那种优秀。我明明是教法律的，你文学优秀也可以，你棒球打得再好，街舞跳得再飒，也和我所教的东西没有关系啊。

栗数家原先和我家一起住在山前的小村，相隔没有几十米远。他家里和村子里其他家的不同之处在于沿着墙根种了很多竹子。而我们那个村子是没有人种竹子的。他家为什么种竹子呢？是因为竹子的高雅，才能让他这个民办老师显得与众不同，好让他和周围的邻居或者村民区分开来？这对小村的人也有好处，在新年时，我们那里门外有插竹子的习惯，就到他家要一些竹枝竹叶。不过，竹竿他们家是舍不得给的。

多少年后，我都工作了，到栗数家里去看望他时。他已经退休了，正躺在床上出神地看着屋顶，看到我进来连忙坐起来和我说话。他的这座房子也有几十年的历史了。房顶还是老式的旧房顶，能够看到锅灰和油烟形成的一绺绺黑色物体悬挂在上面。不过，在四周墙上，在保留原来凸凹不平墙面的同时，用石灰重新粉刷了一遍，于是，黑色与白色对比更是鲜明。这是时间打上的补丁。

栗数老师的老婆瘦小枯干，可能由于栗数老师做民办老师没有更多的时间干农活，因此，他的老婆就把大部分农活都承担了。这很大程度地摧毁了她的容貌，感觉比正常年龄要老十多岁的样子。

我在旁边坐着看她在做菜。栗数老师已经做公办老师不少年了，经济条件好了很多，却留下了经济困难时的浓厚阴影，这在他老婆做菜放油时一直顽固地提示。那种来自潜意识中的经济压迫使她还是节俭无比。她努力地把那个厚重的木头案板掀起来，把白菜简单地横七竖八地切了，然后把锅刷了，准备做菜。她小心地打开一个陶瓷罐子，里面黑乎乎的，罐口的地方积着厚厚的油垢，也不知这罐油吃了多长时间。她就像是初中做化学试验的老师一样，蹑手蹑脚地，似乎唯恐惊醒了罐子里面油的睡眠，然后，蜻蜓点水一样用勺子舀了一点儿油。不行，有些太少了，再深一点儿舀，然后倒进锅里，再一打量，好像有些多了，于是她不好意思地把油从锅里再舀回罐子一点儿。

那时的民办老师都在看不见却汹涌的流水中艰难地渡河，上岸的没有几个。其他的人都被重新冲到那片贫瘠的山地里去了。他们中的更多的人现在都在烈日下忙碌地种着庄稼，和一般的农民一样，坚忍、辛劳，感恩于细微的幸福。他们甚至忘记了自己当年曾经身披着上课的铃声，面对庄稼一样招展的小学生们，用不标准的普通话去浇灌。他们也被忘记了。

我想那时的民办老师在刚任教时，正好也年轻，忽然就跃升为农村中知识分子的一员，他们的心情也是如同新年里的烟花一样绽放着，烟花的外面包裹着年轻民办老师的朴素却浓稠的情感。然而，烟花毕竟开的时间过于急促，很快冬天凛冽的寒风就把它吹散了，吹冷了。

　　即使这些乡村教师在今天看来与世界格格不入，他们好像浑身都绽裂，和周围存在着诸多的不相融合之处。他们自己可能也没有太多的文化，有的老师教学风格也有些野蛮，但是，我没有恨过他们，那些农村的父母们都给了老师充分的尊敬及管教的权力。或许那些拿着微薄的工资而坚持下来的民办老师，正是因为受到尊敬而坚持下来。尊敬是很难用钱买的，所以它珍贵。尊敬也成了工资的一部分。

　　这有什么问题吗？我的小学大部分都是民办老师教的，我感觉他们对我只有好的影响。他们也是和那一段特定时间的周遭相吻合的，他们的出现有其道理，消失也有其道理。世界总会让给自己一个很好的理由，从而顺畅地运转下去。

三兄弟

一

在我老家那片山地，即使是过了几十年，你别想有多大变化。总是或新或旧的、或整或碎的石头垒成的院墙，院墙里面是同样石头建成的房屋。房屋只是比院墙小点、比院墙多了个遮风挡雨的盖子而已。院墙里面主要都是养一些最常见最好养的鸡或者猪羊之类的东西。对于鸭子而言，需要经常下水，属于水军，这就会增加一些麻烦，只有靠河近的一些人家会养。对于牛等大牲畜而言，养的成本更高，万一发生什么不好的事情，代价太大，也没有人养。院墙里面最多的是杨树、梧桐树。杨树可以迅速成才，梧桐树可以为人们在夏天提供一些阔大叶子的荫凉。就是樱桃树或者杏树也种，但是，种植的人家很少。总之，这里的人们以最经济、最简单的方式活着。

当然，在这些事物内部可能会发生一些变化，却是那种我感觉不到的内部变化。内部的变化只有这些事物知道，我上哪里去知道呢。其实，人在这里也没有多少变化。可以说，见到一家，就相当于见到村里的大多数家。和一个人说话，就相当于和村里的大多数人说话，几乎是差不多内容的语言。但是，既然语言被发明了，就不能让它们浪费，因此，村里人还是无数次重复着以前祖先的话语，以前自己的话语。

我说的这三个兄弟只是稍微有点不同而已。不过，差异也不是很大。如同回锅肉就往往比原先做的肉好吃一样。其实，在以前他们只是距离我家很近的邻居，却没有感觉到有多少味道。不过，现在通过我的大脑这个锅，用时间的文火回锅一下，却似乎有了一些不同。

由于年龄差距较大，在三兄弟中，老大实际上和我接触不多。时间的流水不断地在我记忆河床中冲刷，把一些和自己关系不密切的人、不密切的事冲刷得所剩无几。别说是其他人的事情了，就是我自己的事情，如同一棵岸边的树，也大多被这激流冲刷得摇摇欲坠。在我对他沉积后残存的印象中，老大年龄很大也没有找到老婆，大概在我读高中时，他曾经和我闲聊过想花钱买老婆的事情，没有想到后来他真的在西南偏僻的省份买到了一个。

在我们村那个零零落落没有几个人的集市上，老大本来一开始是跟着一个修自行车的人帮忙。修车本来没有多少技术，在他学会后，就自己也开了一家修车店。结果他的师父被徒弟更低廉的修车价格气跑了。真成了教会了徒弟，饿死了师父。老大就在集市的一角建了几间小小的房子，围了一个小院子。院子里也没有什么东西，就是几挂能够爬墙的豆角，在夏秋时节寂寞地悬挂在那里。不过这就成了他的家。

每次见到我老大都很热情。特别是在我读大学放假回家见到后，他会努力地拉着儿子见我。这个儿子从小就很调皮，努力地挣脱父亲的手。父亲有时就把儿子的衣服拉得像是一张弓一样。他说："你这个孩子，别跑啊。这是你大叔，你看看好吧，考上大学了，就可以吃国家饭了。别跑，沾沾你大叔的仙气。你以后上学要像他那样。"

不过这个顽劣的儿子不买账，还是在那里故意挣脱着，农村的犟牛一样。他大声嘶吼着："别拉我，给我钱我就像他一样。"

老大叹了口气说："这孩子，一生皆有命，半点不由人。我看他以后够呛，给你提鞋差不多。大兄弟，以后你侄子长大了，万一上学上不成，你这么有本事，到时候就给他找个差事做。"

那时我大学还没有毕业，尴尬地不知怎么说才好。我自己将来都没有着落，怎么有能力许诺别人呢。

这时老大矮小黝黑的妻子从那个小院里出来。她以前没有见过我，但是，看样子早就听说过我，她面带笑容地和我打招呼，我们当地方言已说得贼溜。

在这三兄弟中，老三属于最文雅的一个。他是初中生，是如假包换的初中生。他二哥外号叫作二司令，只是形式上的初中生。他的初中毕业证是为了当上工人买了几盒烟，他找本村在乡中学当老师的人办的。因此，真的比假的更加文气一些，也更守信诺。谁说读书没有用的？即使是初中生，也可以看出知识在一个人身上产生的化学反应。尽管这两个人是亲兄弟，只是次序差了一个。

由于老三读过初中，他和我聊天内心更加相通。除此之外，初中毕业却只能让他承担的家庭责任更多。知识让他对整个大家庭有更多的负罪感，他的父母却善于利用这种负罪感来压榨他。他的父母就是负责养活养大，其他自己负责，结婚都是完全靠自己，买房子以及孩子照顾一切与父母无关。

他依靠自己的努力，先是在东北地区的一个寒冷城市做电焊工。后来由于一场事故，电焊发出的炽热高温与脸不幸有了个更亲密的接触，把半边脸几乎熏黑了。在电焊工做不成以后，不知有什么巧合的机会，他跟着师父学会了木雕，就靠着这个手艺在那个城市承担着一家人的生活。

就是因为如此，由于他是这个家庭后来唯一有点出息的，也是更明白事理的。因此，家里的大小事情如同堆积成山的脏衣服，都放在一个洗衣盆里，全部压在他的头上。

二

那时，老二也就是二司令成了我们村第一批国营公司的工人。在春节回来后，只要我到二司令的家里，他就会把自己的相册拿出来给我看。

有在北京名胜古迹拍的，有到西安名胜古迹拍的，甚至有到朝鲜拍的照片。我在那时充分地欣赏了他照片中浮夸而充满希望的脸。

他又恢复到少年时那种一呼百应指挥大家攻城略地的年代。毕竟在我们那里，那时很少有到大城市去过的，更别说国外了，这是飞翔在乡下人想象天空之外的事情。因此，二司令有权在那里高谈阔论。

正是二司令的这段经历，以及他善于吹嘘的风格，让他在附近村子找到了一个漂亮的姑娘作为妻子。二司令的妻子是因为他在国营建筑公司做工人获得的，其实，以他的农村娶妻综合评估值，如果没有这段经历是很难找到老婆的。但是，当他被国营建筑公司辞退后，他因此获得的妻子又随之而去。妻子最终和他离婚，只是给他留下一个女儿，后来又改嫁了他人。

现在二司令的女儿已经长大出嫁了，如同一只鸟一样飞出鸟巢，再也一去不复返。他当年留下的荣光除了那几本厚厚的不知给多少人展示过的相册外，就是当年建造的两间水泥外壳的平房。当时平房可是一个稀罕东西，不仅可以在家里平房顶上晒粮食，在夏天最热的时候也可以在上边乘凉。

有那么几年，只要不下雨，我可以整个夏天夜晚就住在二司令家的平房上，一直到立秋的时候才回家睡觉。在这个平房上，月光在夜晚一直给我恩惠。那时的月光是少年的月光，和我一样的年龄。那时我血气正旺，一点儿的改善都让我满意不已。一般是老三睡在平房上陪我，二司令认为这是小孩睡觉的地方，并不经常上来睡。我有时带张凉席，有时什么也不带，就躺在水泥板上。一株梧桐树的阴影悄悄从平房的一边伸了过来，月亮移动，阴影也移动。在少年时代，即使是阴影也是透明的。这里是月亮的国度，我们是月光透明的臣民。在这里，我们和月亮彼此在对方身上穿行。即使平房上并不十分干净，但是，这没有关系，月光是没法弄脏的，月光也可以为我们清洗。

三

在我教书放假回老家看望母亲的一个夏天。我和二司令坐在西山的一个石坝上。下午的太阳如同困倦的大鸟，无神地垂在我们身上。我们的下方不远处的乱石堆里有一棵粗大的枣树。以前这片山坡是枣树的家园。不过这片枣树绝大多数长到二三十年就会自动叶子卷曲，如同遭了诅咒一样。我们这边的看山人说是枣树"疯了"。为什么枣树也会疯呢？它们是不是岁月太久见过了太多自己眼睛不能容忍的东西，因此受到刺激了呢？那么，到底是什么刺激的呢？我只能估计是，在这个山坡上，就是那些整天偷树建造自己羊圈、猪圈或者蔬菜塑料大棚的人把它们逼成这样。

现在我管不了太多。我和二司令分别坐在坝子上面的两块石头上，面对这片山地唯一一棵苍老而清醒的树。我不知树的脸向着哪个方向，可能面对着我的这个方向就是这棵树面朝的方向。现在它比阳光更加温和地看着我。

我和二司令说是互相谈话，其实却是朝着两个方向前行。我更想了解这个村庄一些更古老的事情，这些事情让我困惑不已。譬如，那满山的石头最终去了哪里。那渊子河两岸沙滩上的沙子又去了何方。我们村最老的老人现在有多大的年龄。我们村里那块大寨田上面的坟墓是怎么被扒光的。

二司令却更愿意讲他自己的事情。他不断表达自己是如何渴望我能在大城市给他找个看大门的工作，为此，他不知是真还是假地说过去对我们家的帮助。他是如何辛苦多年靠种地攒下了几万元，没有想到被村里的一个信贷员给集资骗走了。他一厢情愿地认为我有这个能力，可以帮助他要回这几乎不可能要回的钱。

我之所以愿意这么和二司令聊天，这是因为，不知不觉间，村里那些熟悉的人少了。很多记忆将随同这些人湮灭，彻底地消逝在无边的黑暗中。消逝是如此彻底，好像是从来没有发生过一样。同时，村里真正愿意跟我聊这些事情的人也少了。我如同面对一个虚空的馒头，它就在那里，肉眼可见，却无从下口。

当然，在二司令说过去没少帮助我家的时候，我只有顺口答应着。我知道他的性格，善于用一些莫须有的帮助来获得我的感激。这也是一些农村人的习惯。如果真有帮助的话，母亲是一个藏不住话的人，早就迫不及待地告诉我了。

相反，她告诉我，你那个二司令二哥，他老娘都八十多岁了，干活还攀着一起去。老娘实在干不动了，他就让坐着一个小马扎一点点地干。我都劝了好几次了。

我说，他多少年前就是如此，又不是现在才这样。

不过，二司令告诉我关于我们家最早从吉林回老家时的情况，却是我感兴趣的。他竟然能够记起我家最早从吉林迁回，没有地方住，村干部就在山前的一个桃园中临时指定了一个地方，建造了几间简陋的房子。那时我们家满院子都是桃树，在春天的时候，桃花星星一样地点缀着院子。那时是有蜜蜂的，不像是现在，偌大的山区，却很少见到蜜蜂，特别是野蜂。

当时有蜜蜂不知如何听到春天桃树开花的甜蜜信息，欣然飞来，带走花蜜的同时，也不忘记偶尔给在桃花丛中追逐的调皮小孩子留下个印记——一般都是在头上留个包，或者让两个眼皮肥硕无比。不过，我不知道那时我是否和这些蜜蜂有过这种接触。虽然我记忆中这段往事如同是别人的往事，但是，却还是为之陶醉。是啊，一切都太美好了。除了那时渗透到骨髓的饥饿，以及父母几乎没有中断过一天的争吵和打骂外。

很多事情都是拼凑而成的。二司令在我的印象中也是如此。譬如那个他在村里指挥一大帮少年时最为风光的年代。那时农村没有什么娱乐活动，白天少年们都和大人一样在田间劳作，夜晚才是真正属于他们的世界。当时的少年们声音都特别响亮，把整个月亮都喊得晃晃荡荡的。

可能二司令忘记了我小时候在他手下的身份了。因为那时候他手下的兵马实在不少，至少有百八十人的样子，不仅有军长、师长，而且有小兵。而在那时，我不过是一个小喽啰罢了。别说入他的法眼了，他根本都不屑于瞅我一眼。

他手下的四个卫兵用井字形绑在一起的木棍抬着他，手中拿着可能是民兵退役的一个枪刺，这是那支队伍唯一的像样的武器。他头戴着用纸糊的大盖帽，外面是纸，里面用柳条做的帽衬。这种装扮即使在最黑的夜晚也让他卓尔不凡。不过那个帽子用白纸糊得实在太难看了，不知谁偷了家里母亲染鞋样的颜料，涂成了绿色的。不过却涂的不够全面，还露出星星点点的白色的底子，不过这已经足够了。

那时生产队的废弃牛棚是我们这帮少年的据点。以前曾经有过三四头老牛，它们见证了生产队最后的荣光。那几个牛棚连在一起。每个牛棚的门并不大，只能容纳大牛进出的样子。牛棚的门是用弯曲的木棍做成的，被少年们出出进进磨得光滑无比。在牛棚里的牛退出历史舞台后，并不影响这些牛棚的作用，每晚还是经常有月亮毫不吝啬地照在上边，还是有我们这帮少年如同真的一样安排各种战术。二司令领着我们打败了村里的其他少年派别，几乎到了孤独求败的地步，就带着我们攻打临近的几个村子，攻势是如此之凶猛，其他村子的少年没有办法，最后请了本村的成年外援，才好歹抵挡住我们的进攻。

四

老大死了。不知为什么，在我父亲去世的那几年，我们村的十几个人连续在两三年内急促地离开了人世。难道控制死亡者也讲究起效率来了吗？需要在一段时间集中处理那么多鲜活的生命，用自己的无形火焰把这些呼吸着的、笑着的、和周围有千丝万缕关系的生命一并消灭。上苍那么费力地创造出一个人，却让他们如此草率地在世上消失。

老大是得癌症死的。他的父亲不久也死了，不知是伤心过度，还是因为什么疾病。不过，即使是同村的人听说邻居死了，最多惊愕一下，打听一下死因。随之日子又回到了磨盘一样周而复始的旋转中。

相对于她南方那个偏远省份的老家外，老大的妻子在我们这边的生活相对要好一些。她也在我们那里安稳地生活了很多年，直到一记疾病的大锤重重地击中了老大。

不过，对于老三而言，虽然他的身体尚好，却是真正的灾难。二司令还是一如既往地高谈阔论，却只能停留在这个阶段。大哥和父亲生病和死亡的费用主要需要老三出，这让他这个小手艺人的压力陡然增加了不少。此外，在老大死亡后，这位可怜人的妻子也抛弃了两个孩子，不知去了哪里。这两个孩子的上学及生活费用也得由老三承担。

我母亲不止一次地对我说，你三哥怨不得不想回老家，老家这么大的一摊子压给了他。他就是做个小生意养家，也没有多少钱。他见着我就给我聊这些事情，说着说着就哭，在我面前都哭几次了。也是，人年龄越大，一般是泪腺越是枯萎，怎么他的其他部位衰老得那么快，而泪腺却是逆生长了呢？

老大的那个顽劣的儿子也就是勉强地在学校混着。没有了父母的管教，这让他变得更加失控。母亲告诉我，这个男孩长得高高大大，一生气就会打自己的奶奶。如果奶奶做点好吃的东西分给妹妹一点儿，他就会凶狠地打妹妹。

我好长时间不了解农村为什么生那么多孩子。后来我发现，如果孩子少的话，在农村，让一个家庭在几十年内消失太容易了。一场灾难就可能会拆掉一家人的屋顶，两场灾难就可能会让一家人的房屋倒塌，是那种彻底的很难再复建的倒塌。即使二司令全家人口最多时有十几口，但是，现在零落到只有他和老娘两个人留在空旷的家里。

　　老三又去了东北那个寒冷的城市，老大也不会再见着我热乎地攀谈。只有二司令，当我从南方教书的那个城市回家，只要我到家里和母亲坐上一会儿，如同蜜蜂一样，他都会闻风而至。以前他是让我给他找个工厂做保安，现在更多的是让我帮着他要回被非法集资骗走的钱。我有时不堪其扰地说，二哥，我哪有这个能力啊。

　　他声音忽然高了起来，这等于是在扼杀他最后的希望。我能看见他的眼睛瞪得比平常更大，像愤怒的葡萄一样，脸上表情更加夸张，嘴也撕裂般地张开，他说，这不可能啊，都知道你有本事，县里领导谁不给你个面子？

　　我说，别说我和县里领导没有那个关系，就是关系到了那种程度，你的案子现在是公安管的，也不是县里领导管。你忘记了吗？以前你手下有个兵，也是我们村的，他就是这个案子专案组的。他小的时候妄图叛变你，你安排我们几个用绳子把他绑起来，关在最里面的那间牛棚里，一直到他求饶重新加入我们部队才算为止。他当时最怕你，你给他打个电话联系一下。

　　他似乎有些尴尬，手从肮脏的帽子下伸进去连连挠头，说，有这事吗？我怎么不记得。此一时彼一时，就是我跟他联系，他也不会理我啊。

　　你看，二司令倒是对人情世故挺了解的。他知道找谁不找谁，他就是认准了我。不过，即使他是我少年时的老领导，也没有对我有过什么惩罚，我却对他这件事情真的无能为力。

抓蛇的少年

一

我不知道本村的三拼为何给儿子起了个"知识"这个名字，这种疑惑我小时候就有，不过，那么多年我都忙忙碌碌，连自己为什么叫这个名字都不知道。等我有闲心问他时，他已经不在了。其实，我们那边的农村起名字都非常随意。譬如叫狗、猫、牛、羊，等等。不过仔细想了一下，还没有听说有人叫猪的，不知这是不是对猪的歧视。

不过，对于三拼给儿子起的这个名字，显然比上面的名字难度要高了不少，也寄托了更多的寓意。虽然我没有亲自问过，估计是他希望儿子以后要有知识。即使在农村，当无可希望时，也把那种虚幻的"知识"看作是法宝。越是没有知识的人，越可能希望得到知识的恩宠。然而，对于知识这个人而言，却由于一系列的原因，被真正的文化知识拒之于千里之外。

当然，为了保证对劳动人的尊重，我必须承认其他知识也是知识。譬如说，如果单论爬树的话，知识的父亲三拼绝对是我们村首屈一指的。虽然我们村没有进行过专门的爬树大赛或者锦标赛，不过，从其他爬树高手对三拼的佩服程度就可以看得出来。

最初的那些年，不仅我们那里的人吃饭有困难，就是烧柴也有困难，所有可以燃烧发出热量的东西都处于被搜集之中。在秋冬季节，对于我们村山上的那些树，大的树不容易搞倒，还暂时安全。特别是对于小的树干，只要是村里民兵稍微一疏忽，就可能被消灭一部分。

　　而对于三拼而言，他家里却从来不缺柴烧。并不是他家是开木柴厂的，而是他的爬树技能保证了有源源不断的木柴可以获得。因为那时最容易收集柴火的地方都被村里人光顾无数次了，他就爬村子周围的树找柴，无论多么高的树他都敢爬，别人不敢爬的树都属于他收集柴火专享的领地。那些年农村人活得更加泼辣，因此，一些喜鹊之类的鸟都把巢建在很高树木的危险之处。不过，这难不倒三拼，他不带任何爬树工具，猴子一样地蹿到树上，不顾喜鹊们的强烈抗议，就把人家的家给三下两下拆下来扔到地上。这种鸟做巢的柴火又干，又好烧。当然，他有时顺便还弄几个鸟蛋吃。可以说，那些年三拼是这个食物链上的顶级所在，也是那些鸟的公敌。听说经常有鸟到他那几间陈旧破败的房屋顶上破口大骂。

二

　　相比较父亲三拼而言，知识是个抓蛇能手。当然，他不是靠这个为生。他七八岁就会灵巧而勇敢地抓蛇了。知识会抓蛇不排除有天性遗传的成分在里面。虽然他的父亲为人怯懦，却天生有着一种冒险的本能。如果三拼的冒险天分表现出来的是爬树的话，他的儿子就稍微拐了一点弯儿，是捉蛇。好似这两者没有关系，在实质上却都是危险活儿，是一脉相承的。

　　我们那个山村背后就是一座不太高的山，四周也都是丘陵不断，自然不缺少蛇。一般的人看到蛇以后，基本上都会仓皇逃走，我就是这一般人之列的。不过，却看不到知识对蛇有什么恐惧。他和我一样，大人也没有给买过什么玩具。蛇就是他的玩具。他抓到后就握在手里，摇摇摆摆，旁边跟着几个更大的少年，想靠近又害怕，不靠近又好奇。

　　我比知识大几岁。但是，在抓蛇方面，却自我感觉很尿。蛇是一种很奇怪的东西，都够自带让人害怕的光环，对很多人都有一种天然的血脉压制。人家也起了一个好名字，单单就是它们叫的这个"蛇"的名字，就会让人望而生畏。在我们那里，有种叫作"土匪蛇"的，具体学名是不是这个，我不是蛇类动物专家，也无从考证。不过，就是这个名字更加增加了蛇的恐惧性。蛇都挺吓人了，再是蛇中的土匪，那还得了。不过，对于知识而言，人对蛇的天然恐惧感是对他免疫的。他能够把这种面孔丑陋、身材粗壮的蛇抓住仔细地把玩，像是文物专家摆弄他们心爱的文物。我站在几米远的地方，摆出一个随时准备逃跑的姿势。知识紧紧地捏住那蛇的脖子，由于呼吸不畅，能够看出蛇的舌头伸着，睁着两只愤怒的小眼睛，不过，是那种掺杂着无奈的愤怒。

知识就曾被这种蛇咬过，他被咬时我不在现场，但是，我后来还是看到了他绷带挂着的涂着厚厚药膏的手臂。父亲在那里有气无力地责备他。他也不回嘴，只是似笑非笑尴尬地用脚在地上小幅度地画着圆圈。然而，他仍然对此乐此不疲。

对于知识而言，抓蛇只是一种爱好，也可能是在苦寂生活中的一种娱乐。尽管这种娱乐是危险的，却让他与众不同，可以赢得一些眼睛的余光。当然，他喜欢抓蛇可能内含着我不好表达的一种东西，难道是一种发泄？

之所以这么说，是因为知识抓蛇都是在他娘死去以后。他娘的死法在农村很传统，也很古朴，那就是用绳子在自家的房梁上吊死。那些年都太穷了，这可能是一种很经济的死亡方式——只要一根绳子就可以解决。

三

自从知识的娘从房梁上吊死去之后，他的父亲就拆掉了房梁，用锯子锯断。因为对于一个农村家庭而言，特别对于一个贫穷的家庭而言，所有的资源就仅够娶一个妻子。当三拼的妻子也就是知识的娘死去之后，就相当于一家的房梁断了。

我不知道为何他对房梁怀有那么大的仇恨，因为妻子的死不过是借助了房梁坚实的臂膀而已。知识娘的死真正的凶手是隔壁的邻居，当然，还可能有隐藏更深的凶手。

知识的娘是一个有着狐狸眼睛的妇女，我从最初对她有直觉感受时就是如此，那时我还是一个少年，给我最深的印象就是她的狐狸眼睛，当然是一只忧郁的狐狸。她一点儿不凶，看到我还会努力露出一点儿微笑，但是，我感觉她的微笑也是苦苦的。不知道为什么，我当时看着她就有种不祥的感觉。过了几年后，一次事故验证了我当年的感觉。

三拼最早的房子是直接建在山脚下的，从地势而言，他们这一排的房屋是村子最高的，而三拼家又是在村子最西边，东边紧挨着一户人家，三拼家就如同被整个村子孤零零地抛弃在外一样。

三拼家和东边这户邻居发生了纠纷，后来听说还不止一次地动了手。他的邻居是村里门户更大的人家，兄弟子侄众多。在农村生活过的人都知道，农村除了村书记、村长有权以外，这种男丁多的家庭无形中也获得了超过村里人丁少的家庭的权力。三拼家里虽然也是哥仨，但是，都是懦弱的老实人。相反，邻居家的男人是粗腿大臂，力气还大，因此，三拼的妻子吃了几次亏后，可能是自感丈夫窝囊，还无法摆脱近在隔壁的邻居，一时想不开就上吊自杀了。

一个家庭主妇的死亡可能是这个家庭没落的开始。她不仅是一个妻子或者母亲，而且是家庭中真正的河流，整个家庭都依靠她来运转。这个有着狐狸眼的悲哀眼神的女人去了，留下三个都未满十岁的孩子。他们家当时住的那个院子及房子全部拆了，现在那里甚至连曾经建过房屋的迹象也很难找到。荒草碎石随意地掩映在那里，像是开天辟地时那样。

三拼也是用绳子把自己吊死的。此时距离他的妻子上吊死去已经三十多年了。不知他为何还是采取这种方式，难道是为了纪念妻子吗？三拼的死是因为女儿。

女儿也长得和三拼的老婆挺像，特别是眼睛更像。不过，却更多了一些真实的感觉，眼睛里的悲哀更少一些。但是，这并不能减少三拼女儿的厄运。她找了一个邻村脾气暴躁的男人，经常对她拳打脚踢。在我们那里的风俗中，这也和三拼家有一定关系。如果三拼是那种在农村说话办事挺直腰杆的人，女婿也不敢这么过分。但是，不仅三拼，就是知识和他的弟弟二知识，都是同样的蔫头耷脑的性格，如同腌过的咸菜。这间接地纵容了那个男子。

不过，即使三拼再懦弱，女儿就是邻村，在被打急的时候找父亲，他也得去和女婿理论一下。不过女婿没有给面子，几句话不合，就两脚踢到三拼的肋骨上，三拼好像又听到了房屋被拆后的断裂声音——他的肋骨断了两根。这是我们村的那个算命人后来说的。他说三拼找他时，说大兄弟我感觉肋骨断了，还让摸了一下。算命人安慰他半天说可以打官司，也可以让女儿离婚。不过三拼说，我自己管不了那么多了，我得找她娘商议一下。虽然我们村的那个人会算命，不过这次没有算准。本来认为他只是说丧气话，没有想到三拼真的回家用绳子吊死在梁头上。

四

如果那片土地有眼睛的话，也应该认识这里的人。因为他们已经无数次，通过各种方式和土地接触了。他们直接把坎坷不平的土地当作了镜子，这种镜子的好处是不用出卖他们沧桑的面容。

我在南方大城市工作多年后，再次见到知识时，像是少年时那样，他还是愿意和我攀谈。我们就站在他家房子不远处的红薯地里，他低垂着头若有所思地照着这面镜子。

他告诉我，他知道自己跟着父亲不可能找到一个妻子，在初中没有毕业就去了南方打工，认识了一个南方的姑娘结了婚。不过已经离婚一两年了。前妻给他留下了一个孩子。

脚下的这块布满碎石的土地和我们一样陷入一阵默默无言中。这个村子变化很小，几十年前村子的边缘就在这里，现在它的整体一点儿也没有生长。当然，对于村子里的人而言，好似有了一点儿变化，却都是那种不改变筋骨的变化。

其他的人家好像多少都在生长，譬如，在大门口打一两间平房，把木门换上铁门，或者把草的屋顶换上瓦片的，只有三拼家好像不知被谁藏了起来，在隐秘之处完全停止发育。这座房子还是他妻子死后搬迁过来的。他的房子还是和三十年前一样没有任何变化，屋里也不是这个年代常见的水泥地板，还是二十年前的泥土地。由于从屋后进水的原因，透露出一股历史悠久的霉味。

我以前经过这座房子旁的时候，感觉它和三拼本人一样，透露着缓缓而去的信息，有些笨拙，也有些辛酸。我每次经过时都有这么一种担心，时间还会支持这种老旧的房屋、老旧的人吗？在此时，我好像被什么掏空，一阵风把我的心吹得满是空洞感。

在我们那里，一家人到底什么情况，草是真相的暴露者，它们能够以最放肆的形式将生活难以言明的细节表现出来。在知识家里，大门多少年就是一个小木门勉强安上去的，如同一个大人穿着小孩的肚兜，上下都露出一大截子。从知识家大门的空洞处向里看去，草没给这家人留什么颜面，不仅在地上横行，还在磨眼中长出了几撮胡须的样子。它们还借助一些残存的土，爬到了石头院墙上，最后在屋顶的几处地方随风荒芜。我总以为，老家经常有人住的房屋为什么不长草，是因为有眼睛看管着它们。没人住的房屋，这些草就可以不管不顾地疯长了。

秋天已经侵袭了我们脚下的这片土地，夏天如同青春的繁华已经看不见背影。上午刚刮过半天大风，把天空的其他杂质摩擦掉了，现在天空蓝得有些不太真实。这样的天空下面是收割完了的空空的山地，地头一边的石头坝子上，堆了几垛雷击过一样的黑色的干枯红薯茎叶。地里的一个石头稻草人连遮蔽身体的衣服也没有，就那么寂冷地独自站在地中间。可以说，这些和天空一点也不搭配。理想和现实之间也是如此吗？

　　我有些怜悯地问知识这些年过得怎么样。他的脸此时都过早地皱在一起了，与年龄一点儿不符，我们当地的一些水果和季节不符就是这样。他的脸就如同没有经过秋天在夏天就枯萎的青枣。他似乎努力地撑开脸说，到处去混穷，过得不怎么样。

　　我不知为何跟着问了一句，本来这句和刚才那句看起来没有任何联系，但是，我不知自己为何问完知识的生活又问毒蛇，却又感觉两者是那样天衣无缝地联系在一起。我问，你还记得当年抓蛇的事情吗？抓蛇难吗？

　　他回答说，抓蛇倒是不难，就是毒蛇也不难抓。你只要找到蛇的七寸，不要慌张，一下就抓住了。

　　不过，我想，既然蛇都有七寸，那么，命运的七寸又在哪里呢？

乡下的裁缝铺子

一

我大学毕业后在老家村子里准备考律师资格的那段时间，一开始是住在村里的那个卫生室的。它停泊在村的最前面，和其他人家并不相连，孤零零的如同一条搁浅的船。后来我搬到村后废弃不用的原来村委大院里去住，主要是因为我实在难以抵御那位年老医生的鼾声。当时估计如果再不撤离的话，我就会直接成为那里的病人了。不过，我吃饭还在那个卫生室里，因为那里有煤气灶，我可以偶尔使用一下。

在这段时间里，我知道自己陷于一个新的陷阱中。我千辛万苦考上大学后，却面临没有工作的窘境。那年也是国家包分配的最后一年。当然，这只是后来才知道的。我大学毕业后大半年都没有被分配，就焦虑而尴尬地在村里等着。

这么长时间没有分配工作，这无疑把村里一些人的劣根性激发了出来，有素质一点儿的还是会在背后说一些风凉话，有的更为过分，在我骑自行车从村里大街经过时，就直接指指点点地说：看，他家还以为出了个人才，现在回来家里蹲了吧。

本来我是两只手握着把骑自行车，听到这句话就换成了一只手握把，目不斜视地向前骑着。

旁边一个人看着更是生气，在不远处声音更响地说：别看考上大学，就是浪费钱，也没有什么用处，现在也不用傲气了吧。

我还是旁若无人地向前骑着，不过此时由一只手握着车把，换成了不用手握把骑车。越是在这种环境中，越是把我天生的狂傲劲激发了出来。

我从村南边的卫生室晚上看书回住的地方时，夜色已经浸透了整个村子。夜色深不可测，它们都是从村外的长着大片庄稼的田野、草木的山顶，以及繁星点点的天上涌过来的，那里的夜更为浓密。

如果我从卫生室到村委荒废大院临时住处，就要经过那个女裁缝的裁缝铺子。这家小小的店铺面对着村中的大街开着，位于整个村庄的中心。这是村子最主要的大街，在这条街上，就更能把握住整个村庄的呼吸、血液运行及坐卧行走。

我晚上回去睡觉时，一开始只是偶尔探进头去裁缝铺子里看一下，会看到她在那里嫣然一笑：在那里探头探脑干什么，要进来就进来。她说。我连忙虚伪地说，你忙吧，我也没有事，就不进去了，就是看到你每天都忙活这么晚，好奇看一下。

二

我不知道是从哪次开始到这家裁缝铺子里玩的，以后那段时间竟然成了习惯。每晚从卫生室到临时住所时都要进去聊上一会儿。

那时在农村做裁缝让这些人从繁重肮脏的土地稍微向外走出了一步。这是一项在农村中可以选择的更为体面的职业，至少在这些人父母眼里比种地要强。其实，在农村，特别是让女孩子学着做裁缝，还有父母对孩子朴素的爱在里面。农村那种生活整天风吹日晒，再好的面容都会弄成尘土的颜色。做裁缝可以为孩子找个合理的理由，以躲避繁忙的劳动，以及沉重的夏天日光。那也是鞭子一样的日光。即使农村的父母没有多少文化，他们还是想在坚硬无比的生活里，努力为孩子撑起一片柔和的空间，让她们对未来还抱有一点儿遐想。

其实，我经常晚上去那位漂亮的女裁缝那里，也没有其他的意思，只是当时有一种接近美丽的心，想着沾一些美丽芬芳的气息，从而防止自己逐渐陷落在看不见却感受得到的泥沼里。这里的泥沼竟然不是名词，隐约有动词的感觉。它并不是静止地预谋设伏等待我，而是主动要来找我了。

毕竟裁缝铺子这里比那嘈杂的卫生室好多了。虽然在那里没有见到特别重的让人压抑的疾病，但是，我还是能够在安静的时候感觉到病菌在桌子上乱爬，高级一点儿的长着翅膀在飞。当然，也有无耻的静止不动的，就那么无赖一样地在斜着眼睛看着我，可能它们在思考着我的动机——这个没有疾病也不是医生的人还这么频繁地到卫生室，是不是有什么不正常之处。

这里也比我住的村委大院的那间废旧房子要强得多。那间房子的铁门锈迹斑斑，在距离多远的地方，就能感觉到那种铁锈准备腐蚀我。那里面有什么呀，就是一个不知是哪个年代的木床，稍微坐上去就会吱呀抗议，不知怎么那么娇贵呢？屋里主要还有两种物品，几块晚上用来顶门的水泥砖，还有靠在床前用来防身的大砍刀。现在想想，就是我那个样子，就是邀请人去偷去抢，估计都会被骂一顿。谁也不傻，我有什么可以偷可以抢的呢？

在夜晚的裁缝铺子，我只是坐在那里，什么都不做，看着灯光的手指从门里伸出去，温柔地抚摸着夜色。风在这灯光、这夜的旁边盘旋缭绕，把炎热的东西吹凉，把浮躁的东西尘土一样的吹掉。我看着这些灯光，慢慢就会深陷下去。

它是乡下夜晚的灯光，即使是同样的瓦数，也和城市里的不同。我感觉这些灯光并不愿意上升得更远。这片夜有多好，静谧而安详，为什么还要冒着丧失自己身姿的危险而上升到更高远呢？固然，在那山影之上的夜空，有更加辉煌的宫殿一样的星月隆重地闪耀，但是，那迷宫一样的遥远道路并不是每个人都喜欢的。

那时那位女裁缝大概也就是二十岁出头的样子，温婉而美丽，如同夏日的清风一样，而我那时正处于一片烦躁之中。我真的没有其他意思，就是接近她，让她短暂地把我吹的凉一些也好。

三

那些年在乡村集市上有一些裁缝。这些人大多都是女子，她们年龄一般都不大。即使年龄大一些，与一般的农妇相比，也有着更年轻的面容。这些裁缝们会在集市一角的树荫下摆摊。她们会支起一个小木板的平台，有的在旁边还放一台缝纫机。裁缝一边忙着手里的活计，一般还应付着周围的人。有的年龄大的老太太不愿意来做衣服，被女儿拉着过来，裁缝一边给量着身体的尺寸，老人还在那里嘟囔，都这个年龄了，做什么衣服，做了也是浪费。不过，别看她这么说，如果女儿不给做衣服的话，估计她又是另外一种说法了。也有男孩子上学看到同学做了新衣服，也嚷着要，母亲不给买布料做衣服，孩子不同意，做衣服的话心疼钱，孩子再吵闹的话，趁着这劲儿，把孩子打得哇哇乱叫。那个年代农村没有胖子，偶尔有个可能是儿子在香港的胖大婶，裁缝的米尺就有些不够用了。裁缝笑着说，你下次来提前说一下，我把那个长的米尺带过来。哎，你别动，再动的话我就更不好量了。

树将斑驳的光点洒在这些裁缝的身上，在集市的喧嚣中，我看见了她们脸上的光点在骄傲地闪着。

有时有熟人经过，会过来打个招呼，裁缝在繁忙的间隙中抽空应一下，不知听明白对方说了什么没有。反正农村就是那么多简单的话。不过，不要认为这是废话，那么多的事情就以这些话为中轴，周而复始地循环。

这些话如此坚韧，看似无意义却带动着整个乡村转动，这或许就是意义。

那些年就是过年的时候，母亲可能会努力为我买一块布，做上一件衣服。如果家里收成后有一点儿余钱，就做一身衣服。在买衣服时，她难得地和我反复商议买什么布最耐磨，什么布最不容易脏。不过，我估计她和全村的妇女都商量过了。因为我们村的一些妇女都见着我打招呼，听说你娘要给你做新衣服了。当然，我更关心的是衣服好不好看。

其实，那个时候商量的余地也不大，布料的颜色就是黄色，蓝色或者黑色。衣服料子好像就有的确良和卡吉布两种。不过的确良是薄的，只能在夏天穿。因此，商议了半天其实就是一种选择。在买布料的尺寸时，也要反复考虑，千万不能多买了一点儿。当然，如果太少也不行。哎，老费大脑了。

在选择裁缝时，母亲也要好好考虑。做衣服的女裁缝多，附近集市上只有一个男裁缝。但是，母亲认为女裁缝做衣服不够大方，并且那个男裁缝不会浪费布料，能够最大限度让布料得到充分利用。并且那个男的就是剩下一点儿布条也会给做衣服的，不像是有的女裁缝剩下一点布条就自己私吞了。

经过千辛万苦地选好布料和裁缝后，在农历新年前一个月把布交给那个男裁缝。那段时间是他一年中的高光时期，有我母亲想法选他做衣服的远不止一个，因此，那段时间有很多人找他做衣服，他双手难敌那么多布料的围攻，就连集也不去赶了，整日埋在小山一样的布料堆里。我为了早一天穿上新衣服，过几天就会走一段不近的路，从家里走到他那个村子，再到处打听到他的家。见到后说明来意，男裁缝还算不错，疲惫地从布料堆里抬起头说，过两天再来。等我过两天再去，他还是"过两天再来"。那时我有些傻，就是不知道他用的是什么时间计量单位，一直到了距离新年还有一两天的样子，终于欣喜若狂地拿到了自己的新衣服。至于质量有些瑕疵，在这个时候都能安慰自己，过年前能拿到穿上新衣服就不错了。

乡下裁缝这个职业可能后来的人都看不到了，没有人会知道，她们曾经在喧闹的乡村集市角落里坐在树荫下，也没有见过她们细致地飞针走线，也看不到树荫下的太阳光点曾经抚摸过她们骄傲的脸。那些年农村人的衣服都被她们温柔的手抚摸过，而不是被更为巨大而冰凉的机器之手所制造。

因为这些年来，衣服如同生活一样被批量生产。是的，太多的一样的生活，一样的衣服，一样的人都在被反复制造。机器大生产都采取批量制作衣服的方式，这很大地降低了它们的价格，而以手工为主要制作衣服方式的裁缝们，就被淹没在铺天盖地的机器生产的巨大声音中。

不是乡村裁缝这个职业没有存在，而是有不能预知的东西把这个职业消灭掉了。很多职业在的时候，可能知道是如何存在的。但是，消失的时候没人提前知道，知道也不愿意去想。因为这些事情和他们似乎关系不大。毕竟甚至是至亲消失都没法把握，何谈这些与自己关系不大的职业呢？

四

其实，去漂亮女裁缝的那间小小的裁缝铺子，我又能得到什么呢？在夏天的夜里，因为她的裁缝铺只有一间平房，即使是夜晚也好似蒸笼一样。当然，在下雨的时候要凉快一些。但是，下雨的时候我被渴望和忧虑交织在一起的心情所困扰。因为此时坐在她的小房间里，总会给屋外灯光暗影里的人不好的想法。当然，不怨他们，就是我自己也会在下雨的时候，在一个年轻女子的裁缝铺子里会感受到一种不同寻常的东西酝酿在其中。

在夏夜，我只能得到那个老式的吊扇在头顶上挣扎似的旋转来的热风。我仔细端详过吊扇的痛苦神态。如果不是上头有铁钩挂着，我都怀疑它会挣脱逃走。

她也没有和我说过超越友谊的话啊。我也感觉我们之间不像是友谊。到底是什么，也说不清楚。我只是一个深夜将要完全睡去之前的过客。我的到来并未影响她什么，甚至连一杯水我都没有喝过，我指的是水井里的凉水。不过，附近村子里有慕名她的美丽的男青年经常到这个裁缝铺子里，借着要水喝的空和她搭讪。

在那段时间，我感觉自己就像是一根针，即使很尖锐，但是，从亮着灯光的房间里一步迈到门外，一下子就淹没在黑暗中。即使是锋利的针，由于它的细小，却淹没得更深，更是无人看见。

不过，我夜里从那个裁缝铺子出去到住的地方，迈出门后，好像是被谁给镀了光一样，即使在黑夜里，还是感觉自己亮晶晶的。到底光源在哪里，却不好把握。

她只是在那里一边安心地做着手里的裁缝活儿，一边漫不经心地和我聊着。我不记得我们聊过什么，但是，却能感觉到喜悦在我的心里流淌着。我后来总结，我那时得到喜悦了，并且我能真切地感受到喜悦的形状。她也在那里怀抱着喜悦，一脸微笑地在那些快要沉睡的布料上忙碌着。

她的母亲在那段时间去世了。在这之前，她还雇了一辆村里的面包车去县里医院给她母亲看病。那次已经是夜深，我都准备从她那个裁缝铺子回去睡觉了。当她问我有没有时间和她一起去医院。怎么能没有时间呢？夜是很长的啊，多么无聊啊。那么长的夜都给了睡眠，做一些有意义的事情也好。

在那个狭窄而黑暗的车辆中，即使是去县城的路也有些颠簸。但是，她和弟弟陪伴在母亲旁边，她的母亲一点儿声息也没有。车外能够感觉到有光一闪而过，将车窗闪耀了一下，很快希望一样地熄灭。我能明显地感受到她的悲哀，车里的黑暗让她的悲哀变得浓稠，而狭小的车辆让悲哀无处可逃。

那段时间我感受到了她的喜悦，也感受到了她的悲哀。她能感觉到我的喜悦和悲哀吗？这是我不知道的。因为，我们毕竟只是在那些个黑夜里相遇，甚至来不及仔细端详彼此的面目，在村里闲言的风暴中，就一闪而过了。

在老井周围

一

从我记事开始，就知道大村的那口老井。这是大村的整个村南的人吃水的源头。这口井到底经历了什么，以我那样的年龄是不知道的。但是，由于井口都是用很厚重的石头铺起来的。在石头的上面，被无数次的脚步磨得光滑地发出历史的亮光。这口井是如此古老，仿佛几百年前就是这样。

在我经过那里时，经常可以看到井台上有人，特别是早上或者晚上做饭时，那里简直就成了一个小的热闹的聚会点。排不上队的就站在老井的边上聊天、说笑，排到队的人站在井口上，把水桶用井绳吊住，慢慢地放到很深的井里，然后左摇右摆地让水桶在里面晃动，不知用的是什么技巧，就让水桶盛满水，最后用力把一桶水提了上去，如同提出一桶鲜亮的秘密。

我的太祖母就住在那口老井不远处，她那时的年龄是附近邻居中最大的，脸上都和老柿树皮差不多了，皱褶层生，好像是谁用牛拉着犁，在上面辛勤地耕过多少次。

但是，那口老井的年龄比太祖母大得多。在我和太祖母为数不多的交流中，她说自己很小嫁给我太祖父时，这口老井就存在那里很多年了。我估计这口老井可能熬死了以前我们村的所有人，包括最早来这里建这座村庄的人。这是一种无形的威慑，但是，村里人内心并不复杂，从来没有感受到过它的杀气。

太祖母是一个严厉的老年妇女，裹着很尖的小脚，带有过去那个特定年代的派头，祖母有些怕她。有时在中秋节前，就准备二斤点心，让我送过去。我就从山上的小村下去，经过两边生长了不少年杨树的大路，走过那条夏天洪水经常漫上桥面的石头桥，绕过大村前碧绿的菜园，再经过那口老井的边缘，就到了太祖母的家了。

那时太祖父已经不在人间，太祖母一个人整日坐在那间不大的房间里。那个时候感觉她总是离不开阳光，比依赖拐杖还要依赖阳光。如果一个人到了依赖阳光前行的时候，可见她的身体是多么冰凉。

即使在秋季，太祖母就坐在房里的门口晒太阳了。阳光对她很吝啬，只是将狭窄的一片照在她的身上，这让她的话也有些冷冰冰的。

"老奶奶，我奶奶今天家里有事，让我给你提一些点心过来。"我嗫嚅着。

太祖母用手示意我把点心放在门旁，"就这么点吗？也不给我带两瓶酒，知道我喝酒还不舍得，哼。"她的话里带着呵斥的味道。

我不知道太祖母是怎么看我的，在她眼里看不出对我有什么慈祥。毕竟我们之间的血源之河距离有些遥远了。何况，她又是一个讲究威压的人。事实上，她有那么多的孙子，还没有听说她疼过谁，何况我是重孙子呢。相比较而言，我感觉太祖父慈祥多了，倒更像是一个老奶奶。特别在笑的时候，他的花白胡须慢慢地抖动，温和极了。

在当时，那口老井东边还有一个大队（村）的粉坊，这是集体的，这里也就是生产粉条的地方。粉坊里面有个中年人很是和善。可能看到我以后还有点出息——当然是开玩笑的，一个衣衫褴褛的小孩子还有什么前途——有时我到他们粉坊玩时，就会把做粉条断掉后剩下的小段，弄小半碗给我吃。在那时，我就知道粉条本来就是熟的。在刚做出来时，软软的如同一条条小虫，很是可爱，特别是在抚慰我的肠胃时就更可爱了。

我经常去老井附近，不仅认识了粉坊里的那个和善的中年人，而且和那头村里很是闻名的高大毛驴也认识了。它是粉坊用来拉磨用的，每当一大早粉坊里面的人把它套上准备干活时，它都抗拒地啊啊啊——呃地叫着，就是在我住的山坡前的小村那里也听得清清楚楚。不过，它可能也是认识我了，当我走到跟前，它也并不抗拒，我有次竟然不知好歹地摸了它的长长的耳朵，摸了一个还不算完，又摸了另外一个。后来这把粉坊里的那个中年人吓得不轻。他警告我这头毛驴可不是善茬，就是他们里面的人也被咬过好几次，要不是看它干活有力，早就送驴肉馆处理了。

二

在老井南面紧挨着的土地上，以前是个很大的苹果园，里面种了郁郁葱葱的苹果树，更早我不知道种的是什么。苹果园的西边是一条不深不浅的河流。除非在夏天的洪水季节会咆哮，在平日里就如同河流上的阳光一样，不紧不慢地流着。

苹果园的主人那些年一定是最开心的人。我经常能看见他们从一个炮楼一样的二层小建筑物里下来，带着一些工具，在苹果园里穿梭。如果低下头，能看见他们在苹果园地里忙碌。如果仔细看一下，他们还会在苹果树上时隐时现。

其实，就算是想一想，也是很美好的。即使是再大的风，经过这片茂密的苹果树也会减缓脚步。何况我们那片山地本来也没有太大的风。风到了苹果园这里，也需要给苹果园主人一些面子啊，它们也想抚摸一下苹果圆圆的脸庞，嗅一下苹果成熟的果香，也想在苹果花的上面蹭一下光滑的皮肤。

如果在夏夜，这里当然就更美好了。那时我们村里人一般都在地面上乘凉，最多是到桥面上乘凉。只有承包苹果园的这家人，才能在更高的炮楼上面乘凉。我不止一次地想过，如果他们家让我过去看护苹果就好了。我不要任何报酬，只要让我登上那座炮楼就行。但是，由于这家人害怕村里人过去偷苹果，从来也不让外人进去。他们说如果村里人去的勤了，就可能摸清了他们的出行规律，会趁着他们不在时偷苹果。因此，这座炮楼不仅象征着一种居高临下，而且多少年一直是一种神秘的存在。

这座炮楼里的白天和黑夜，必定是和村里的其他地方不同。在白天，苹果园的主人可以在高处观看村里人，村里人在远处地里身形更小地走着，忙碌着庄稼和其他生计。在夜里，他们可以比村里人获得更多更凉的风，看到更多的萤火虫打着灯笼在河面或者草丛里走来走去。这些萤火虫在寻找什么呢？那么多年里，不知道它们整夜在寻找的东西找到了没有。我不知道这些，不过，萤火虫找着找着，却把自己找丢了。

苹果园的主人可以枕着一河流水睡觉，这是一种什么样的睡眠呢？河水会把鱼儿带到他们的梦里吗？这样，我感觉他们的梦一定是清凉透明的，同时还有着小小的喧哗。为什么不是呢？人的梦和鱼的梦交织在一起，鱼在梦里如同在空气中游泳，人在梦里如同在水里漂浮。他们梦的触须拂动一根根的水草，随着水缓缓地漂动，如同在跳舞一样。我当时越想越美。不知道这家人花了多少钱承包了这座苹果园。如果我有钱就好了，我可以一辈子什么也不做，也不羡慕遥远而繁乱的城市，一辈子就安稳地守在这座苹果园里，住在那个破旧的炮楼上。我不需要谁保护我，我可以保护自己。

不过，那么美好的一座苹果园后来被拆了，所有的苹果树被伐倒，空出来的土地村里承包出去种麦子。这发生在我到外地读大学的时候。其实，即使我在村里，也不得照样砍伐那些苹果树吗？那么坚固的炮楼都不能保护，我怎么能保护它们呢？不过，我还是努力把它记下来，这是我唯一能够做的事情。否则，这片苹果园就和这个村子死过的那么多人一样，即使他们曾经在这里生活过，也在这片山地上留下过痕迹，但是，他们的痕迹太微小，风大一点儿就吹走了。他们活过，但是，也没有活过。

<h2 style="text-align:center">三</h2>

那口老井是一种让我心惊的存在，如同太祖母一样，都是过去那个时代的遗留，带着过去那个时代的特有威严。我想自己幸亏没有生活在大村，也没有到挑水的年龄。否则，我估计很难面对这么湿滑的井台，还有老井那种带着警告意味的井口。

可以说，在老井周围，只有太祖母年龄最大，也只有太祖母，才能和老井协调。我想，住在老井的附近，一定是太祖母的选择。她太老了，老到都快找不到可以说话的人了。不过，太祖母和老井成为邻居，这至少可以减少她们彼此的孤独。其实，只有到了最后，不孤独不是一种最低的要求，而是一种最高的幸福。

太祖母算是无疾而终，她在九十岁的时候，在去世的头天晚上，还吃着苹果——也就是那个苹果园的主人给的苹果，但是，她却没有看到第二天初升的太阳，那头毛驴响亮的叫声也不能再唤醒她。她的身旁还有吃的剩下一半的苹果，手还如同枯枝一样指着老井的方向。这是她最老的邻居了，她是想向老井呼救吗？那口老井实在是过于幽深，井台湿滑难走，井壁陡峭且多青苔，多么响亮的呼声才能到达内心？或者太祖母只是向老井打招呼告别，毕竟是那么多年的老邻居了。

太祖母代表了村里的一个时代，她那个时代的人全部都走了。那口老井后来时间不长也走向了毁灭。在一个炎热的夏季，一个酒鬼喝得半醉竟然能攀着井壁爬到井底，在井底洗了一夜澡。你说这人多好的游泳水平吧。不过，这以后村里的人就感觉恶心，纷纷在自家院里打井，就不再到这口老井挑水了。

这口老井对得起这个村子，特别是村南的人。没有一个人能做到像它那样，它总是无限地满足，即使村里人无限地索取。即使这样，这口老井也并没有拒绝村里的人，而是村里的人拒绝了它。这可能让它如释重负。这虽然感人，但是，却没有谁为之忧伤，村里人那么繁忙，感伤之类的事情和他们无关。

　　不过，即使再没人过去挑水，那口老井还是默默地停驻在那里。它的井口总是炮筒一样地看着天空。我不知道它的目标是什么，它在准备射击什么呢？它有着一颗向上发射的心，但是，却被这井台上面的大石，以及从不停息的挑水人控制住了。那么，老井只能向下发展，它代表着一种什么样的更为底层的事物呢？或者说，在那么多的岁月里，它更加无限地接近了什么？

读书记

一

我从小就非常喜欢书，甚至是超过了对我亲人的那种喜欢。可以说，在童年和少年时期，我会想尽一切办法找到任何可以读的东西——就算它们看上去实在不像是书，而就是字，排列在一起的字。即使是路上偶尔被风吹来的半张报纸或者别的纸片，我也会找到感兴趣的地方，津津有味地读一下。这和我们家养过的一只羊差不多，只要是感觉像草或者纸的东西，它都要尝一下，就是塑料纸也不放过。

当然，我小时候读书有个习惯，就是读书非常快，往往是只知道大意，狼吞虎咽地享受一下读书的快感，也不会有什么太深刻的感受。这是不是对书不尊重呢？不过，对于书而言，可能从来无人问津才是真正的悲哀。

我真正读过的第一本课外书是在小学三年级时，这是一本老版的《三国演义》，是用半文言文写的。我父亲最多有五年级的文化，这本书不知道他在哪里找来自己看的，也不知道他是否看过。但是，我却如同发现了至宝，很长时间就夹在胳膊下，随时抽空就读一下。

但是，以我那时的年龄，以及那时的教育水平，一个农村小学三年级的学生读这样一本书显然有些勉为其难了，关键书里还是拗口难懂的半文言文。很多字我根本不认识，也没有见过。不过这难不倒我，俗话说："山东秀才读半边"，这可是老祖宗说过的。对于不认识的字，我就读这个字的一半，然后连猜带蒙，连拼带凑，竟然也能理解很大一部分。由于只有这一本书，我读的次数多了，甚至有的章节现在还能背出一部分。

我不仅被书拯救过，也拯救过书。在我念小学时，在我一个本家亲属的旱厕里，我看到他不知从哪里弄来一本清代吴敬梓写的长篇小说《儒林外史》，准备用它来临时充当手纸的角色。这种书可能不用花钱或者是拣来的。不过，我发现这本书时已经被消费掉一小半了。我趁着这位亲属不注意，悄悄把这本书带走，也算是抢救性发掘，拯救了这本书。但是，对于这本书而言，我感觉甚至比《三国演义》更难懂，至少《三国演义》里面有很多战争内容，我也有兴趣去猜。对于《儒林外史》，书中的故事情节及含义远不是那个年代的我能读懂的。因此，在努力看了一段时间后，我最终将这本残书不知放到哪里去了。

二

我真正拥有的第一本书是祖父买给我的评书《呼杨合兵》。祖父喜欢听评书，我也受他影响，很长时间对评书念念不忘。祖父看到我如此喜欢，在家里经济条件不富裕的情况下，还是狠狠心给我买了那本评书。但是，我当时识字不多，只能将书里的内容囫囵吞枣地念给祖父和周围邻居听。好在大家都似懂非懂，也没有抗议反驳的，就是听个乐和，这也让我小有成就感。

在念小学和初中时，因为喜欢读课外书，我结交下了一位至今仍然联系的朋友。那位小时的朋友就和我外公同村，他家就和我外公家隔两道院墙。有时候他去田野里割草，我也会跟着。记得有一次我穿的鞋子太过于破旧，在割草时完全坏掉了，可那时秋天的玉米已经收割完毕，露出玻璃碎片一样尖锐的根，朋友见状便把自己的鞋子让给我穿，自己光着脚走在地里，为了防止被刺，就不停躲闪着脚下锋利的玉米残存的根。

那双鞋子一直温暖着我到现在。

在这位朋友家里，他的父亲收藏了一箱古书，这也是吸引我并且和那位少年朋友保持那么长久友好关系的一个原因——我终于可以醋畅地读那些书了。如今，我们仍是挚友。每次回想起这份年少时的友谊，我都觉得如同书一般地珍贵。

因为喜欢读书，我得罪过一个同学"仇人"。当然，这主要责任都在我。我喜欢读那个同学的课外书，却没有课外书和他交换。这明显不公平。但是，哪里有那么多的公平呢？当我看到他有小说或者连环画时，就会心痒难忍，在下课时趁着他出门，我偷偷把书拿出来风驰电掣地翻看。我认为自己读快书的本领也和这种情况有关，不止是一目十行。

但是，美好的时间毕竟短暂，书的主人回教室发现后会冷嘲热讽，我也不得不放下书，然而，上课后好长一会儿还沉浸在书中。这位同学后来没有考上高中，在农村家里做了一位乡村医生。我读高中时每次经过他家的诊所，见到后都会打招呼，两个人的关系也逐渐好了起来。可惜天不留人，因为一场很难治疗的疾病，这位同学前些年离开了人间。一个夏天我经过他家院子外面时，看到落了一地的槐花，不由得还会想起他。

在我上初中时，我们乡镇驻地的大街上有一家新华书店，书店门面不大，里面除了卖文具之外，也出售一些图书及连环画册。那时我每周六都会步行八里山路，回家带一些煎饼到学校吃。在路过这家书店时，常常看到两位女工作人员站在柜台里说笑。有时还能看到一个和我年龄差不多大的漂亮女孩子，我猜测她可能是其中一位工作人员的女儿。这个女孩有时会心不在焉地到处乱翻一下书店里的书。在那时，我想她大概是这个世界上最幸福的人了，可以随便看书，不用考虑时间，也不用花钱。我则不行，只能借着貌似买书的模样不停地翻看着那些图书。一开始工作人员并没有理会，去的次数多了，她们也会跟我开个玩笑，说看了那么长时间了，就买一本吧。此时，我只能讪讪地放下书，余味未尽地慢慢走出店门，然后背着破书包去走那条漫漫山路。

<h1 style="text-align:center">三</h1>

在少年时代，家中从来没有一张可以专门用来读书写字的桌子，更不要说专门的书房了。我那时是多么想有一张书桌啊，当然，书房就是真正不敢想的奢望了。不过，我却有流动的"书房"，有时我会把这个流动的"书房"搬到小学上学的路上，有时会搬移到悬崖边上。此外，在我准备考律师资格的那段时间，我曾借过荒废的村委大院看书，一个人在里面冬天夜读。

我不知道其他人是否有我这种本事。在念小学时，我可以一边走路一边看书，却从来没有迷失过方向。即使我沉迷于书中，书却可以在前面为我清晰地指路。我上小学要过山，过水，过山地，虽然偶尔可能因为在路上看书迟到，但是，却总是能自动地找到学校。

那时我们那个小村背靠着的山的后面是悬崖，悬崖上面都长着密密的松树。这些松树看上去并不粗大，但是，在那种贫瘠的地方能长到那么大，可知它们生长的艰辛（可惜那些松树后来全部被砍伐掉了）。不过，当时即使它们的树冠不大，特别在夏日的早晨，阳光还没有达到势力最盛之时，那种松冠也足够给我遮阴了。如果在开心的时候，所有的事物都是善意的亲友。还有什么不满足的呢？我那时正年轻，初升的太阳也是年轻的，如果你能想象到我一脸朝霞坐在一块卧牛石上大声读书的样子，说明你也曾经这么年轻过、开心过。

在我准备考律师资格时，也没有专门的书房。我在老家村委大院里找到一间办公的房子。实际上，整个偌大的院子就我一个人居住。当时正是冬天最冷的时候，院子背后是一条荒凉的河流。在夜深时，可以清晰地听见屋后河岸边的电线被风吹得发出凄厉的声音，我住的那间房子的简陋铁皮门也被呼啸的风冲撞得摇摇欲坠。为了多获得一点儿热量，我买了一个瓦数很高的电灯，用被子包着膝盖，不管外边如何寒冷，风声如何响亮，我只是在那里静静地看书。我们融为了一体。

四

由于家庭贫困，我在初中六读完就辍学了。在那时，即使我对读书有无限的眷恋，但是，当时这种读书梦想也不属于我了。在辍学后的三四年时间里，由于繁重的劳动，我读书的机会少了很多，但是，心中读书的火苗还没有熄灭，它时不时地在心中闪现。

当我到吉林省蛟河县的一家煤矿打工时，即使在繁重劳作之余，我也经常会翻看一下初中的数学和物理书。我不知道为什么要这么做，难道是安慰自己的失落吗？还是为自己保留一点儿希望？那时我并不知道，这些封面破烂的书本真的能改变一个人的命运。

在有了可以继续上学的机会后，经过短暂的不到半年的初中学习时间，我参加了高中考试。这些书成为我复读时的砖石，让我在辍学几年后经过几个月的复习，考上了我们当地最好的高中，后来又考上了大学。我看见了书在铺设着道路，这条道路变得有些顺畅起来，即使我不知道它最终通往何方。

在老家市里做律师时，相比上学时期，我阅读的书减少了，但是，我在艰苦岁月里读过的那些书，已经融入我的血液中，这些血液因此就像是大河一样滔滔不息。

生活艰辛如大山，但是，读书却是我攀爬的简捷路径。对于我而言，读书能够给我缓冲的机会，让我不至于因为一无所有而放弃。特别是在我辍学以后，如果没有书，我就没有任何机会改变命运。

在少年的那些艰难的时光里，即使我有时饥肠辘辘，但是，那些看似微不足道的连环画或者其他图书，却成为我难得的精神食粮。即使我经常衣衫褴褛，但是，那些书却成为我外在的好看的衣裳。即使我由于衣食不足而可能自卑，然而，那些书却让我获得了自信——能支撑起身体抬起头的那种自信。

书貌似是很弱小的东西，那么薄薄的纸张，即使有的书厚得吓人，却在人的强力面前不值得一提。但是，书是强大的力量在人间的代理人，它们看似是静止的，实际上却是运动的，它们可以带你去苍茫遥不可及之地。

书不就是一个个的人吗？他们比我懂得更多，代替我在世界上更早地现身，让我的生命贯穿虚无与具体，更加真实地去体验。

可以说，可能其他的东西会辜负你，读书却不会辜负你。有时静下来想想，几乎我的一切都是从书中来的。真正能拯救一个穷人孩子的只有书，真正让我跨过命运汹涌河流的也只有书。

读书是我人生最美好的享受之一。有书在手，有云在天，有草木在侧，让书中的思想安抚喧嚣的城市，安慰浮躁的人生，照亮田野曲折的道路。书是有生命的，如果你相信书，那么，书就会与你在一起，会与你休戚与共，也可能会帮助你改变命运。

我一直对书怀有深深的感情，特别是对于经典的书籍，就如同对待一位智慧过人的长者一样。这是前行中的导师，如果没有人可以帮助你，好书可以。如果没有人可以指导你，好书可以。书是我的拯救者，是书将我从生活的狂潮中打捞出来，让我重新上岸。是书的光芒在暗夜中引导我，如同灯塔一样，让我不偏离航道。

书是我真正的亲人。有时亲人都不可能救我，书却可以救我于危难之中。我必须感谢书，是书推开了老家陈旧的房门，让外面的光亮照进。这不仅让我的眼睛闪亮起来，也让我看到了更广阔的世界。

作为一个学者，我整天淹没在书中。这是一片海，即使汹涌，我却不得不在里面存活。相比较看书，我后来更看重写书。非写书难以去认真读书。只有写书，才知道更好地读书。

我现在写了不少本法律书和文学书。虽然这些书都是在成年后写的，但是，它们的根却扎得很远，可能远到我最初饥渴地到处找书阅读的童年和少年时期。

为什么一定要写书呢？我想，这不仅是一项抵御孤独的活动，也是抵御逐渐消失的一种反应。在这无形的激流中，我还能做些什么呢？只有写书，才能减缓让我逐渐缩小力量的攻击。

在无常、孤独与命运之中，在比天空更加无垠的时间中，我还能把握住什么呢？写书让我至少还能保留一点儿希望，如同最寒冬夜里火苗一样的希望。

发小

一

可能是上天专门这么安排的。我老家的几个发小走的都比较早。如果没有别的解释，我执拗地给了一个这么安排的深意。可能是上天把我留下来写这些熟悉而卑微的朋友，否则，他们就如同河里细碎的泥沙一样，被裹挟在时间的河流中，打个水花就会看不见踪影。不会写的发小先行一步，让我这个会写的把他们雕刻在那片山地的记忆之上，即使风雨后来还在不停地吹打，他们能停留多长时间就坚持多长时间。

我的这位去年刚逝去的发小，他的名字叫平。平自小就长得有些凶悍，在印象中也更善于打斗，让我从小就有些怕他。或者是我的错觉，反正就是这样。之所以如此，一是因为他的母亲。他的母亲好像年轻时精神有些问题。当然，也可能是因为被村里人欺负后，借着这种机会来装疯，到底是真疯还是假疯，却不好说。在后来我长大后的印象中，他的母亲倒是一个和善的人。当然，装疯也有装疯的好处，即使那时村里人不知道精神病人不需要承担法律责任，但是，还是会对此有所忌惮，从而不敢轻易招惹她。二是因为他是我同姓的长辈。我们那里的农村相对还是比较封闭守旧。我们家的姓在那个村子里是大姓，所有的同姓都是来自同一个家族。在这棵家族之树上，一般情况下，出生辈分更高的人往往无形中就比别人天然多了一些优势。即使是年长的晚辈对年轻的长辈也是如此。即使彼此之间的血缘关系可能已经比较遥远。

平好像还和我一起上过小学，不过年龄却比我大了不少，读了几次都没有考上初中。在那个年代那片山地的农村，我读书好属于异类，他读书不好则属于常态。估计在他的心里，可能并不存在和我曾是同学这个想法。可惜对于这点，我再也无法验证了。

我从小就记得和他两个人用石头在不远处互相使劲地向对方投掷过，那是我少年中记住的为数不多的激烈战斗。那时正是那座简陋的村小学放暑假的期间，不知我们两个人为什么发生了激烈的争吵，后来在小学空旷而有很多小石子的地面上，拳脚已经不能解决纠纷，就互相扔起了石头。当然，我们之间主要还是吓唬对方为主。然而，当看到对方的石头飞蛾一样向自己掷来，感觉整个校园都被震得尘土飞扬，声势还是十分惊人。这是我记忆中和他作为敌人的一次冲突。

我在南京泉水采石场打工时，也与平并肩战斗过，这时我们是盟军。我本来以为他打斗的力量和意志比我更强，但是，在我们与当地人二对二的打斗中，却是他先向对方认输的。这无形中让他在我心目中的强悍印象打了一些折扣。

二

如果人离开农村老家久了，即使是从小一起长大的发小，也慢慢就被分割为两个空间。一个在门里，一个在门外。门外的人没有时间去看门里，门里的人没有勇气去看门外。我和他之间就是如此。

他好似和我已经隔了千山万水，这不仅是地理意义上的，而且是心理意义上的。对我而言，却并不是如此。我在村里的土石道路上遇见他时，还是会在内心泛起一种淡淡的暖意。

我们各自都如同蝼蚁一样忙碌着，并不知对方具体情形如何。只有等到我父亲去世的时候，我才知道平也在那年更早的时候去世了。母亲说，平去世了。人走茶凉。送葬的傍晚下着大雨，村里甚至连个帮着把盖棺材的沉重石板抬起的人都没有，平的哥和弟两个人拼着全身的力气才抬起的。母亲说，从这点看来，你父亲去世还是比他强一些，至少有不少亲戚朋友来帮着抬压棺石的石头。

即使母亲和父亲争吵了一辈子，但是，父亲的去世还是很大地震惊了她。如同在空旷无人的池塘中扔下了一块巨大的石头，母亲只能一人在老家长久地感受石头在池塘留下的波纹。然而，在平去世后下葬时没人帮着抬压棺石这点，让母亲感觉到了一点儿我父亲去世稍微有光的地方。这是她在对比中感觉到的些许荣耀。或许她也是在麻醉自己。但是，这至少让我知道了平的去世。

当然，如果平能够安然地老去，这并不是特别悲哀的事情。最为悲哀的是，他辛苦地种了六年的姜，然而，这六年种姜卖姜所得的钱，还没有治疗完他所患的癌症后，就已经消耗殆尽了。因此，即使那时我还沉浸在父亲去世的伤感中，也能感受到姜在他的命运中传出来的辛辣的味道。

三

我对平的温暖的回忆还和那片桃树林和成熟的桃子有关。至今我经过那片桃树林时，我还会想到是不是他还像当年那样坐在一棵大桃树下，遮蔽在桃树的影子里，旁边放着一个喝水的陶罐，在悠闲地打量着山下山路上偶尔经过的人。我回想着他忽然闪出来对我打着招呼说，到这里坐，这边凉快。

在我的印象中，那个年代的桃子和那个年代的人一样，都比现在更为瘦小。因为人经常饥饿，很多桃子在还没有长成的时候就被摘去吃了。有时青青的甚至一点儿甜味都没有。特别是那些没有人专门管理的桃树，只是到了夏末秋初的时候，我们当地的人才会淘宝般地在桃树浓密叶子中发现几个漏网之鱼，只有在此时，才能尝到真正成熟桃子的味道。平和另外一个老汉在西山的东坡那里承包了一片桃园。那时，只有这种有人管理的桃树林子才能等到桃的成熟。那时的夏天漫长而饥渴，阳光在桃树叶子上闪耀着炫目的白光。当我去找平时，趁着另外一位合作伙伴——那个看护桃子的老汉不在，他自己给我摘了几个桃子，然后，让我自己拣好的摘几个。我开始连桃子的皮都没有剥开，就囫囵吞枣地吞到了肚里，感觉夏天也甜美多汁起来。

那是我一生中吃过的最好的桃子。在那片桃树林中，桃树的树荫在风中轻轻摇摆，抚慰着我少年粗糙的皮肤以及敏感的内心，平略显凶悍的脸也变得柔和起来。我是一个感恩的人，这并不是坏事，但是，坏就坏在我把平对我的好意对着村里的不少人说了出来。我很长时间是一个藏不住喜悦的人，一直到现在还不知悔改。我是一个晚熟的人，这让平的那位合伙老汉对他颇有一些不满，我这也是吃了言多必失的亏，不仅以后没有在那个桃园吃到桃子，也让我对平有了一些内疚之心。

四

他的强悍是慢慢地减弱的，对我的威慑也是如此。在他长眠于地下前好久，我就不再怕他，但是，却有了淡淡的怀旧的情绪。

如同留在那片山地的大多数人一样，他总是奋力躲避着生活巨轮的碾压，然而，却也总是笼罩在这巨轮之下。他除了和我一起到南京采石场打过工外，他最长时间的打工是在老家附近煤城的一家煤矿挖煤。我们当年都是在地下被活埋的人，都渴望随着被挖出的煤一起被挖到地面。当然，他也到山西省等地挖过煤，即使这种工作能够赚点钱，但是，后来也都耗费在长时间的繁杂的生活消费上了。随着年龄逐渐增大，以及家庭成员需要就近照顾，他不得不重新回到老家，在那片山地日复一日地接受石磨一样的生活的研磨。

这个是被生活所劫持的人。他曾是一个强健的人，奔跑迅速有力，然而，他的奔跑速度已经难以摆脱命运的追缉。

他真的被劫持过，在他体力最为旺盛的时期就发生了一次这种情形。那年他在老家附近的煤城打工，当进入城郊结合地带的一个旱厕时，那是在一个夏天，被三个流氓按在厕所里面的一面墙上，硬生生地掏走了他身上为数不多的钱。我至今都可以想象到那种厕所的样子，苍蝇永远是这里的主角，墙上贴着广州老军医专治花柳、梅毒病的小广告，难以想象他这么个强悍的人竟然在大白天被抢劫了，甚至连报警也没有做，这也减少了他在我心目中的敬畏。

在我们之间的相处中，在很长时间他都对我有着心理压制。但是，在我们那片山地，即使是最强壮凶悍的人，也会表现出对"知识"的敬畏。在我读高中时，感觉我们之间的角色悄悄发生了变化，变成了他有些敬畏我，而不是像以前那样占据着心理上的上风。

后来我逐渐认识到他是一个羞涩的人，他的所有强悍可能都是装出来的，这是他自保的武器。

我在南方一个城市教书时，一次回老家偶尔见到他，他甚至让我感觉有些尴尬。那时村头的道路还是凹凸不平的山路，像极了我们那片山地的人的命运。我们面对面地站着，其实我们当时已经没有过多的话可以交流，我好像不懂他的语言，他也好像不懂我的语言。更准确地说是我一直在对他发问，问他今年的收成怎么样？最近出门打工了没有，他只是一个倾听者或者回答者。他说没有出去打工，家里孩子多，有三个孩子，就种了六亩姜。种姜在我们那里算是效益比较高的，但是，也是出力大的种地方式，是一种很耗费体力或者磨损生命的种地方式。

就在我们说话的时候，他忽然把头向着左右轻微地摆动，眼睛也不再看着我，在他那张逐渐变得有些苍老黝黑的脸上，甚至闪过一抹害羞的红晕。他忽然说了一句话，你在南方过得那么好，能不能把不穿的旧鞋子给我几双？从小他就有这个习惯，别看他长得比较凶，在不好意思时，都会把头这么摆动。

然而，在他向我要穿过的旧鞋子时，我当时作出了一个相反的判断，我还是认为他是那个当年比较要强的人，是不是我说的哪句话触怒了他？他是以这种方式向我表示一种不明显的讥讽。如果我答应了，是不是会激怒他？因此，我只是说，像你现在家里过得不错，怎么会穿我的旧鞋子呢？

其实，这时是他真正的软弱，只是我当时没有察觉。只有到了他去世两年后，我才发现他当时是真心如此，但是，我还是保持以前对他的印象，从而得出了错误的结论。不是这位发小愿意低头，是现实的刀刃把他的性格重新雕琢成如此。他如同一个纸箱，表面上还有那种框架，但是，在风吹日晒之下，已经是颜色减损且虚弱无比。

五

有时我想，自己不是被时间变老的，而是被永别所磨损老的，这种永别的磨损让我变得越来越小。同时，也让我的身体越来越空洞。每次我熟悉的人离开，都让我感觉身体变成了一口钟。我能够听到这些人永别后沉重的敲响的声音，作为这个人一生的总结。当然，你可能听不见，因为你不是我。这钟声能够让我在虚假的欢乐中清醒过来，不仅使我感觉悲伤，而且让我身上的肌肉簌簌地震动下来，我感觉自己又少了一片。是的，是又少了一片或者更多片，并且这还不是结束。

很难想象，他这么长的人生被我这么些字数写完了。当然，我是一个局外人，但是，如果不出意料的话，他的人生历史却是由局外人来写的。

我不知道他的子女们以后是否能够有机会将心目中的父亲写出来，让他从虚幻中转变为现实。但是，在那片山地，对于那些少年时失去父亲的孩子们而言，这种希望的阳光照进现实的可能性并不大。像是少年时，他瞒着那个老汉偷偷给我桃子吃那样，这次，我把他的秘密泄露出去，他是否还是如同少年时那样责怪我呢？

平的妻子年轻时在农村是比较漂亮的，本来他的妻子当年是另外村一个男子的女朋友，但是，这位男子却和这个当时的女朋友发生了争执，而这位女子家庭条件不好，就被介绍给了平，被平当作珍宝一样地藏了起来。不多久，那个男子带着一帮人想抢回女朋友，平就喊着同村的一个好友用自制的火枪把对方赶走了。可以说，对于他而言，每一步都不易，即使是看似平常的婚姻，却要通过一场战斗来获得。当然，他获得婚姻的另外一个代价就是，不仅要娶这位女子做妻子，而且当时就要把女子的父母带回家赡养。

平的堂弟的妻子来自遥远的南方，留下三个孩子出走了。平去世后，他的妻子和堂弟一起搭伙过日子。在我看到他的堂弟骑着电动摩托车载着平的妻子从我们面前驶过，并对我打了个招呼，我怎么都感觉骑着摩托车的还是平，他们还是如同平活着一样，在夕阳的余晖下匆忙地回家准备晚饭，准备永远没有止境的繁重辛苦的日子。

我目送这对新搭配的夫妻远去的背影，在这深秋傍晚有些涣散的阳光中，一个人站了好久，秋天大地的凉意无比巨大地升起，但是，毕竟这是太阳，我还是能够感受到一些余温。

旧事渐凉 ——————————————

在夏天的山神庙旁

一

即使这片群山半山腰的林中道路距离我老家的村子很近，但是，很多年以来，我都不知道有这个地方。在一个村庄的角落，这条道路的入口闲适地躺在几个柴草垛掩映的地方。如果不是特别注意，即使是来过，下次也不一定能够找到。不仅我谋生的城市很繁忙，这里村庄的人们也很繁忙，没有人告诉我这个地方，是直觉把我带到这里的。

这条盘山路有第一片浓密树林的地方，成了我这个夏天短暂时间的乐土。在这里，好多年前失去具体面目的山、石、树、草似乎又回到了眼前。在这里人声归于寂灭。但是，有蝉鸣的声音，有鸟叫的声音。这些鸟叫很有意思，有的一点点的脆生生地叫着，如同谁在敲门。有的一声长鸣，然后不知消失在远方密林的何处。有的鸟叫则蜿蜒曲折，节奏十足，如同这条盘山路。

不要再考虑什么，也不要再担心什么。在午后，有了困意我就把车停靠在路边，在车内放下前座，很快就会进入睡梦之中。有意思的是，本来在睡觉前看不到蝴蝶，但是，一觉醒来，却看见数百只蝴蝶在车边、路边、树上或者陡峭山坡上飞舞盘旋。这些蝴蝶有的翅膀是白色，中间是黑色的肚皮。有的翅膀则是斑驳的颜色，黑色的底子。如果仔细看，还有很少几只带有彩色的蝴蝶。这里的蝴蝶一般比较朴素，如同这里的人一样，看不到更灿烂的颜色。不过，在这样的山岭，有这样的蝴蝶，似乎也是互相般配的。当然，有时醒来还可能会在挡风玻璃上发现一个不速之客，好像是一种带壳的飞虫。不过我也不愿意惊扰它，它也几乎无视我的存在，用复眼漠然地不知看着何方。

在路的一侧，陡峭的山坡上方有几棵槐树，你难以想象它们是那么的顽强，在几乎很少有土壤的地方安家，不少的根须就裸露在半悬的山崖上。没有人告诉我它们为什么如此认真地活着。它们还是伴随着风摇摆着树枝与树冠，在阳光暴晒的时候洒下成片的绿荫。在夏天结下如雪般的槐花，让蜜蜂采蜜证明自己存在的价值。可以说，一棵槐树该有的仪式它们一样都不缺，如同这片山岭的其他生灵一样活着。

天气晴好的时候，大城市里的奢侈之物我全拥有了。在这里，我无须费心思考周围的万物，万物也无须注意我的存在。我们都是过客，却在一个夏天神奇地遇到了一起。云在天上悠闲地散步，蝉在树上长一声短一声地唱着山歌。在某一个时刻，我忽然感觉到这纷纷扬扬的蝉鸣也是值得珍惜之物，是如同烟花一样易于消失的东西。

二

在路边的那几棵高高的槐树上，这个时候花期已经接近尾声，香气即将成为过去。无论是蜜蜂，还是采摘洋槐花的山民，如果再遇到这些曾经开得怒放的花儿，还得等待来年。不过，我仔细看看一棵粗大的洋槐树上，钉着个蓝地白字的小牌子，上面清楚地写着：禁止采摘。如果没有明确表明是禁止蜜蜂的话，那么看来只有蜜蜂有这个特权，人则被排除在外。

这里很少有人带来的气味，更多的是自然的味道。在夏日阳光照射下，有荆条花发出的带有丝丝药香的味道，有洋槐树开花的香甜气息，也有各种植物混合在一起的味道。

同样都有香甜的味道，栗子树的花却闻着甜得发腻，有种发酵后的感觉。如果不了解的人，很难会想到栗子花的形状。它们更不像是花，而像是山羊的尾巴。在小时候的夏天，那时没有蚊香，就把栗子树的花晒干，编成辫子的模样，晚上悬挂在门框上，点燃后会发出浓重的香气，用来驱蚊。这些细碎的事情，也就是栗子花的历史，或者是那些年那代人的历史，如果没人记载下来，则永远如同重新长满荒草的道路一样，没人知道那里曾经有那么多人走过。

三

周围都是耀眼的夏日阳光，它们是这个季节的主宰。但是，在我停车的路边是一片浓密的树荫，从高处瀑布一样垂下，如同树荫搭成的长廊。在这阳光正盛的时候，其他地方都在阳光的暴虐之下，只有我独自享受这片阴凉。无论我在这片树荫下的石头上闲坐，还是在车内望着车外发呆，在这个匆忙的时代，感觉这有些奢侈。

这里几乎很少来人，只是偶尔会有附近村庄采集松米或者酸枣的老年妇女经过，看我的眼光竟然比看附近小动物的眼光还要惊奇。不过，可能是害羞，她们没有和我有什么交流。当然，也可能是由于忙碌。

我透过寂静的车窗玻璃看着周围。以前都是其他小动物观看我在人世间奔波，现在我们之间的角色发生了互换。我在车里，或躺或坐，散漫地看着外面忙碌的小动物们。不论有翅膀的还是没有翅膀的，我都可以肆意地观看、评价它们。

有时在车内睡上一觉后，忽然发现外边一场大雨已经径自下完。打开车门，能够感受到扑面而来的夏日难得的清凉。好像这里的一切都发生了改变。干燥的山上到处起了小河，山地有的地方竟然有了小小的池塘。水不知从哪里来，也不知将要去哪里。这也无须我考虑，它们自然有其应该到的去处。鸟们更加活跃起来，我能感觉到它们高达树梢的欢畅。天空的镜子蓝得透明，在上空干净地照着我的内心。

四

其实，如果附近没有这座只有一间小房屋大小的山神庙，这里的人声还会更加稀疏。我第一次是在夕阳落山时看到了这座小小的庙宇，看来修建没有几年，砖瓦处处都是新的痕迹。在这座山神庙的上空，夕阳从树梢掠过，大鸟的翅膀一样，温和地落在它的屋顶。有佛教的音乐从屋内传来，让这片荒山野岭多了一些人的声音。

不知为什么，也不知有什么力量的导引，有庙宇这种精神寄居的地方，无论多小，无论周围多么荒芜，即使没有道路，也会形成道路，也会有人来到这里。

在这座山神庙紧挨着的地方，还有一座更小的山神庙。我当时不知道谁建造了它们，它们在这里站立了多久，多少缕阳光曾经照耀过它们，多少片的风雨曾经敲打过它们的屋顶。

直到过了不少天后，我才知道了这座山神庙的建造者是谁。这是一位七十多岁的农民，他正在山神庙里打扫着尘土。感觉这位老人并不是一个多言的人，但是，提到这两座山神庙时，他还是滔滔不绝地讲述了它们的源头。原来这两座山神庙的前身是一座更小的山神庙，当时是他死去的父亲所建，"只有鸡窝那么大，不过，附近很多人都来送香火。"他说。最初的那座山神庙已经毁弃。可以说，如果不是这位老人讲述，可能没人再知道这片山岭上的山神庙世代的承继。

更让我以及附近村庄六十岁以下的人不知道的是，这座山神庙旁边竟然有一条古道，当年可是车马不绝，附近上百里的人都要经过这里去一个煤城。当我问这条古路具体的走向，这位老人带着我沿着山神庙旁的山路走下，在他手指指向的方向，不远处就是浓密的草树，再远处更加莽莽苍苍，已经看不到任何道路的痕迹。他指着西南方向的一片杨树林子，说那就是当年道路经过的地方，沿着那座山的西侧，遥遥通向煤城所在之处。

但是，看着那条已经消失的看不到痕迹的古路——确切地说是古路曾经蜿蜒曲折的地方，如果老人不说的话，我还没有那种感觉。但是，他这么一说，我感觉这里瞬间荒凉起来。

如果我的祖父还在人间，他一定会知道并走过这条道路。我知道他的人生曾经有好多时间被系在那座煤城。我在山神庙附近睡着的时候，四周静无一人。没有想到这么近的地方曾经有一条如此喧闹的古路。现在却成了寂静统治的领土。在喧哗的当年有人曾经想到今天的寂静吗？

这位建庙的老者说在山神庙附近曾有一棵大树，以前远方而来的行人经过时，累了都会在树下休息一会儿。现在这棵大树很多年前已经被附近的一个村民偷伐回家建房。按照这位老者的因果报应的说法，偷伐者也遭到了报应。其实，路没了，人的脚印也淹没在荒芜的草木中。有没有这棵树也关系不大，省得它再去怀念当年经过并越走越远的人，最后连背影再也不见。

我和祖父曾经共同享用过这片山岭，只不过是时间产生了错位。祖父当年推着独轮车一定会经过这里，也可能会在那棵大树下休息，会拿出他那根永不离身的烟袋抽烟。但是，他能够想到我会隔着时间来到这里与他相遇吗？他是否知道那么多年后我还会在这里隔着时空遥望他吗？可能他很难想到，就像是很多年后我也不知道谁将来到这里，也不知道是否有人和我一样伴着这个山岭的清风及虫鸣入睡。

无法再和祖父核实了。可能他当年能够想到的是子孙还是如同他一样沿着这条古路走下去。没有想到不到百年，已经是沧海桑田，古路彻底废弃了，我也不知祸福地被生活抛向另外一条道路。

　　我不知道为什么会在老家附近遇到那么多和祖父相关的东西，好像他没有去世一样，而是他的生命要由我延续下去。

再见煤矿旧人

一

第二次去付高的村子的时候，正是下午阳光完全陷入群山的前夕。那个有些老旧的村庄趴在一个小山下，如同趴在老人脚下的老狗一样，懒洋洋地没有精神。

从我老家的村子出发，到他居住村子的路比以前好了一些，以前的老路几乎废弃了。现在这条乡间水泥道路有些破损，能够看出修路者偷工减料的痕迹，但是，还是让这片荒丘野岭有了一些不同。在我最初的记忆中，我们两个村庄相隔几里地的山丘，路却是一奶同胞，长得几乎一个模样，都是独轮车或者脚踩踏出来的，路都不宽，路正中还好些，在路的两边人走得少的地方，荒草还会悄悄侵入路的一些领地。

在付高村子东边几里路的地方，是一个镇的驻地，那里有一个大的集市。这个集市在我欢乐很少的少年时代，能够让我枯燥生活的静水稍微有些波澜。那时我和几个村里人经常越过付高村子北边的山石小路，欢天喜地去那个集市赶集。

除了逢集时那条山丘上的道路稍微有些人来往，平时它就孤独地躺在那里。即使是逢集时，那条道路也掩藏在荒芜的山丘中。它是如此荒凉，在那些年，以至于盗贼都把它当作拦路抢劫的乐园。在我少年的记忆中，就曾发生过几起。

我去年冬天的一个傍晚也去付高的村子找过他。这并不是我对他有什么怀念，也不是欠他什么恩情，只是我有种执念，像是揭开一个谜底一样，想看看这个当年在周村煤矿挖煤的带班班长现在究竟什么样子了。但是，去年冬天的那个下午比较寒冷，村子大街上的人都好像被风吹走了，空荡荡的，甚至连狗也退回到自家的门洞之中。我没有找到人打听到付高的家住在哪里。有人认为到城镇找人比较困难，因为不少街道和楼房看上去都是多胞胎兄弟，看不出有什么区别。其实，在农村，也很难找到人。在我们那里，那么多的弯弯曲曲的小巷，两边都是高低差不多的青石墙，进入这些巷子后好像就被一个莫名的空间吸进去了，如同是在梦中寻找。

二

　　我这次终于看到了少年时跟着打工的那个大人物。如同电影中一样，进入大门后，我的心沉入了他的院子里的空旷与寂静中，好像经历了一个长长的时间隧道中，重新又找到了出口。当见到这位变成老者的当年带班的班长，我感觉对他还是很熟悉，好像他以前声嘶力竭地指挥我们挖煤的叫喊还回响在耳际。他对我却感觉很陌生，就像坐在他家堂屋的只是一个偶然路过的人。诚然，在我跟着付高打工时，他确实对我不好。可能他曾严苛地对待过不少跟着他挖煤的人，因此，他甚至忘记了我到底是谁。不过，我们就住在相邻那么近的村庄，相信后来他一定会打听到。

　　付高告诉我他已经七十多岁了，但是，还是能看到他年轻时强壮身体留下力量的尾声。他在农村中种地或者养牛并不轻松，然而，让我惊奇地发现他并不显老。相反，他的妻子却是一个真正的农村老婆子了。可能他们家的力量都被付高这个粗壮身材的老人吸走了。老婆子明显已经进入了农村老妇女的暮年，成为一个被冬天大风吹干的瘦削枯树。

　　付高和他的妻子知道我在南方一个城市教书，其实也没有什么权力，他们还是马上想到自己的孙子以后可以考研究生找我。果然，不是一家人，不进一家门。可以说，付高在年轻时能领着几十个工人，在一个歧视外地人比较严重的异地煤矿挖煤，果然有他的过人之处。即使是他的年老的妻子，也第一反应知道我可能有些用处，让我留下电话，并且让付高打电话给住在县城的孙子回家，就是这一点儿，也是农村的一般人做不到的。

我的父母一辈子都不会做这些事情，这决定了两个人一生的辛劳。即使是在偏僻落后的农村，也存在着一个无形的生态链，那些强壮、聪明、圆滑的人往往位于这个生态链的顶层，而那些瘦弱、老实的人往往处于这个生态链的下层。付高和他的妻子与我的父母分别正是这个生态链上层和下层的代表。

三

我在周村煤矿打工的一个年轻工友和付高同村，这个叫付洪成的年轻人是他的侄子。另外一次我经过付高的村子时，不知什么原因，也想看看付洪成的家人现在如何了。我和付洪成邻村，却从来没有到他家去过。此时是夏天，有几个老人坐在村中的树荫下享受着难得的闲暇时光。当我问及付洪成家里人现在怎么样了，当年也下过煤矿的一个上些年纪的老人对我讲了一些付洪成的情况。因为付洪成是家中唯一的儿子，马上就要结婚时在村里的水库炸鱼炸死了。我们那片山地的农村都有浓厚的重男轻女的传统。这对他父母的打击可想而知。付洪成被炸死了，父母的梦也烟消云散了。过了没有多长的时间，他的父母也都相继去世了。"房子越是没人住越是坏得快，他们家的房顶都露雨了，这家人败落了。"介绍的那位老人叹息着说。我虽然也在安静地听着，但是，无形中也感受到了胸中的钟和他的叹息呼应起来。

我没有心力去看付洪成家里那种可以想到的破败景象，就决定沿着刚下过不久的雨水，向着这个村的水库走去。这个水库是当年付洪成家承包的。沿着田埂上的窄窄的小路，穿过一片浓密的果树，从山石建造的田地堤坝上下来，经过依稀是以前看瓜的瓜棚，就到了由下雨积成的一个水库。

除了因下雨水更加浑浊以外，那个水库也没有什么变化，改变的只是周围的人。在水库附近只有一家建好没有几年的房子，一个男子在忙着把一地排车的青草送到羊圈，他的妻子则如同白鹭一样站在田头，看看雨后地里是否太黏，决定能不能下地干活。我告诉他们，我多年前有一个工友，当年承包了这个水库，后来他在这里炸鱼把自己炸死了。时间是如此容易在村里消灭一个人的身影，这对年轻的夫妻竟然不知有这件事。我环顾周围，新鲜的雨水痕迹白花花一片，但是，太阳出来很快就会消散了，这里将恢复为荒山浮云，付洪成就淹没在其中。

我是一个恋旧的人。我去寻找付洪成在村子里留下的痕迹，也并不是我们关系多么好，只是他对我不坏而已。在那个年代，对于一个瘦弱的少年而言，在没有亲友保护的情况下，在如此险恶的地下挖煤，对我不坏就算好了，这都是值得我感激的。我只能说付洪成本质不坏，没有因为我的弱小就落井下石，这也是让我怀念他的一些地方。

四

在周村煤矿的工友中，赵田也是至少对我不坏的人。我、付高和赵田三人的村庄都互相邻村，成一个三角的关系。这种三角并不代表我们之间的关系稳定。当然，赵田是付高的亲戚，他们的关系更为密切，因此，赵田做了在煤矿井口地面上推矿车这么一个相对好点的工作。这项工作的好处就是不用下井，因此，也就不要像我那样时刻面临着莫测的风险。

在我们那个在周村煤矿挖煤的几十人的队伍中，付高是一个暴君，也是一个有能力的暴君，他井井有条地控制着我们，并且根据每个人的综合情况安排不同的岗位。赵田是他的亲戚，比付高年龄还大，这是他能在煤矿井口推车卸煤的原因。

当我找到赵田的两间老年房及小小的院落时，天气阴沉，眼看着一场大雨将要到来。我并没有多少年再逢旧人的喜悦。我只是想看一下他，其实是想看一下自己——看一下自己在他眼中的样子。

论村邻，我得管赵田叫姑父，因为他的妻子是我们村里嫁出去的。时间在他脸上造成的伤害比在付高脸上更明显。这是一张坍塌、暗淡且苍白的脸，如同一个曾经沐浴过早晨阳光的年轻苹果，现在到了腐烂期了，看不到一点儿光泽。这也很正常，这已经是一个快八十岁的老人了。让人吃惊的是，他竟很快认出了我。

即使是在白天，他和妻子也没有出门，两个老人面对面地坐着，像是围拢着一堆虚空的火。以他们这个年龄，在夏天也是需要热量的时候了。我的意料之外的到来，让他很是感动，他说没有想到我能来看他。他的妻子行动有些不便，这是一场脑出血留下的后果。这些年来，不知为什么，即使我们那里生活条件相对好了一些，但是，却经常会看到因脑出血半身不遂的老人，步履蹒跚地摇摆着走在乡村路上，不过，相比较而言，他的妻子恢复得算是好的。

远方上空的积雨云越来越厚，在屋顶上，甚至能听到铜钱般的大雨点最初探路敲打的声音。即使明显看出老人还是热情地愿意和我聊，我知道自己应该走了。

由于不久前刚下过雨，农村狭窄的小巷里还有些泥泞。然而，不仅是赵田一定要走出巷口送我，他的行动不便的妻子也扶着墙送我，一边送一边说，太好了，没有想到这么多年过去了，你还能想着来看我。

由于这是一条只能单向行驶的小路，赵田这位老人不顾越来越多的雨点从天降落，也不顾我连连催促让他们老两口回去，还是一直站在他的房屋后指挥着我倒车，我的车缓缓地、认真地向后倒着。在苍茫的雨雾中，无论我多么认真，还能倒回去吗？还能看到年轻的我一身疲惫、浑身漆黑地从煤矿井底上来，对着当年的那个温和的赵田打招呼吗？在当时的冬天，有时我和工友稍微提前来到井口，由于没到下井时间，就挤在赵田工作时临时休息的肮脏工房中。那个工房紧靠井口不远，挖煤的人最不缺少的就是煤块，那个很大的炉子不管外边寒风如何呼啸而喧哗地燃烧着，然而，那么热的炉子也不足以温热遥远的现在的我们了。

我的车转过赵田家那条路，雨已经大到看不见前方的道路。我就把车停在这个村的一个小卖部旁边，等着这么大的一场雨过去。小卖部旁边的门洞里有几个躲雨的村里人。他们惊奇地看着这辆车，却看不清里面的人，我也看不太清他们。一辆车的躯壳隔绝了我们彼此。我就那么斜躺在车里，如鞭子一样的大雨抽打着前面的车玻璃，扯天扯地一片空茫，我想道：这个鞭子的持鞭人是谁？又在哪里呢？

那年我在乡村诊所

一

我承认自己是一个敏感的人。特别是在特殊时期要比平常还要敏感一些。在我十岁左右的时候，在附近不远处的村庄，我姑奶奶娶儿媳妇让我跟着大人一起去吃酒席。虽然那种酒席都是清汤寡水的，但是，那些年人们肚子里的油水像是用清洗剂洗过的一样，因此，都很馋。往往是在那些可怜在菜还在桌子上立足未稳之际，就被风卷残云一样消灭得差不多了。我这个姑奶奶是一个会过日子的人，别人都可以坐在酒席上吃饭，我和几个亲戚只能是吃那些从酒席上撤下来的残汤剩水。别人都可以吃那时比较难得的馒头，我们几个吃红薯煎饼。虽然我当时很小，但是，这件事却在我的心里种下了种子，直到现在还在内心的悬崖上结着颤巍巍的果子。

我的父亲可以忍受这种待遇，我却从小就难以忍受。没有谁教过我，这是我们天生的不同。即使是来自同一条水系，同一条血脉的大河，并且上下游直接相连，父子之间就差别如此之大，不知是哪里突变造成了这么大的差异。有的时候，很多事情没法回答。

我大学毕业后半年没有分配工作，就敏感地感觉到父母对我的态度变了。即使是父母，有时也是现实的。由于我考上大学，我们家本来属于村里的底层，父母却因此提升了在村里的地位，获得了村人的更有尊严的对待。但是，我这么长一段时间找不到工作，村人的眼光及口气也变了，由以前的恭维变成了讽刺。村人或明或暗的嘲笑把压力传导到我的父母那里，他们原封不动地奉还给了我。打工的艰辛生活结束后，我本来以为到了快车道，但是，这时遇到了前方的隧道，里面漆黑一片，看不到出口，我必须找到有光的突围之处。这也是我当时准备资料决定考律师资格的原因。同时，这也是我人生中的又一个分水岭，刚经过了一片静水，马上又可能进入到惊涛骇浪中了。

家里已经不能容身，我身上还剩下了二三百元钱，就带着行李来到了我们村这个诊所临时住下，准备考律师资格。万一国家不分配了，也算有个吃饭的职业。我总是尽量地掌握更多的逃生技能，因为别人或者有船，或者有港湾。但是，在我之外，没有船，没有港湾。我必须就是船，就是港湾。

二

很是幸运，我在村里那个简陋的诊所学习，接近半年的时间里，我并没有被传染上什么疾病。同时很奇怪，在农村的诊所，几乎很少有医生戴口罩和手套，也没有听说有谁被传染的。

可能农村的诊所大多没有太重的疾病，有重病的都去县城医院了。由于这里看病的人都是轻病，总体上感觉气氛没有多么压抑。因此，我是处于一种轻病的氛围内，还没有太多感受到疾病的压力。这如同我那时的心理状态一样，失望却没有绝望。

到那时为止，我感觉一直处于一种轻病的生活中，一直都是乘坐着飘摇的小舟在激流中前行。生活既没有让我一直处于顺流之中，也没有让我一直绝望。我本来以为考上大学后，四年毕业能够分配一份好点的工作，但是，看似生活进入顺流时，突然又遇到了一个不小的漩涡。我一生就是如此，险滩和礁石不断，别人都可以一直顺利地前行，到我这里却成了问题。后来想想，如果不是这样，我也就不是我了。

在这个小乡村诊所里，由于那段时间我经常在里面看书，不仅和医生非常熟悉，也和一些平日没有怎么见过的村里人变得熟悉起来。我老家的村子是个大村，我读大学几年又不在家，有不少不熟悉的人也很正常。

一天一个漂亮的小姑娘来到诊所，圆圆的眼睛闪着朝露一样的光，她进门的时候，我感觉有些阴暗的诊所屋内忽然亮了起来。

她问："你是医生吗？"

我说："我不是医生。医生这会都不在。"

她笑着说："我感觉你也是个文化人，捧着那么厚的一本书，不是医生在里面也被熏会了。上次替我妈拿药时就看你在桌子上写着什么。我感冒了，也不重，你就给我拿点感冒药吧。"

我说："我拿药哪能行。"

这位漂亮的小姑娘笑了起来，此时，窗外的海棠花也绽放了。她说："没事，不就是一点儿感冒药吗？我现在急着还有其他事，出了事情不找你。"

我被逼得没有办法，在药架上看着药瓶标签注明的感冒药找了几种，小心翼翼地按照剂量要求倒了几粒，用医生装药的小纸袋装好递给了她。等她走后不久，看到诊所的一个中年医生回来了，我抓紧时间做了汇报，这个黑脸的医生龇牙笑着说，没事，我拿药也拿那些。

三

我能在混乱或者吵闹的地方学习，这和我一直生活在混乱中有关。一些本领是天生的。一些本领不是，是逼出来的。

在那个诊所，在白天一片混乱。在两间狭小的屋子里，有医生在开药方，有医生在拿药。有的病人在那里呻吟，有的病人在那里呕吐。有的小孩子被医生的注射针吓得尖叫，在父母和医生的强力镇压下，我听到了隔壁墙外那只猪被抓住的号叫。

诊所有个医生的两个顽劣的孩子还经常在这里彼此单打，或者与其他家的孩子混合双打。这两个孩子年龄当时都不大，战斗力却不弱，我经常看到这对姐弟俩欺负一位个子大得多的胖胖的男孩子。那个男孩子被打得哇哇乱叫，姐弟俩的医生父亲还在那里慈祥地看着自己孩子的杰作，这让我很是揪心。

因为我也是寄人篱下，不能帮那个被打的男孩子，只能在心里为他加油：你缺的不是力气，而是勇气，勇气能够让你力气倍增。如果你长大了，信念能够让你勇气百倍。

即使我是在混乱中长大的，也大致能适应在嘈杂的乡村诊所里看书，然而，也有超过我忍耐程度的时候。但是，这里毕竟不是我的地盘，我没有发言权。有时在夏天的下午，我就会到诊所门口看书。诊所门前是一个斜坡，斜坡下是一棵柳树。我就在柳树下看一些比较复杂难懂的法律内容。这些东西如果和嘈杂的环境结合起来，就可能超越了我大脑承受的程度。

我坐在路边一块摩擦得有些光滑的大石头上看书。那时的车辆还不多，没有风的时候，尘土不起，能够听见附近邻居的鸡偶尔声音嘹亮地吹起了号角。我对着下午的余温看书，也有时看看路人经过，有人会好奇地看我一眼，有人则见的次数多了，也就不奇怪了。在我旁边，经常有一个拿着纸做的鞋样纳鞋底的大婶。她有一副大嗓门，如果不注意会被她的声音吓一跳，她说："都考上大学了，怎么国家不安排工作，还要再看书。"

我说："大婶，你知道这书是什么做的吗？"

她回答："我哪知道，我小学就上过二年级，还没有尝到书的滋味就下学干活了。"

我说："这书是稻草做的。它们就是我最后的救命稻草。"

如果看书累了，我的眼睛就会越过面前的这条农村土路，沉默地看对面大片的土地。这里以前是村里的苹果园，后来为了种地就全部伐去，只是剩下地头的一棵老柿树。这棵树干枯了大半，只是部分枝干上还点缀着绿色的叶子。即使这样也好，也可以让我酸楚的眼睛暂时栖息。

诊所有四个医生，本来农村的医生都是单打独斗的，但是，国家的一纸文件把他们驱赶到了一起。其中三个医生都是本村的，这让他们有了地利的优势，每天晚上可以不用值班，只留下一个年龄最大的留在诊所。这是一个老实人，但是，他把诊所的嘈杂从白天带到了黑夜，从他醒着的时候带到了他睡着的时候——他是一个我见过打呼噜最响的人。

我没有侮辱他的意思。他的妻子是我们村的，我管这个医生叫姐夫。他是一个厚道人。但是，在他打呼噜的时候，我第一时间不厚道地就与小时家里养的一头猪联系起来。这头猪的圈就靠近我睡觉的窗户下面。在冬天，我很少醒来，偶尔醒来就会听见那头大黑猪香甜而悠长的呼噜声。这个留守诊所夜里值班医生的呼噜声绝对要超过它。他住的诊所的一个房间距离大路有十多米的样子，夜晚往往有村民经过，也会因这震耳欲聋的呼噜声而惊愕。我就和这位呼噜大王住在同一张床上，谁能同情我耳朵的感受？

四

在朦胧不懂事的孩童时期，我对村里的诊所感觉神秘而敬畏。里面有几个脸上不带一丝感情的医生，还携带着长长的针，如同寻找猎物一样走来走去。后来稍微长大一点儿，我感觉这是一个神秘的地方，那么多人的疾病都有赖于这个地方，不知这些治病的医生们掌握着什么绝技。

我感谢那个临时凑在一起的乡村诊所，可能这些医生有些文化，感觉我还有点前途,这让他们收留了我几个月的时间。也可能是当时这个诊所刚合并不久,大家都不会因为这个临时搭班子的小诊所而让我难堪,反正诊所又不是某一个医生的。当然,也可能是因为他们的好心。反正我就在那个诊所学习了几个月的时间。即使那么混乱嘈杂,但是,毕竟这里让我有了个落脚之处。

在那段时间,那个乡村诊所好像是我的家一样,甚至比我真正的家还要温馨。不过,过了一些年再回去,几个医生都不在了,有的退休,有的从事其他行业了。当我闻到那种淡淡的消毒水的味道,再也没有家的感觉了。

第二年的秋冬之初的某个时间,在考完律师资格后,当我认为没戏的时候,接到了从市司法局到我们乡派出所再到村委的辗转通知,说我考取了律师资格,让我抓紧时间过去认证。如果超期不认证就等于自动放弃了。市司法局的负责这项业务的人心肠比较好,感觉到没人认证可惜了,就费力找我。我至今仍想找到这个人,但是,却可能只能在回忆中感受他的温热了。当时,之所以如此大费周折,是因为我没有电话等联系方式,他就联系到我老家所在的派出所,再通过派出所到村里查到有我这么一个人。村里一开始接到派出所的协查通知,还以为我做了什么违法的坏事。

当我在密闭的屋里缺氧而准备放弃之时,看,生活不又给我开了一扇窗,让我又一次复活。

当年,我在我们市下辖区的一个律师事务所实习准备做律师时,县里通知我到一个司法部门上班,被我拒绝了。因为我出了那个港湾后,就成为一条在激流中前行的真正的船了。

煤矿井下的水

一

多少年后，我和同村的一个煤矿工友再一次在老家的河里洗澡。这是一个被沙砾般的生活磨砺得很粗糙的中年男人。但是，却仍然能感觉到他对家乡这条河水的眷恋。我也是如此。当我们在那个夏天的浅水里躺下时，水马上如同绸缎一样舒心地贴在了身上。

这确实是一个值得眷恋的地方。这条河流从上游不知什么地方来，到了这座山的北麓就被扭了一个大弯，形成了一潭积水，然后，余下的水就自顾自地向下流去。这里的水既不大，也不小。如果太大，则让人有了恐惧的感觉。如果太小，则没有了水的意蕴。

南岸边的山体从山顶的地方垂下来，形成一个不规则的影子。如果有风吹来，能够感觉到这个连成一片的影子在动。从远处看去，不知是山在动，还是水在动。河流的北边种着不少多年生的杨树，在河北岸的水里形成了树影，和山的影子为河水的两边都点缀了暗绿色的边。其实，这里岸边生长的杨树也是杨树中的幸运者，它们都长在平坦的土地上，从来不缺少水的滋养，不像是那座山前的那片杨树都长得皱巴巴的。特别是在夏天干旱的时候，我经过时都能听到那些杨树吃力的呼吸。

我们两个人都赤裸裸地躺在流动的浅水里，身下是被水冲得光滑的石头，河水正好能够从身上流过，头顶的阳光因为有杨树叶子的过滤，斑斑点点地浮动在我们裸露的皮肤上。

多年前流水就是这么流的，流水就是在我们身上从少年流到了中年。我看着山顶那个曾经是盛放村里骨灰盒的白房子的地方，慢慢陷入了沉思。在这个时候，即使是工友这位粗糙的人也有了怀旧的情绪。我们不是自己变老的，而是被周围变老的。

在我们洗澡的地方下方更深之处，有几个早已经不认识的村里的小朋友在玩水，都是我童年时最初在这条河里洗澡的年龄，但是，现在即使是农村的小孩子，也比我们当年有了更多的羞耻感，他们在洗澡时还穿着裤头。而我和工友还是像小时在河里洗澡那样一丝不挂。我们和小朋友们偶尔用眼睛互相扫一下对方，在内心里彼此都为对方惊叹。

我从水中枕着的石头上歪过头问工友，这些年在煤矿挖煤怎么样？他说，还能咋样？我做这种体力活和你们文化人不能比，再过几年就可能干不动了。到时候孩子也大了，房子归孩子，我就在这附近盖几间老年房种地。

我问，你还记得当年我们一起挖煤时井下的水吗？有时巷道里的水比我们现在洗澡的水还深。不过，我们干活时无论多热，挖煤时的巷道里的水也凉快，也没见过有人在里面洗澡。

他说，那里面的水不是人间的水，谁敢在里面洗，还是在老家河里洗澡踏实啊。

二

当年挖煤时井下的水是不踏实的水。不是水不踏实，而是我们的心不踏实。

我当时打工的地方是一个小煤矿，这个煤矿和附近其他的一些小的煤矿都是依靠拣一些残羹冷炙活着，也就是回采国营大煤矿剩下的煤炭。这些小煤矿和大煤矿虽然相距比较远，但是，在那片煤矿，在井下的水都是相通的，如同大的血管和小的血管连接在一起一样，连起来可能上百里甚至更远。那些小煤矿的管理者或者技术人员在规划哪些地方的煤炭需要回采时，往往会在这些地下水之间留下一些煤层不挖，防止其他地方的水涌进来。否则，这可能就是灭顶之灾。

然而，这些预留下来的煤层有时无法阻挡那么多愤怒的地下水。它们被囚禁得太久了，但是，它们却没有死去。只要周围的牢笼有所削弱，它们还是会势不可当地冲出来，如同怒气从胸腔里喷涌而出。

这个时候，那些在井下正工作的矿工就可能成了祭品。在我工作那家煤矿不远处的另外一家煤矿，就验证了这么一次井下出水事故，我和一些工友带着工具也加入了救援。在那个煤矿被淹的井下，我目睹了水在地下所形成的力量。水把地下的岩石层推倒，在煤层之上碾压，一些粗重的木头被折断，芦苇那样在浑浊的水上漂荡着，这些水像是把这座煤矿整个浮了起来。

人在这些巨大的水面前不过是草芥。现在有的草芥就在水中浮沉着，靠近煤矿巷道边缘地方的就无声地附在那里，有的随着激流在水面上打转儿，有的需要抽干后才能找到，还有的可能永远要住在这座真正的地府。

在煤井的进出口处，那里的哭声穿透这么多抢救的人群，即使各种的人声那么嘈杂，但是，哭声却更容易抓住人的耳朵。那里有年轻的妇女在哭，也有白发的母亲在哭，她们的哭声诱发了年幼孩子哭声的小小风暴。只有在此时才会发现，一个家庭就是根须互相连接的一株植物，折断了一个部分，可能就是折断了整株植物。一个家庭的呼吸也是紧密相连的，让一个人窒息可能就会让其他人窒息。

在煤矿井下，大多数时间总是忙碌的，此时，里面的水和我的关系似乎不大。当然，这些水大到能够冲出巷壁则是例外。然而，如果偶尔停电，我们在井下还不能上去，在等来电的时候，对于井下视线所及之处，以及听觉所及之处的水，对于我而言，就有了一些微妙的变化。特别是一些采过煤的低洼的存水的地方，即使是安静的时候，我也感觉有人样的影子立在水面上。这个影子到底是谁不知道，具体长什么样子也不知道。在没有发生灾难之前，也不知这个影子到底是善意还是恶意。

我希望这个影子可以保护我，既然那些实体的东西不可依靠。我有时不得不依靠虚空的东西。

在繁重劳动中，那时我特别想得到五分钟的休息时间，这些休息时间大多是趁着带班的班长不注意，自己偷偷创造出来的——也就是偷懒。但是，如果偶尔停电时间长了，一个人待在某个地方久了，就会产生莫名的空虚，感觉自己慢慢地被周围看不见尽头的黑暗融化掉了。我是一支冰糕，却不知要融化在谁的嘴里。幸亏有水声提醒我，说明我还活着，血管中的血还像是水一样地流着。

三

煤矿井下的水并不总是危险的，也并不总是狂暴的。在一些时候，它们还展现出温和的一面。我在穿着矿靴下井的时候，在巷道里经常蹚着小溪一样的水经过。那些水如同山间的小溪一样清透，在矿灯的照耀下闪出鱼的细鳞一样的光。如果一起的人少了，就会想着沿着这条光和水交接的水流里无尽地走下去。

煤矿井下的水也有善良的时候。我有一次独自在一个低矮的掘进层上挖煤。我身下是一个由挖煤形成的一人多高的斜坡，坡的下面就是巷道里静静地流过的水。由于没有通风，加上强度很高的体力劳动，我不久就出现了瓦斯中毒的迹象。我是一个几乎没有酒量的人，这种瓦斯中毒就像是我喝过最多一次酒的感觉。我听到一个声音在叫我，滑下去啊，滑下去。我昏昏沉沉的大脑在那里呼应，但是，身子却要做怯懦的投降者。

那时，不是我的身子在向下滑，而是我的意志在向下滑，一直到滑到挖煤地方下面的清凉的水中。这时，我沉重的身体石头一样地掉落，最后像是在最炎热的夏天从老家河边的那棵歪脖柳树上滑到了河里。无论是老家夏天清凉的河水，还是浸透了我整个身子的煤矿井下的这片流水，在艰难的时刻，并没有抛弃我。

　　那时我们班里有个年龄最大的矿工，很早就在煤矿挖煤了。那么长时间的井下挖煤，煤的黑色已经渗进他的脸里了。这是一个老实的人，身材矮小，如果没有亲眼见过，就可能不会想象到他也能够从事这么沉重的劳动。前些年他曾经在那个煤矿遭受过一次塌方，几个人被坍塌的岩石和煤块堵到一个巷道里。里面没有任何吃的，除了一身矿衣外，也没有其他衣物，就是头顶矿灯上的光也被极为节俭地使用着。虽然他们没有受伤，但是，一直过了四五天，那条巷道才被重新打通，让他们最后重见天日。

　　我问："你当时堵在巷道里的这些天都吃了什么？"

　　他说："什么都没吃，实在饿极了，就张开嘴喝上方岩石滴下来的水，那种水含有矿物质，就靠这个活了下来。"

　　我说："听说另外几个被堵在里面的人获救后都不挖煤了，你为什么还干这行呢？"

　　他叹口气说："我都这个年龄了，其他也不会干，还能干什么呢？再说，老天在那时能给我一点儿煤矿井下的水喝，说明就没有想让我那么快地死，不死就得活下去啊。"

四

　　和地面的流水不同，井下的水都是水中的囚徒。不知它们触犯了什么，从而被关押在这暗无天日的地方。如同我一样，可能它们也羡慕自己的同类，羡慕那些在阳光下被晒得闪闪发光的水。井下的这些水一定会想，同样都是水，为什么地面上的那些水可以自由地在大地上漫步？为什么地面上的水的同胞可以享受两岸土地的拥抱，和水中玩耍的儿童亲密的接触，做那些美丽女子的镜子。而煤矿井下的水的周围永远都是黑暗。即使难得看到一些矿工的身影，但是，这些人总是满身乌黑，嘴里经常不断的是咒骂和抱怨。

在煤矿井下的水里，看不见生命，看不见鱼任意地游泳，看不见虾在石头下隐藏着却不慎露出了两根长长的触须，看不见燕子在黄昏的水面上翻飞，看不见打鱼人，能看到的只是被无边黑色的渔网网住的挖煤人。

在煤矿井下的水面也很难看到光。我们头顶上的矿灯是这里最大的光明，这只光的手只能触摸到身边几米远的地方，在其他地方都是漆黑和潮湿控制的领土。在那些有巨量存水的地方，偶尔会看到萤火虫一样的东西一闪而过，太快了，比彗星划过天边还要快上很多，很快就被黑暗溶解于其中，甚至我不知道这到底是萤火虫还是磷火。有时我会想，我也不祈求有像是月光下的那种光亮，就是像傍晚到完全天黑之际的那种微光也好，至少我能看到一些晃动的模糊身影。就是如同烧木材做饭后留下的炭火的光也可以，至少我们能够感受到一些温暖。然而，这里什么也没有。巨大的黑暗已经把水上的光完全压抑住了。或者是这里的黑暗太过遥远，太空一样的遥远，光在漫长行进中倒在途中了。

煤矿井下的水里倒是有声音，这些声音在地面上也有，然而，煤矿井下的水里的声音却有了不同的感觉。在水库般多的存水的地方，有大的岩石或者煤块掉落到水里，溅起一片水花，然而，或许只是我听觉中的水花，这些声音如同我住的一间房屋的房角坍塌，有着很强的警告意味。它们好像让我在一个深夜熟睡中，忽然打了一个冷战而惊醒。有的声音如同敲门的声音，声音中间间隔一致，敲门力度相同，很有耐心，直到敲到我没有耐心起来。这些敲门的声音来意不明，到底是开门呢，还是继续紧紧关闭着门？也有不知来自哪里的淙淙流水的声音，明明是在那个地方，如果近前观看，却又看不到在哪里。然而，无论这些水的来去是如此神秘，却真实而又模糊地流在那里，如同在黑夜河边一个神秘而悲伤的女子在那里哭泣。

对于这些煤矿井下被囚禁的水，我懂它们声音呜咽的意思。因为那些年我同样被囚禁在地下。因为我们都在地下，都被包围在无边的漆黑中，我和水有一样的经历，知道它们内心的压抑及愤懑，理解它们难以见到阳光的绝望。

我们是同类，因此，能够懂得彼此的语言。

风雪泰山行

一

我是一个谨慎的人，却不太愿意循规蹈矩，有时也会做一些任性的事情。在那年的冬天，大概是距离农历的新年还有三四天的时候，我一个人登上了泰山。之所以在一个年终岁末的风雪天登上泰山，因为我前几次到这里看到的都是泰山的另外的面目，都是挂满了不必要附加外部事物的泰山。其他几次去的时候，我都淹没在周围熙攘的人群中，甚至照相也没法避免其他人强挤进我的照相框中。更为重要的是，以前登泰山都是当天来回，没有机会看一次泰山日出。不登泰山是个遗憾，登上泰山没有观看日出更是遗憾。我感觉应该了却这个遗憾了。

开始登山的时候已经是下午。在漫山的冰雪中，更是感觉到冬日泰山的威压，因此，登山的只是零落得不太多的人。从泰山脚下刚开始登山的时候，就看见几个人嘀咕了几句后知难而退了。到了中天门的时候，一部分人连嘀咕也没有就拖着沉重的步子掉头回去了。到了爬十八盘的时候，只是剩下几个人收缩着身体倾斜着在风中摇曳。

在冬天，泰山此时把它严酷的一面展现在我们的眼前。一方是风中衣袖飞舞芦苇一样的身影，一方是浩大风雪簇拥下的巍峨巨山，这真是不成比例的对比。这么巨大的山体，携带着风雪，以一种不容商量的语气在展示着威力。我的身体好像要冻成泰山的一部分。同时，那么多的风雪长着四面飞舞的大手，我的思维无论飞向那里，都可能会被拦回。

不过，即使人少，在风雪弥漫的盘山道路上，还是看见一两个泰山挑山工在奋力向上走着。他们年龄已经不年轻，如同被风雪绑架了一样，越到高处，风雪越是展现出其强势的一面，不过，他们却是固执的囚徒，在风雪枷锁中努力地挣脱着身子。我有时可能会觉得自己与众不同，但是，如果和这些挑山工相比，我气喘吁吁，如同刚上岸的溺水者，真的是没有资格小视他们。

由于呼吸喘气带来的水汽，一个挑山工稀疏的胡须上覆盖了一层淡淡的冰霜。这让他感觉胡须更加斑白，也更显得苍老。不过他看着我挂着拐杖像是和谁怄气一样地向上攀登，还是忍不住提醒我："爬的时候小心些，站稳后再走下一步。要不现在出事了连个救援的都找不到。"

我问："救援队现在都不在吗？"

他老牛般地喘着粗气说："马上就要过年了，大部分人都放假了，不知还有没有留下值班的。就是有人，这么大的风雪天，一时半会也赶不来。"

二

找了一个老旧的小宾馆稍微休息了一会儿，还不到吃晚饭的时间，我就出门，到外边积满冰雪的天街道路上向东走去。虽然此时接近冬天的傍晚，但是，在泰山顶峰，似乎天色黑的更晚一些。向东一看，雪还是在不紧不慢地飘着，天地成为纯白一片。在前面不远，在向着玉皇顶的山路上，有两个僧人都穿着灰色的棉僧袍，在那里缓缓地走着。山风吹来，雪花飞舞，很快就将他们雪中的脚印淹没。他们的僧袍的袍角在风雪中被吹起，如同御风而行，真是如同神仙一般。

两个僧人一个是中年光景，一个是二十多岁的青年模样，都长得十分俊朗。我不知为何赶紧走上几步，追上这两位僧人，如同小说中书生追赶得道高僧一样，想着和他们搭讪几句。能听出来中年和尚是东北三省那边的口音，但是，却听不出年轻和尚的口音。我接触过不少和尚，给我的感觉他们在和俗家陌生人接触的时候，都是保持着不远不近的距离。既不拒人千里之外，也不纳入方寸之间。这两个和尚也是如此，他们并不拒绝和我交谈，但是，在我们中间却隔着一个世俗的世界那么远。

年轻的和尚更为健谈一些，因此，为了避免冷场，我主要和他交谈。我问他："师傅你出家多长时间了？"

他好似淡淡笑了一下，我感觉有雪在脸上忽然融化了。他说："我出家有四五年了吧。"

他问我："这个时间你到山上，准备住下吗？"

我说："是的，我前几次过来爬泰山，都没有在泰山顶上住下，已经错过几次泰山日出了。"

他说："泰山日出错过不了的，你不来，也是天天日出。"

他又问道："你是做什么工作的呢？现在也不是周末，看你不像是做生意的，怎么这么有闲情逸致？"

我顿了一下，我到底是做什么的呢？我似乎也不太明确自己是做什么的。我有好几个身份，但是，我内心最认同的却是一个记录者的身份，也就是作家。

我说："我是一个作家，有时也写一些作品。"

他似乎有些意外地说："这个职业好，你可以看世界，写世界，世界也可以更细致地反照到你的身上。"

三

接近黄昏，本来不多的游客都被凛冽的寒风驱赶进房间了。现在我可以独自享受这一山的雪景。

我裹着一件在宾馆临时租的厚厚的绿色军大衣。当然，它只是有军大衣之名，和军队没有实质性的关系。这件大衣不知己怀抱过多少人。不过，我没有资格嫌弃它，它也没有嫌弃我，它紧紧地包在我的身上。在三九寒冬的峰顶，有这么一件大衣也是好的。至少我比那些在山崖石缝内冻死的鸟兽要好，比那在峰头西风下呻吟的松树要好，也比那冰雪外露出的瑟瑟发抖的草茎更能保全自己。

雪越下越大，这让从泰山顶上向下看时，少了许多变化。大部分景物都变成白茫茫一片。古人给泰山一个个景点起的名字，都被这雪给篡改了，都变得统一起来。当然，即使雪很大，却并不是山下所有的地方都被遮盖住了，还是有一些黑白相间的地方。我的眼睛倾斜地向下看去，可以看见山脚下鳞次栉比的城市，如果再努力一点儿，可以看见更远处朦胧的村庄，此时想必也是炊烟升起的时候吧。

只有登上泰山这种大山，才会感觉自己的渺小和自卑。在这么巨大的泰山的眼里，我不过是蝼蚁一般，最多不过是敢于在冬天雪花飞舞时节出来的蝼蚁。

即使泰山很高了，已经是山的同类中的佼佼者了。但是，上面还有雾蒙蒙的连一只雀鸟都没有的高天。此时，即使我有思想，这些思想比之可以说只是达到可笑的程度。铅灰色的天甚至不动一点儿声色，任凭我的思想在下面折腾，如同我看到一只蚂蚁在一根石柱上折腾一样。

在风雪中的泰山之巅，一个人是非常难得的。还有什么不值得庆幸的呢？那么大的雪都可以一人享受，如此宏伟的山却可以走在它的头颅之上。如果人多了，就会破坏这片冷冽的静美。

我一个人沿着天街向前走着，路边不时会有古人的字迹隐现。这些字迹借助石壁获得了长久的生命力。但是，更为长久的字迹的生命依靠自己，不需要刻在石头上，它们自带生命，自己运行自己。

那些刻在直立石壁上或者在背风雪之处的字迹，还可以看到。如果石壁是倾斜的，上面也积满了雪，想一探究竟的话，可能得等到明年，等到这里的小草睁开眼睛时才可以。这些大多都是古时一些名人雅士留下的墨宝，在石壁上看不到贫穷人留下的痕迹，如果想看，得到挑山工走过的山道之上。

四

我晚上住宿的是一个狭窄的房间，却收费不低。不过，在这个冰雪泰山之巅，有这么个临时安身之处就值得满足了。店主人还算不错，给房间点着了蜂窝煤的炉子，水就放在炉子上滋滋地烧着。听着水声，我的脸在火光中闪烁。屋里还有一个不知是不是店家的花瓶，里面已经没有花了，静静地站在房屋中间的一个旧木桌上，在灯光下留下阴影，如油画一样。外面的雪花簌簌地打在玻璃上，周围的人声如同灯光，最初是远处的声音熄灭了，渐次附近的声音也熄灭了，整个天地好像只是剩下我一人。好像整个天地只有我一人在享用，我忽然感觉奢侈起来。

在我住的这个房间，可能各行各业的都有人来过。我在想，我和他们都是一个个的点。我究竟是在重合他们的痕迹，还是在延长他们的痕迹呢？

在这个看似多变的人世上，不过是无数个人重复无数个人而已。大多数人几乎都说一样的话，做一样的事，一样的生，一样的死。每个人可能都曾希望自己卓尔不凡，然而，这只是极少数人才能做到的事情。

那么多人不畏艰险来到这里，甚至是顶风冒雪甘愿来这里受苦，到底是为什么呢？即使大多人都庸庸碌碌地活着，但是，都还是希望有那么一刻和梦中的自己相遇。即使这可能只是一种幻想，毕竟到这山的巨人之上，存在着让自己变得瞬间宏大的一刻的可能。

在那个接近新年的早上，都是为了那么瞬间闪耀的一刻来到这里。

我和大家一样，没有任何区别。寒风不会多吹我一点儿，也不会少吹我一点儿。雪无差别地地降落在泰山之巅，平等地降落在日观峰众人身上。众人都压住了自己的声音，小声兴奋地议论着，等待着那巨轮般的太阳升起。

太阳的车轮驶来了，先是听到了似乎有水汹涌的响声，后来是车轮从远方驶来的声音，被群山所簇拥，如同帝王出巡一样。日出的地方开始慢慢从暗黑变得苍白，从苍白变得淡红，从淡红变成赤红，等颜色的力量聚集到一定程度，我听见了有种力量把太阳努力托起的声音。太阳终于升起来了，无可阻挡地升起来了。

人的一生有无数个一刻组成。有时，有这一刻就够了。在太阳一跃而起的那一刻，我感觉天地都变得安静，然后是一阵欢呼，这欢呼把周围树上的雪震得片片落下，远方的山崖也携带着冬天的松柏遥遥回应。在这欢呼声中，我感觉浑身被透明温暖的光所充盈。

寻找老田

一

　　我老家乡里的名人不多，不过，老田却算一个。我真正想了解老田的时候，他已经去世六七年了。即使我骑上最快的马，也不一定能找到他。因此，最现实的做法是找到拼接后的他，也就是一段一段地找到，然后组装起来。其实，谁不是如此呢？谁不是别人拼凑的自己呢？即使是自己也会在以后的岁月里拼凑自己。

　　可能老田自己也记不太清楚自己的事情，可能这些往事都淹没在杂乱无章荒草般的生活中了。然而，别人对他的叙述却如同庄稼一代代地生长，在某一个合适的季节，我成了这些庄稼的收割者。

　　我早些年记忆模糊中好像有些老田的印象，但是，如同老旧房子上留下的不规则的水印，只是在那里飘浮着，却无法把握。

　　对于老田，真正点燃我兴趣的是一个乡镇干部。这个人正是从青年向中年跨越门槛的年龄，同时，在他的仕途上此时也出现了不好跨过的门槛，从而成了拥挤仕途的失意者。当然这样也好，他和我聊一些事情就没有了太多忌讳。

　　那次是一个傍晚在农家大院里吃饭，但是，这个吃饭的地方并不对外。我们一桌子人不多，来的人也是由几个主题凑在一起的。吃饭房间的灯光并不明亮，窗户外是一地的蔬菜，完全浸泡在黑暗中。黑暗是如此浓稠，感觉似乎要挤入屋内一样。乡镇干部听说我是一个作家，可能为了活跃气氛，他就对我讲了老田的事情。可以说，每个乡镇干部都可能是一个段子手，他讲得好极了。

他说："我在你们那个乡当副乡长时，老田就是名人了。他在那个年代属于佼佼者，是高中生，还参了军。本来是一帆风顺，像是我一样，不过后来在对越自卫反击战中出了娄子。"

我想，这个乡镇干部倒是代入感很强，不过，他的这种情绪有助于更加真实地讲出老田的往事。我问："出了什么娄子？老田在战场上负伤了吗？"

他说："如果是那样倒还算不错了，国家现在得养着他。老田那时候还是一腔热血，说他幼稚也可以。当时上战场需要写申请书，就是说愿意为国杀敌，愿意主动上战场。别人写，老田也写。不过他写得过猛，投入得感情过深。别人都是用笔写，不管是圆珠笔还是钢笔，就是用毛笔也行。但是，只有老田是用小刀把手划破，用血写。注意，是真得用血写的血书哦。"

桌子上另外一位吃饭的年轻一点儿的朋友说："那也没什么啊，写血书不是证明他杀敌的勇气更旺盛吗？"

乡镇干部呵呵地笑了起来，说："他的领导要是像你一样想就好了。当时他的连长和指导员看到老田这么邪乎，就心里犯了嘀咕。是不是这个战士不太正常啊，为什么和大家都不一样呢？不行，这种人不能让上战场。结果别人都获得批准可以上战场，只有老田落下了。本来这种事情一般人可能不放在心里，不让上战场是不能杀敌获得荣誉，但是，至少危险减轻了不少，有人高兴还来不及呢。不过老田不这么想，你们猜老田怎么做的？"此时乡镇干部卖了个关子。

大家兴趣都被吊上来了，都催着他快点说。乡镇干部好似又回到以前可以控制局面的荣光，这让他在灯光下满面红光。

他说："老田心里窝火啊，让别人上战场不让他上，这不是成心瞧不起他吗？因此，当天晚上，当其他人在连会议室热火朝天地讨论怎么上战场时，他一个人闷闷不乐地回到了宿舍，找到了一把炊事班以前用旧的菜刀，就开始磨了起来。他一边磨，一边嘟哝：'不让我上战场，就是瞧不起我，我磨好刀，先杀指导员，再杀连长。'"

"本来这个事情谁也不知道，但是，不巧是那个宿舍还有一个战士由于感冒，一个人蒙着头出汗呢。一听老田这么说，吓了一跳，更是汗如雨下，一下子感冒也好了不少。他趁着老田出门找水磨刀的空，赶紧出去向连长和指导员报告了这件紧急事情。连长和指导员一对眼色说果然没有看错人，确实老田有些不正常，还没有和敌人干上，却要对自己人动手了。两个人商议了一下，过了几天派两个战士一起陪着，让老田回一趟老家探亲，说是过一个月就过来接他。结果过了三个月也没动静，老田一翻自己上衣上面的口袋里有个小信封，信封外面写着'复员金'三个大字。这三个大字寒光闪闪，匕首一样让老田的心脏冰凉。不过，幸好信封里装着几百元钱，至此，就是傻子也知道是怎么回事了，何况老田就是愣，并不是傻。"

我听后哈哈大笑，这不是故意敷衍地回应讲故事的乡镇干部，而是感觉确实有趣。我和他碰了一下酒杯，这时酒劲也有些上头，说："你是不是酒喝多了？今天这里也没有几个菜啊。你说的到底是编的段子，还是真的，还有这种事情？"

乡镇干部也变得眉飞色舞起来："怎么是编的段子，是真有这事情。老田更传奇的故事还在下面呢？我肚子里别的没有，就是这种故事多。"

其他人附和着说："作家，以后有机会多请他喝酒，他的素材绝对多，都是免费供应的。"

乡镇干部的话得到了其他听众的印证，心里也很是得意，他把碗里蒸熟的猪后腿撕了一大块，三下两下塞进嘴里消灭掉后继续说："今天晚上厨师做这个红烧猪腿不错，不过，现在都是用饲料养的猪，比老田养的猪差远了。"

我问："老田还养过猪？"

乡镇干部得意地说："这就是更精彩的部分，如果老田不养猪，还真没有那么出名。"

由于房间里的灯不够亮，这家请客的主人此时也换上了一个瓦数更大的灯泡，屋里顿时亮堂了起来。但是，可能是阴天的缘故，这反而让屋外更是漆黑一片。不过我的兴趣倒是随着灯光也亮了起来。我说："养猪有什么奇怪的啊？"

他说："这你不知道，养猪不奇怪，但是，老田养猪就奇怪。老田那么出名并不全是他当兵的那段事情，更主要的是养猪的事。你听说过农村养猪不卖的吗？老田养猪不少年，也养了不少猪，就是不卖。我是当年亲自去老田家看过的。"

说到这里，乡镇干部悠然神往，好像又回到了更年轻的时候。那时，他还抱有更多的想法，也愿意去看更多新鲜好玩的事物。

我说："农村养猪除了卖就是杀了自己吃。哪有养猪不卖的，是办猪养老院吗？"

可能同桌其他吃饭的人也耳闻老田的故事，不过没有乡镇干部知道的那么详细，也有插嘴的，"你别说，还真有办猪养老院的，老田就是。"

乡镇干部似乎怕被别人讲了最精彩的部分一样，在哈哈大笑中回到了当年见到老田的场景。他说："你可别不信。我当年专门去看老田的时候，那时候还年轻，上班也不像是现在管得这么严。我到老田家时，老田正从家里赶着他的猪群上山，像是放羊一样。不过他的这群猪可是出奇了，最老得都老的猪皮上出褶子了。我第一次看到身上老的出褶子的猪，像是我们这边年龄很大的老头满脸的皱纹一样。"

大家不由被他讲的这些趣事逗地笑了起来，会喝酒的也找了个由头。

为老田干杯，也为把老田讲得这么精彩的乡镇干部干杯，不由得多喝了几杯酒。

二

那个乡镇干部最初只是给我裁剪了老田的一身衣服。我能感觉到老田穿着这空荡荡的衣服在我面前慢悠悠地经过，但是，却只是如同看到的是稻草人一样，老田的面目及内心都冰凉模糊。我感觉老田的全身应当都隐藏在他那个丘陵上的小村子里。这也是我到老田的这个村子寻找他的原因。

那时刚下过一场暴雨，在这个小小的山村，雨水把远处的天空、崎岖的路面、村里房子的屋瓦，以及路两边的庄稼叶子都洗得闪闪发亮。

老田的家在村头，只剩下种上了玉米的院子和两间极为简陋的破房子。在这个村子普遍建的房子都还算可以的情况下，老田的破房子就如同这个村庄的补丁，或者像是一幅画中的败笔，与周围的环境有些不协调。不过，他的院子隔一条小街道的一座旧宅子救了它，总算有一个有点接近的了。但是，那座小院子看上去是建造于几十年前的，上面盖着红色的瓦，屋檐前还有从墙里伸出一截的水泥板，这在建造时可以说是还算不错的房子了。

当然，如果寻找老田，就得从最接近他的人找。我忐忑地敲开了老田家这座挨得最近的邻居的大门，一个老太太有些惊异地打开了门，一开始身子占据着半个大门，并没有让我进去的意思。

我问："大娘，你家前面是老田的家吗？"

可能是年龄有些大的原因，老太太努力地发动着自己的思维机器，想一下到底是哪个老田。我连忙提示了一下："就是那个当过兵的养猪的老田。"

大娘从记忆的迷宫里兜了回来，说："你说是他啊，怎么不认识，一起挨着邻居几十年呢。"

我说："那你们两家平常来往吗？"

老太太说："谁愿意和他来往，一家人都是光杆子，村里人都不愿意和他来往。你说的这个老田死了有几年了，不过，他爹前几年九十多岁才死。他爹和老田一起过得可怜，也没个吃的，一家人煎饼也不会烙。我们家当年翻盖现在住的这座房子时，他爹就到我们家要吃的。我看着他可怜，反正是盖房子的那几天吃的东西宽裕，就让他吃。他年龄很大了，吃得却不少。吃完后还说儿子也没有什么吃的。临走又让拿了几个馒头给两个儿子吃。"

我问道："怎么还挨饿呢？老田家都吃什么？"

老太太沉着脸说："怎么不挨饿？老田的娘早就死了，听说那时老田年龄还不大。家里就三个男人，连个会做饭的也没有，就是整天烙煎饼。烙得很厚，很容易长毛。他们家就在屋里扯一根绳子，把煎饼挂在绳子上，吃的时候就扯下来一张煎饼，干得跟瓢似的，咬不动就把煎饼泡在开水里吃。连个菜也没有，吃的就是咸菜疙瘩。这家人就着满屋子里的猪屎尿吃饭，也不嫌脏。我没有进去看过，村里的人说看过后三天饭都吃不下。"

我忽然感觉即使是在一个贫穷的山村，也有个鄙视链的存在，无疑老田一家处于这个无形鄙视链的底端。

我说："听说老田养了不少猪，到底有多少头？长得什么样子？"

老太太此时露出难得的一点儿笑容。特别在农村，粗糙的生活让这里人的笑容一点点地从清晰可见，然后逐渐磨损，到最后慢慢不见。即使是有些笑容也淹没在满脸的皱纹中了。老太太说："喂的猪倒是不少，多得时候一百多头，少得时候也有几十头。不过他喂的猪你没有见过，大的猪就这——么——大，小的猪就这——么——小，"她用手在那里比画着。"最大的也就是一百多斤，最小的也就是二三十斤的样子。"

她补充说。

我问："这猪为什么这么小，多喂几年不就长大了吗？"

老太太说："这你就不知道了。你知道他的一百多斤的大猪喂了多少年了吧？都喂了十几年了，都快老死了。一次有个乡里干部要来买猪，挑了一个二三十斤的猪说，就买个小猪吧。结果惹的老田很生气，说：'你说这是小猪？这头猪我都喂了两三年了。我见过那头猪，就像是大猫一样。'我问："听说老田不是不卖猪吗？养着就让猪老死。"

老太太说："一开始不卖，给多少钱都不卖。后来他有个本家，是他高中同学，在县里听说当副县长，就劝他卖猪。老田不是都不卖，他就听那个县干部的，当时卖就卖给他。后来才慢慢卖给其他人。"

我说："那老田养猪干啥啊？就是让它们老死？"

老太太说："这我哪知道啊。喏，你看到前面这个大院子了吗？老田当年在里面养猪，整个院子都是猪。冬天晚上他们爷仨住在屋里，猪也住在屋里。猪屎猪尿也都在屋里，他也不打扫。他对猪好着哪。冬天冷的时候，就把小猪搂在怀里睡觉。"

我问："他养的猪让老死，自己吃不行吗？还整天挨饿。"

老太太有些鄙夷地说："还吃猪呢，有次差点被一头老公猪给吃了。因为他养的猪都是赶到山上吃草，没有饲料吃不饱，他留的那头配种的老公猪实在饿急眼了，把他拱倒，差点把他吃了。"说着说着，差点把自己说笑了，看来这位老太太不是天生忧郁的人。

我问道："你们两家相邻这么近，知道为什么老田不吃猪吗？是忌口？"

老太太说："可不是忌口，我家里盖这三间房子的时候，我们请石匠剩下的红烧猪肉给了一碗让他爹端回家，老田吃得比谁都欢。他不吃自己的猪，可能是和猪有了感情了吧。我告诉你老田有多犟。有一年我记得很清楚，乡里的一个干部在过年前几天到我们村，他听说老田养猪不喂猪饲料，是放养的，肉好吃，专门来的。不过，无论这个乡干部怎么说，开价还比市场上高不少，老田就是不卖。他说人都过年，猪也要过年，得让猪过个年，坚决不能卖出去给人吃了。你说这人脑子有病吧。老田还养过一条狗，狗在石头缝里别断了腿，他就是不杀了吃，一直等到狗死了埋了。猪老死了也埋，都像是他祖宗似的。"

对于这个农村老太太而言，她能对我说那么多，可能是这个村庄外面人过来少的原因，也可能是因为刚下完一场大雨，没法到地里干活，闲着也是闲着。但是，尽管她尽其所能地回答了我的问题，并且也附加了一些她对老田的直观感受，但是，我想知道的是为什么老田这个样子。

我问老太太："是不是老田精神有问题啊？"

老太太说："他可不像是精神病，就是脑子缺。他可不简单，以前还当过我们村的干部。"

但是，到底老田脑子缺什么呢？他是那个时代这片山地少见的高中生，还当过兵，至少表面上不能是精神病吧，否则，验兵那一关也过不了。那他到底缺什么呢？缺的是这里农村人那种老牛一样的忍耐，绵羊一样的温顺吗？缺的是不会融入农村人情关系的河水而与这里的人一样庸庸碌碌吗？

这也是我第二次去寻找老田的原因。因为他的邻居已经帮我帮到家了。老太太尽力地用记忆的长竹竿替我打捞老田，我甚至能看见老田的一段身子从她的记忆深渊里被捞了出来，浑身湿漉漉地挂着水草。

三

这次我到了老田村中的一个粗大的槐树旁，大槐树下坐了几个夏天下午歇凉的人。这棵树的不远处是这个村的办公室。下午的阳光照在这个陈旧的村办公室的屋瓦上，发出不规则的也不太刺眼的光。有几只鸟在院子里找着吃的，看到我这个不速之客进去，如同鲜花忽然乍放一样地小翅膀扑棱一下飞上了屋檐，睁着黑溜溜的眼睛盯着我。一只不知是谁家的黄狗瘦骨嶙峋地躺在院子的阴影里。可能惊醒了它的美梦，听见我推开虚掩的大门进去后，它先是惊得一跳，然后骂咧咧地跑出了院子，好像是我侵入了它的领地。

进入村办公室，里面成排地摆着几排小桌子和小椅子，估计是从哪个小学淘汰下来的，集体学习什么的样子。不过，这也好像过了一段时间了，每个桌子和椅子上都积满了尘土。一边墙的上方写着一排口号式的标语，中间人工画的栏框里贴着上级的一些通知，以及村里的规章制度，还有几张不争气地斜着掉下了一角，如同乞丐不整的衣服。

本来要到村办公室找人帮我寻找老田，里面却没人，没有办法，还得出来。那棵大槐树下正在凉快的人还在，我就走了过去。现在农村剩下的大多都是年龄较大的人，年轻人都到外地打工了。这几个上了些年纪的人看到我过去，最初以为我是乡里的干部，有的还站起来。从槐树上正在用镰刀给羊割树叶的一个大婶也从树上滑了下来。

我用手在身上摸了一气，没有办法，我也不抽烟，没有烟作为媒介，就直接问了。我说："你们村里是不是有个叫老田的？就是当过兵喂猪的那个。"

估计也是这里本村的人多，大家也不拘谨，割树叶的大婶有些兴奋地说："你是说养猪的老田吧？你找他干什么？都死了六七年了吧？"她有些不大确信，又看了看旁边的一个老人说，"你最清楚，听说你们以前是同学。"

这位老年的男子身材不高，他的脸如同做馒头的面放水放多了，脸上的肉已经软软地塌了下去。不过，看到众人的眼光都聚集到他的身上，感觉到一种活的东西重新浮现在他的脸上。他问我："你是做什么的？不是乡里的干部吧？怎么没事找老田？"

我说："我老家就是这个乡，在外地上班，也经常写一些文章。前些天听人说老田，感觉挺有意思。今天正好经过这里，就想过来听听老田的事情。你正好是老田的同学，那太巧了，打着灯笼都找不到这么合适的人。你是他什么时候的同学啊？是高中同学吗？"

老人说："我哪有那个水平，还能考上高中？我和老田是小学同学。我小学就下来种地了。"

我接着说："看来老田还是你们同学中的高才生了。他学习怎么样？"

老人有些不好意思地摸了一下前面的头发，不过他的前额已经变成了不毛之地，这让他摸了一个空，手也闪了一下。不过这也可能是个习惯。他说："我忘记了他小时候读书是不是最好的，好像是学习挺好的，反正比我强。不过那个时候上学就是个玩，玩的时间比上学的时间多得多。早上上学晚，下午放学早，回去都帮着大人种地。你看我都一把年纪了，这么多年过去了，你不说我还真没感觉到，我就是混吃等死过日子了。"

我问："我怎么听说他养猪不吃猪，一直等到猪老死埋了。他那么穷，是怎么买的猪做本呢？"

老人说："他开始是用复员费买的猪。他养猪的前些年确实只养猪不卖猪。其实，老田有两次可以通过卖猪发财的机会。第一次的时候，我们这里的猪都生瘟，只有他的猪是在山上放养的，一头没死，但是他就是不卖。另外一次是我们这地方的猪都涨价涨到六元一斤了，他还是不卖。在八十年代你可能不知道六元一斤是什么概念。我当时盖房子，三间房子几百元就盖起来了。"

我问："那他后来为什么又开始卖了呢？"

老人龇牙笑了，说："他一生连爹娘的话都不听，只听一个同学的。那个同学是他本家，人家当过副县长，现在退休了。那个同学说，老田啊，你不卖猪，就没法再养猪，也没有钱喂好栏里的猪，猪都跟着你受罪，你该卖还是要卖，老田这才开始卖猪。不过，他只是卖给这个副县长同学。

卖猪给其他人得看心情，心情好了就卖，心情不好就不卖。"

"老田上学的时候是不是不正常啊？他和你一起上学的时候精神有没有毛病？"这是我比较关心的问题。我又反复核实了一次。

老人说："哪有什么精神毛病，上学时一点儿也没有看出来。"

我说："老田长得什么样子？感觉他的条件在那个年代挺好的，为什么不找个对象？这样也有个照顾。"

旁边的几个人都在七嘴八舌地说："长得倒是不错，高个，长方脸，也是高中生。不过，他娘死得早，穷得连屋都露着天。他以前倒是相亲相过一个隔壁村的女的，不过人家家里人到这里一打听，高中生有什么用？没法养活一家人，这件事就黄了。幸亏那个女人没有嫁给他，嫁给他也完了。你看，老田自己没有找到对象，也不让弟弟出去打工，就是和他一起养猪。结果养猪养到最后，人没了，猪也没了。他死后，他弟弟才有了点好日子，前几年送到乡里的养老院了。"

不过，当我问到老田为什么从部队复员回家时，剧情却发生了惊人的转变。我说："听说老田是因为在部队申请参战时，领导不同意，他就要杀连长，杀指导员，才被部队送回家的。"

老人脸上抽动了一下说："你听谁说的，那是传言。当年他在部队当兵时，他大爷想让他回来做村干部，就打电话把他叫了回来，他就复员了。他看了看周围，周围有的人附和他，有的人不置可否。"

我说："老田挺厉害啊，还做过村干部，是村主任还是村书记？"

割树叶的大婶笑着说："他倒是想做主任和书记啊，后来没有做成，做了个村里的副主任，也就是跟着村里打杂的。"

我对老田的这个同学说："感觉你的身体挺好的，你同学怎么六十出头就死了？"

老人说："他的身体都是糟蹋的，一辈子都喂猪了，到六十多岁生病了，也不舍得把猪卖了治病。结果一死，他买过其他人的猪崽，还有豆饼之类的东西没有还账，栏里的猪都被这些人给抢了，一头也没有剩。"

旁边的那位大婶补充说："他死的事情我知道。这个人和一般人不喜欢说话，就是和我家的老头子还可以。那次他和老头子相邻着地种麦子。他家里也没有牛，就是自己拉着播种的农具，从地这头到那头，拉了几次就感觉身体不好，对我老头子说，兄弟，我感觉不行了。这以后他就回到家里，过了不到一个月就死了。我家老头子劝了他几次把猪卖了看病，他就是眼泪汪汪的不卖。"说着这位大婶发出一声很沉的叹息，如同从地上忽然冒起一阵尘土，倏然一声，慢慢又回到地里去了。

此时还是夏天，这个村庄周围众多的庄稼还在用力地生长。只有在它们中间，才能感觉到这种生长的力量。只有自己是一株庄稼，才能真正认识庄稼。老田的这些村邻们不是老田，因此，他们告诉我的只是他们眼中的老田。我也不是老田，我只是一个寻找者。但是，我真的找到他了吗？或许只是找到了他废弃宅子里悬挂在一根绳子上的一身破旧外衣。他死了，真正的他可能永远再也找不到了。

进出村的道路都要经过老田的老宅子旁边。老田的父亲死后，这里就成了庄稼和昆虫的乐土。在老田的院子里面，是一大片的夏天的玉米，此时绿成了一片海洋。它们是那么的绿，如果把其他颜色的物体投进去，根本没法造成一点点改变，很快就融入进去了。老田死后就埋在那片玉米地中，让他化为绿色的一部分，他的坟墓只有到其他季节才能够凸显出来。

如同在这片大的玉米地里寻找一个人，我感觉老田也藏在其中，但是，明明知道就在那里，却朦胧不可把握。

我对老田直觉的感受还是那个喜欢穿着肮脏绿色仿制军衣的人。他一脸沉默地赶着他的那群猪，在那群哼哼唧唧叫着的猪中显得特别不合群。

听说老田一直喜欢穿绿色的衣服，更为确切的是绿色的军装，当然，他最早从部队复员时剩下的军装早已经穿的不见踪影了。就是后来他在农村大集上买的那种仿造的，也不知多长时间洗一次。但是，这些服装毕竟是绿的，即使是外面沾满了污垢，其底子仍然是绿的。

　　黄昏将至，我站在老田家的院子外面，太阳把我的影子从西方拖出一个单薄的长长影子。我在放牧自己的影子，却很难追上它。老田当年也是走在这段路上，在黄昏里孤独地赶着一群瘦瘦的猪，却不知他要把这些猪要赶到哪里去。

山胡同那边

一

　　我在老家做律师最后的那两年，每年都会抽出一段时间准备研究生考试。由于律所繁杂事多，一个律所如同有不少磨盘在旋转，每个律师都是一个磨盘，带动着周围相关的事物转个不停，晃得我头晕。因此，我常常是在秋冬天到堂姑家里住上一段时间，集中精力进行冲刺性的学习。在疲乏之际，就会在下午向着她的村子西北方向走上一长段的距离。这个方向是向着大山里去的，有个山胡同，在里面冬天往往风会小一些，这也是我冬天是这里常客的原因。

　　从堂姑的村庄出发，冬天的野外就好似没了道路。我感觉此时并不是路在引导我，而是我在引导自己。越过大片的麦地，绕过一个山口，就进入到这个山胡同的山口了。特别是冬天，这里是没有秩序的地方。只要看准差不多的方向，就可以任意地走，最后还是能够到达。

　　在这以前，我只是从其他方向俯瞰这里。我最初了解它还是在很多年前。那时在山胡同尽头最高的山顶上，在以前没有柴火烧的年代，我的母亲和村里人在秋天收割完庄稼后，都会去收割那里的枯草。因为距离家近的柴草，即使是最小的碎屑，都被人用一只小耙子认真地抓过了，比女士早晨梳妆时梳头还要仔细。母亲和村里人往往一大早出发上去，一天割完两捆草。因为山太高了，很难正常运下来，就用绳子把枯草捆住，让草紧挨着草，比热恋的男女朋友抱在一起还要紧密。然后，从山顶高处选择一个没有树木阻挡的路线滚下来，再用扁担挑回家。

这个山谷如同不规则的葫芦一样，两面的山梁低一些，正前方的山头很高。两边的山梁我都去过，正前方的山头没有翻越过去。当然，以我当时那个年龄，不是翻不过去，而是专门留一点儿神秘，保留一些最后的幻想。我手里握住的东西越来越少了，就留下它们吧。翻过山那边或许是一个只有几户人家的村庄，或许是春天桃花开遍的山窝。当然，那里也可能是隐士或者神仙修行的场所呢。我到老也会有些幼稚，这是一种长在根子里的天生的病，不能怨我。

冬天就是冬天，即使在一个形似葫芦的山胡同里，也比其他季节显得阔大很多。如果忽然遇到一阵大风吹来，扯天扯地，风在这里无从抓握，只是能抓住黄草。这时感觉风口处的黄草慌乱起来，好像预感到一件大事要发生，努力地摇摆着身子，以图摆脱风的大手。即使很多草只是虚惊一场，但是，还是有不少枯草断茎被吹得到处乱飞。

我感觉这些草的生命是被谁注入进去的，在春、夏天被一点点地注进去，到了冬天再倒出来，只是剩下干瘪或者粗糙的外壳。不过注入生命的是谁呢？

特别是黄昏的时候，那个山胡同就剩下我一个人。真美啊，这种美是不大不小的美。大了我也不需要，再小了就无法感受到。太阳下午的时候是白色的，是那种不耀眼的白，却也是没有特色的白，不让人思考的白。太阳西沉接近黄昏的时候，这种白色就变成了赤红。冬天这种红发散的范围并不大，在那个山胡同西方最高的山顶上安静地站着，如同在等待什么。下面是一片褪去了叶子的槐树林，如果从近处看的话，它们把太阳给分割成一缕缕的，如同利刃一般。黄草也变得安静起来，与下面的石头一起静默无言。黄昏的太阳感觉一点儿也不陌生，如同一个老者一样地看着我，并带着我一起融入周围旷野的静寂中。这时有种透明的安静，光滑地流到我的身体内，我在让人流泪的安静中沉入谷底。

二

我就是那么孤单地一个人走着。但是，当时却没有感觉到孤独。孤独不过是种感觉罢了。孤独不一定是一人独自在一起的感觉，而是在熙攘的人群中却感觉到独自一人的感觉。我有时只是好奇，在我之前，是不是这里经历过更热闹的事情，没有等我赶到，就已经结束了。不过，没人回答，只有满山满地的冷风与乱石。

不过还有一只野兔来找我。这让我妄图独自行走的野心得不到实现。在这个山胡同入口不远的地方，在山梁和麦地之间，我经常会遇到那只兔子，黄白色的皮毛，好像刚长大的样子，属于兔子的少年时期吧。它慢吞吞地在我面前寻思半天才逃走。其实那也不叫逃，说逃如果它能听到估计会不满意，那就是在走啊。毕竟这里是它的家，为什么要逃？这只兔子有时会若无其事地小步蹦跳，有时还会回过头来认真地打量我一下，好似研究我到底是什么外来的动物。

如果我在下午早点出去，可能走的路就更远。在山胡同更高山头的那边，我没有选择上去，而是沿着北边的山脊走到那边的山顶。这时候是冬天，冬天唯一的好处就是到处都是路，少了一些夏天深入山里的内心恐惧感。当我爬上这一侧的山顶时，忽然发现了人的迹象。我本来以为这里是荒无人烟的地方。有一个不知哪年修建的两间平房停驻在西风里，上面写着某个外国的水利援助项目。当然，虽然看起来这座房子附近比较荒芜，却并不是没有人来。在墙上还画着看似少年的涂鸦。那真的是涂鸦，黑乎乎一片，字也写得不好，横七竖八地挂在墙上，真的如乌鸦的标本一样。这座房子连着一条水泥固定的石头沟渠，很多地方已经破损，弯弯曲曲，一直牵引着我的眼睛向着山下的那片褐色土地走去。顺着这个沟渠的方向再向远处看，竟然是我读初中时经常走过的一个村庄。冬天让野外一目了然，可以从另外一个角度更好地看这个村庄。

那个村庄有我一个初中同学，通过他的村子后面高山的豁口，然后下到一个村庄，就到了一片布满鹅卵石的沙滩，在冬天河里没水的时候，这片沙滩就赤裸裸地躺在那里。越过这条河流和沙滩，就到了我读初中的乡镇驻地了。

之所以我对这条隐藏在群山里的路那么熟悉，是因为我读初中周六回家带煎饼时，为了怕自己一个人回去寂寞，经常绕路和那位同学一起。他中途回家后，我再走一段路回自己的家。由于是同学兼路友，这也是我后来重新读书时找这位同学借初中课本的原因。那时这位同学已经中专毕业了。他的父亲打开一个纸箱，在一股发霉的味道中，拿出同学已经退役的课本借给我。那些书看上去用的时间不短了，封面大多都破旧不堪，衣衫褴褛的穷人一般，没有想到这些书中的穷人最后还能帮我一次。

现在那个村庄孤寒地躺在远处的山洼之处，没有绿色植物的掩映，这让它像是一只煺毛的兔子。可能距离远的原因，傍晚也看不见炊烟。如果有炊烟就好了，多少可以增加一些人的气息。不知为什么，现在的村庄没有我少年时的村庄那么有活力了。到底是我没有活力，还是村庄没有活力了呢。我不得而知。

三

由于我往往是下午出去到这个山胡同散步，黄昏的翅膀覆盖了整个山地时才回去。因此，我就随身带着一副手铐，用它来壮胆，或者在特定情况下来保护自己。但是，好长时间我都比较失望，在这么寒冷荒芜的冬天，到哪里有机会用这副手铐呢。

手铐放在我的兜里，有时也放在手里，抓住手铐的一个铁环甩几下。

这是一副真正的手铐，尽管它是残废的手铐。因为手铐的两个铁环只有一个还可以用，另外一个荣休了。虽然它曾经和无数的涉嫌犯罪者的手腕亲密地接触过，但是，我看到它时，它躺在我实习的公安局派出所杂物室中，浑身积满了灰尘，马上要送到垃圾箱了。作为废物利用，我把它带回了家，也算留个纪念。倒是没有想到这只手铐以后还能发挥余热。

那次我进入山胡同的山口时，就遥遥看见两个人在山梁上。当时就有些疑惑。北方冬天凛冽的山风像是一把巨大的扫帚，任何人在那种地方不久都会被清扫下来。再说，这也不是有农活的时候啊。不过，开始仅仅是疑惑而已，却没有引起我的警觉。但是，当我从山胡同散步完回去时，忽然看见距离我不远处的一个高大的石头坝子下有两个人闪出，从冬天结霜的麦地里斜插着向我走来。此时，我就有种感觉这两个人来者不善，可能就是抢劫的。因为在这三九寒冬的腊月，整个这片山地都变得空空荡荡，没有人会在将要黑天的时候上山，也没有人无聊到埋伏在一个寒冷的石头坝下。当他们从那里冲出来直奔我来时，这更加验证了我的想法。

我预感到了危险。毕竟我是学法律出身的，同时，也在派出所实习过一段时间，知道这时出现了什么问题。我就把那副散发着体温的手铐从兜里拿了出来。冬天很快把这个手铐冻成了冰棍一样的寒冷，但是，我却感觉到了这种寒冷包含的炙热。

我紧紧握着手铐，钢铁坚硬的质地产生的力量向我传导过来，给我一种触手可及的安全感。当然，这种安全感并非全是来自手铐的钢铁质地，更多的是上面附加的权力。即使这副手铐退役了，它身上附加的权力还没有消散，特别对于不知情的意图抢劫的人而言，更是如此。

我把手铐捋直后在身前甩着，那两个家伙本来在不远处直直地向我冲来，我甚至能够听见他们脚下结霜的麦苗发出咯吱咯吱紧张的声音，这种紧张隔着二三十米都能被我感受到。但是，当他们看到我手里的手铐如同蛇一样地盘旋，马上像是看到了真正的蛇那样。我至今能够想起这两个人的眼睛。两个人都是满眼的惊愕，似乎不敢相信自己的眼睛。高个的似乎嘴里说了一句什么，那个矮个的马上像是触电一样地低下头，然后两个人迅速地改变了路线，向着相反的方向跑去。我小时候遇到一条野狗袭击时，忽然从地上捡起一块石头，那条野狗也是这么惊慌失措地逃走的。

四

这些年来，由于农村一般都不缺少柴火，割草的人也少了，因此，草就放肆地生长起来。这与当年一到秋天到处光秃秃一片完全不同。当然，它们没有远去，只是重新回来了而已。很幸运，我亲自见证了草的悲惨的时期，也见证了草的繁盛时期。现在是它们的时代。不过，如果草太多了，在秋冬天还会造成一些其他问题，那就是容易引起火灾。因此，当我去那个山胡同时，也很少带着火柴或者火机之类的东西，防止成为纵火的嫌疑犯。

不过，那年还是起了山火。先是被村里人遥远地看到起了浓烟，在风的助威之下，这些浓烟慢慢地成为一小片火光，然后扩展成一大片。这些火先是在地上爬着，如同黑色的蛇一样。不久这些火就有了更大的野心，慢慢从地上向上蜿蜒而动，先是爬到酸枣树上，然后爬到了青绿的松树上。对于这些青绿含油脂的松树，火更是欢迎，能够看到它们张开嘴巴在吸吮，在喘息，远处的村庄都能够听到它们兴奋的欢呼声。

至于起火的原因到底是什么，则并没人知道。在平常情况下，可能是上坟人烧纸引发的火。我不知在这片地方上坟燃烧一种浅黄的纸代表什么意思。这是在新年前上坟温暖先人冻僵的尸骨吗？这是在让思念乘坐黄纸燃烧后的火焰越升越高吗？然而，那次火灾也不是发生在新年祭奠的节日啊。

那些火烧得厉害。在附近的村子里都感受到它们的威力。有的人面带惶恐，有的人大声喊着救火。不过对于小孩子而言，却像是被谁凭空赠送了一场欢乐。毕竟距离新年还有一段时间，放焰火的时候还早着呢。火在和他们一起雀跃着。有这么一山的火在他们红萝卜一样的脸上晃动着，舞蹈一般，火知道怎么找那些好的舞伴。

对于起火的原因，可能是山也在冬天太寂寞了，人都撤离到温暖的角落，只是留下山和一山的风或者雪做伴。即使是山在那里沉默着，但是，也是在那里等待着。不知为什么，即使是山火意图燃烧这一山的草木，我也没有感觉到它们是恶意的。

在那棵银杏树下

一

最初即使我认识猫仁，也不过是同村人的普通的认识而已。可以想想，那时的人外出的不多，在河里洗澡可能遇到，在地里种田可能遇到，在山上捡拾柴火可能遇到，怎么能不认识呢？不过，直到我在周村煤矿下井手指受伤后，才和他有了真正的更进一步的接触。

由于我的家从来不是港湾，而是更为嘈杂、混乱、不安全之地，加上在这个年龄阶段，我有了更多的把握自己命运的能力，就更不愿意回家住，而是暂时居住在祖父家里。祖父和祖母一起去了附近那个煤城，做卖烟叶的小生意，祖父老家的那座房子就成了我一个人的家园。

那时我住的是小村，猫仁住的是大村，当然，不论是小村还是大村，都是由石头房子石头院落围拢而成，都是由碎小山石铺就的道路连接而成，那条道路从祖父母家到猫仁家在小村盖的新房子之间，如同血管一样弯曲地贯通，也就是几百米的样子。他是看护新房，晚上就住在那里。因为他的弟兄姐妹多，大村的稍大却破旧的房子无法安置那么多的人口。

在白天，他一般都是在大村那边活动，在夜里，我们就那么近地共享一片夜空，以及人数稀少的小山村。我有时就住在猫仁那座空房子里。冬夜扫荡一切，将猫、狗等动物都赶到温暖的地方。在外边沿着那条回去的农村土石道路行走时，能看见山的阴影浅浅地垂在附近的地面上。在山之上，星星显得更加高远、清冷。那些年的星星真多啊，不知现在它们都去了哪里。

我和猫仁，大概还有个忘记了名字的同村人，都因为寒冷在屋内用木柴生起了火。尽管有烟气熏烤在火盆中，缭绕屋顶之上，这却无妨，年轻且没有太多心事是最轻松的时光。后来携带的东西太多了，就有些负重难行。

有时我们会乱想一气，有时什么也不想，就在那里拨弄着火盆里的火，一句话也不说。窗外的纸窗上积着一层薄薄的霜花，有风像是扫地一样在院子里反复挥洒。其实，只有在这种寂静的时候，一些深沉情感方面的东西才能够沉淀下来。如果社会的狂流太强，有些珍贵的东西往往会被吹走。

我亲手做的第一把椅子就是卖给了猫仁。我那时手指受了伤，对出门打工改变自己的命运有些心灰意冷。别说是完全改变了，就是一点儿改变也见不到影子。那时我好像住在四面都是大山的山沟里，早晨见到太阳很晚，落日却早，四处阴影笼罩而无处可逃。这就是我决定重拾旧业试着做家具的原因。那时我是一个无头苍蝇，是一个还在到处努力乱飞的无头苍蝇，不过，即使我想法凌乱，苍蝇想飞的心还在。

其实，我只是跟着师父学了三个月的木工，还没有找到门道就被迫不做了。说是重操旧业，只是延续那种让自己坚持下去的幻梦而已。有时我就是靠这个活着，如同一个濒死的老人为自己找一把延缓生命的拐杖。

二

猫仁是一个身材矮小的男人，他们家不知谁有这么准的预见性，给他起了这个名字。他的长相也有几分真像是猫，脸小而黝黑，长着猫一样尖利而参差不齐的牙齿。但是，却不能因此忽视他的力量。他后来和我一起去南京一个采石场采石时，让我见识了他和身材不成比例的力量。

如果没有亲眼看到，绝对不会相信，他在采石场搬运石头时的技术和力量。每个职业都有佼佼者，他在我们那个包工头带领的小队伍中，不能说是干活最厉害的，但是，绝对是让我惊叹的。

没有在那种采石场工作过的人不知道，这里是劳动强度和速度的决斗场。在这里干活，只是有力气不行，只是有速度也不行。每次山顶绝壁上放完炮后，在每个人被划分的小的工作区内，必须在四个小时内干完一般人需要干八个小时的活。如果慢了，分给你的那片需要搬运的石头就成为下一个班的人的了。当然，本来应当属于你的钱也成为其他人的了。

那个时候猫仁成了猫和牛的综合体。如果遇到较小的石块，他双手迅速有力地用三根叉的耙子把它们扒进小铁簸箕里，中间几乎没有间隔，整个过程行云流水一般，借助惯性就把它们倒进了地排车中。如同一只矫健灵活的猫在一群猫中抢食物一样地迅速。如果遇到大的石块，他就有了牛一样的力气。我们一般人遇到大的石头都是哀叹不已，因为这种石头很难搬到地排车上去。不搬的话，还占着道路影响运送地排车里的其他的石头。

不过，对于猫仁而言，他看到了大石头却像是饥饿的猫见到了鱼，干渴的牛见到了清水一样。只见他紧了紧不知哪年买的都变得看不见本色的腰带，以合适的角度弯下腰运气，准备掀起那块石头。这里面有学问。如果腰弯得太高，就会无法使出最大的力气。如果腰弯得太低，即使把石头搬起，也可能会直接把人压倒，在石头落下时无法躲避。

他选择了那种最合理的角度，如同壁虎攀缘在那块大石头上一样。在用力时，能够看见他矮小的身躯在石头下辗转挣扎，背上的脊椎骨如同巨大的蚯蚓一样爬出，在一声低沉的"起"中，他终于摆脱了那块大石头的压制，把它掀起翻到地排车中，能够听到坚固的地排车剧烈晃动，发出哐哐的愤怒的抗议声。

我和猫仁在一个班里运石头。在这项劳动中。如果他是大石头的话，我就是石渣。猫仁看到我搬运石头不得其法，就越过一个工位来教我。他说，你用铁耙子扒石头应该这样，用力到地面，然后再迅速扒起来。这样既扒得多，又扒得快。他看到我对面前的大石块束手无策时，也会过来给我搭把手。他说，你看我，要先把石头一边搭在车帮上，这样才能省力气，像是你这样，举重运动员也弄不上去。"来，一二三，起。"他喊着号子，号子无比响亮，这凭空让他的身高增加了不少。

在那个时候，我们已经不用挨饿，不过跟着包工头也吃不好，不对，应当纠正一下，是吃得特别不好。因此，在这种情况下，每个人都会为吃绞尽脑汁。

虽然猫仁个子不高，却很能吃。之所以我知道这些，是因为他和一个工友打赌，如果吃掉二斤半干面做的馒头，就再给他十斤馒头票。只有这次我才知道，猫仁以前吃饭是留着量的，没有舍得吃。在这次以十斤馒头票作为代价的赌局中，猫仁真的吃掉了二斤半干面做的馒头。当然，为了吃掉这么多馒头，他一点儿菜也不敢吃，也不敢喝水。这真是一个努力的人。

由于南京的夏天天气很热，我们那时除了山风外，几乎任何降温的器具都没有，甚至连个蒲扇也没有。因此，我们晚上都到所住平房的顶上睡觉。为了打赌赢那十斤馒头票，猫仁几乎被撑死。为了解决这个难题，如同一位哲学家一样，他那夜彻夜不息地在屋顶上不停地走来走去。

这是一座高山半山腰的夜晚。山在远处被开采掉了一半，在月光下闪着破碎的白光。露水落下来，落到附近几乎高到平房顶上的长草上，发出好似谁在清洗灵魂后一样愉悦的呼吸。然而，在我们躺着的身子旁边，走来走去的猫仁估计没有听见，他只是能够听见自己的胃在痛哭、挣扎。

三

猫仁兄弟三个，老大是别人给介绍的媳妇。在那时，老三和猫仁都需要通过换亲解决婚事。所谓的换亲，就是为了解决农村找不到媳妇的问题，男子的姐妹到对方家里做媳妇，作为回馈，对方的姐妹嫁过来。这是一种简单的程序。还有一种复杂的叫作转亲，就是又加入了一家的儿女到这个婚嫁循环中。

他的三兄弟长得更高、更好看一些，本来父母决定用那个妹妹给老三换亲的，但是，他却因为感觉到羞耻而拒绝了。后来这位老三去了南方城市，现在不知找到媳妇了吗？

他的妹妹就为猫仁换亲，解决了婚事。猫仁正是由于这件事情，虽然结婚也有了孩子，却明显地感觉到一种耻辱感缠绕着他。他变得沉默寡言，见到我时也好像难以爬出耻辱的蛛网，也难以找到我们当年一起走过的那条布满碎石的月光下的山路。那种冷而透明的冬夜一去不复返了。

不过用不着耻辱，他已经算是幸福的了。在我这两年回故乡探亲时，母亲说现在老家不少村子至少都有几十个找不到媳妇的大龄男人。根据农村的婚嫁行情的常识，这个年龄找不到媳妇就预示着将来大概难以再找到了。

现在的农村女孩子都更独立，也没有以前甘愿为哥弟牺牲的精神。以前她们往往为了娘家延续香火，会通过换亲或者转亲找一个比正常恋爱认识的差不少的男人。现在农村的女孩子往往去乡镇、县城或者更好的地方去找对象。换亲和转亲这种农村陋俗就这么被埋葬了。

猫仁的那个妹妹作为换亲的对象，相对而言嫁的人并不是很差。这个男人是南边五里路远村子的一个卖油的。这个卖油郎个头不太矮，也不难看。一开始他是挑着担子到四外村里卖油。他的卖油的信号是敲一种木头梆子，不知是什么木头做的，里面中空，外面油水很足，发出黑油油的光，一敲梆梆作响，和尚做法事一样，不过声音更为激越响亮。

小时我经常去看这个男人卖油。他用的舀油的铁勺子精确极了。不像是中学文言文中写的卖油翁，尽管有那么多年的经验，他卖油一点儿也不熟练。他小心翼翼地从大点的油桶里伸进去浅浅的勺子，如同探险一样，步步惊心，唯恐洒了油。却又怕舀多了，勺子舀出来油就如同稀世珍宝一样，那不是油，那简直是命。不过还有农村年龄大的妇女不尊重他的慎重程度，本来好不容易舀出来的油，勺子刚离开大油桶的油面，她们会用力向下一按，说给的油太少了，你这人这么小气，怨不得找不到媳妇。这突然袭击让卖油的男人又羞又怒，没有办法，还得再重来。这么多年没有见到这个小心谨慎满身油气香喷喷的男人，不知他现在还做老本行吗，也不知猫仁的妹妹和他相处得怎么样。不过，在那时的农村，无论相处得怎么样，还是那个样。难过的日子好过的年，我母亲对这点体会得最深。

四

我很崇拜一些古老的东西，譬如古老的乡村，古老的道路，我感觉到在这些事物内部，必定有一种强大的力量。如果这些强大的力量不能跳出来找我，并不是它们迷路，而是我迷路了。

我们村唯一的一棵古老的银杏树就是我所指的这种物体。这棵银杏树在我们村渊子河上游的两条河的交叉处安家。如果这里周围是一个世界，这棵大而蓬松的银杏树就像是站在世界的中央。这棵银杏树下是一片土地，这也是村子里为数不多的好点的土地。这片田地里主要种植小麦和玉米，是这两种庄稼划分了季节，冬春这里是小麦的家，夏秋是玉米的领地。

在多年前我和猫仁终日劳碌的时候，就在一起尽其所能地想象一种美好的生活。当然，我们都有各自的想法，譬如他想找一个老婆，这样才能传宗接代，不让村里人笑话。我则想着能够做一个好木匠，十里八村的有人请。或者到煤城去做个小生意。

不过，我们两个人的宏伟目标最后有个共同的交集，就是在我们村那棵最大的银杏树下喝个小酒。这一定要在夏天最热的时候，因为这个时候干农活最辛苦。那时银杏树叶子青春无比，在风中银片一样闪着光。那是一棵年龄很大的树，年龄超过我们村的任何一个老人。这是一个孤独者，把村里所有的它的同龄人都熬死了。不过我们不管这些，我们只要它的周围多达几亩地的荫凉。

到时一定要炒上四个菜，荤素都应该有。当然，如果全是荤的更好。喝酒之前要把我做木工时的成果——小马扎带上。啤酒一定要有，喝之前要放在银杏树南面不远处的清凉的河水里泡一下，那样喝着才凉快。这真是一个多么纯真且实惠的梦想啊。

当时，我们讨论这种理想生活的时候，银杏的果子正值钱。在我们村，那些年就是这么一棵树，一年收成的果子就可以顶一般家庭一两年的收入。不过，这棵树被村里一个精明的辈分很高的人抢先一步承包了。这也惹得村里不少人嫉妒不已。

多年后我见到那位承包银杏树的人时，也挺想知道后来这棵树产的银杏果能卖多少钱。他告诉我，一开始收益很不错，后来渐渐不行，现在便宜到已经不够人工费，就让它们落在地上自生自灭了。

我是一个容易怀旧的人。当我见到猫仁时，却不知他还记得我们当年那个在银杏树下喝酒的美好憧憬吧。不知为什么，我看到他刚干完活儿回来穿着肮脏的衣服，几乎敞着所有的上衣扣子，像是谁捂住了嘴，我竟然张不开口。

我当年为猫仁做的那把椅子，果然是黄连树的木头坚硬，即使做工不怎么样，现在还是能坐。猫仁专门还保留着。不过椅子上已经有些乌黑了。即使这样，我知道不能怪猫仁，是生活把这把椅子抹黑的。

我和猫仁曾经生活在银杏树下的山水画里。即使这张山水画被谁有意或者无意地抹脏，不过，还是能够记得起那些青绿的部分。

沿着河流向南

一

我知道河流最终都要向东流去，但是，我们村的那条渊子河，连着四五个村是向南去的。我当时考研住在堂姑家里，她的村子的那条河流和渊子河直接相接，如同血脉延续一样。

那条河流一边是陡峭的山，山顶远看是成片的墨绿矮松，近看还会有丛生的杂草和灌木。在那条河东边，山就巍峨地挺立在一侧。如果是阴天，山和水都是一色，是看不出那段河水的阴沉，但是，在有太阳的时候，则不是这样。太阳会把阴影推过来，让山的阴影泡在河的阴沉中。

那座山叫作阴山。在这片小山的群落中，显得突兀的高大，但是，没有谁说高大的就不吝啬了。在阴山西侧接近河岸的地方，它只是为河岸留下了很小的空间，就以很陡的角度爬了上去。

在阴山北麓，那里距离村庄有些远，山势相对也高，人就上去的少一些。不过有一年，不知谁说上面有一种中草药值钱，附近村上的人如同羊群一样，被因此带来的利益鞭子驱赶上去了。虽然我当时也就十岁上下的样子，也被那种一股脑的热情裹挟进去。忘记了那种中草药叫什么名字了。我只是记得它那细细的几根叶茎怯生生地长在外面，仿佛没有想到有生之年能见到那么多人前来。这种药材引起人们觊觎的是它们细细的根，更为准确地说，人们要的是这种根的皮。这些草药刨起后收集到一起，就会被剥去根上的皮，如同剥鸡爪上的皮一样。这是一种清热的药材。但是，它们却并没有消除村民贪婪的狂热，自此以后就在那座山坡上绝迹了。

即使再小的草药也藏着秘密，但是，我当时的年龄太小，还不能理解太多，就这样看着它们彻底地消失在荒芜中。

阴山的西侧山下的这条河不知流了多少年，不知将多少少年流成白头。尽管表面上有些陌生。实际上，这条河流和我老家的渊子河是一条河流，只是如同时间流到了另外一个年轻人身上。

不过，尽管这段河流和我老家的河流是一脉相传，我们村那段河流更深，也更宽，我却没有感觉到阴森，因为那是我的河。可能这段河流的阴森不仅仅是阴山倒影造成的，也是由于陌生造成的。陌生往往会产生恐惧，而恐惧则会让人感觉阴森。

对于我而言，如果一直在人的中间，即使是在村子里，人相对少一些，时间长了也会感觉到烦闷。那么多人都呼吸着同一片空气。空气是不分彼此的，空气在这些人嘴里循环，不论这些人是熟人、陌生人，仇人或者友人。在这里，这家的语言挤着那家的语言，这家的身影压着那家的身影。这都是让我想逃离人群的原因。

不过，如果离村子太远，已会孤单。即使周围有成片的庄稼陪着，有大片的林子环绕，那也是孤单，还会更加孤单。因此，在我考研看书疲倦的时候，有时会沿着那条河流向下走。这里距离村子不远，既不繁杂，也不孤单。

二

这也是我在考研那段时间，经常沿着那条从老家来的河流向南走的原因。就是在那段河流旁边，我看到了一家养鱼人。当然，从我堂姑家那边看不到这里，越过她的村子东边的庄稼地才能看到。那个养鱼人家让我的内心舒适，因为他们让那河流竟然多了一些温暖的人气。

这家人住在河的西岸距离河边二三百米的地方，有三间掩映在几棵柳树下的房屋。这家养着成群的白鹅。因为是水边长大的鹅，因此，它们会比在村子里养的鹅更加的干净。它们从河边回来的时候，如同飘动着一片云。在傍晚时就会顶着一身金色的光辉回家，这是阳光给它们披上了金色的外套。

在养鱼人院子的不远处，有不知是人工还是自然的一个大池塘。不过，即使是自然的水塘，也可以看到有人在四周加高的堤坝。因为这里距离河边不远，可能是怕夏天河水暴涨时把鱼塘冲毁。

这家养鱼人家里只有两个六十多岁的老夫妇，当他们看到我拿着书念念有词地从旁边经过时，就热心地过来和我攀谈。因为村子之间挨得很近，在这东西两村我还有点知名度，一说都知道。

看鱼塘的老头子说："我还认识你父亲，去年他去赶集，专门绕道我这里喝了一气酒。"

我连忙表示感谢。其实，我的母亲是不喜欢父亲到处找酒喝的，她认为这是没有出息的表现，会让人瞧不起，特别是这片池塘的女主人就是和我外公一个村的，同一个姓，不过辈分比外公低。

老头子比较健谈，他说："听说你在市里做律师，这个职业好，能赚大钱，吃完原告吃被告。"

他的妻子在旁边连忙制止："你在那里瞎说啥呢？"

我故意和他开玩笑说："你记错了，我不是做那行的，不戴大盖帽。"

老头子又换了个话题，别看他没有文化，一般人还跟不上他的思路，他总是从一个话题迅速地转向另外一个话题。

他说："还记得你外公家后面那家的孙子吗？也就是我丈人的儿子

荣义，现在疯了。"

他的老婆放下手中的针线，连忙补充了一句说："哎，其实也不厉害，没有想到这么好的孩子，怎么就有些不正常了呢。"

三

荣义管我叫表叔。其实，在我们那里临近的农村，即使是来自不同村子的人，也都如同互相挨着生长的植物，往往是根须互相缠结，你的亲戚可能就是他的亲戚，他的亲戚也可能是你的亲戚，只不过关系远近不同而已。

荣义的祖父和我的外公是前后院，中间只是隔着一条狭窄的胡同。这个胡同曾经当过不少次爱情的桥梁。荣义祖父家里养过一只强健的大公羊，由于爱情的力量，在发情的时候会从他家的墙上跳到我外公家的墙上，如履平地一般，最后跳到我外公家里和一只母羊约会。

这是我和荣义认识的起源。我小时去外公家里，一个经常见到的景象就是，在傍晚，荣义骑着那头大公羊，如同得胜的将军一样，带着一群羊从桥上走过，在一片嘈杂的羊叫声中回到他祖父的家里。我见到他就会大喊："荣义，今天又骑羊了，没顶你吧？"

荣义还是不下来："它敢？不老实我就骗了它。"他的笑容在黄昏中闪耀。

荣义差不多和我同时念的初中。不过，别看我们那里是个偏僻的乡，乡中学还有考不上的，荣义就是。我上的是乡中学，他上学要去建在下面一个村子里的联中。那个村子就在我堂姑村子的南面，也在距离渊子河下游的那条河流不远处繁衍生息。

那个村中有一棵巨大的流苏树，也不知有多大树龄了，树上抱窝的老鸹都不知延续多少代了。那些年不像是现在，现在那棵树上整日系满了长条的红布，树下经常是香火缭绕。那还是一个朴素的年代，树就是树，再古老也没有被人们区别对待。

刮风的时候，风将那条河吹得更加透明，更加流畅。在那棵流苏树的地方，就能够辨别出这边风的气息。这是一种混合着阴山的阴影的风，夹杂着河流的湿气，青草的青涩也搭载在这些风的上面，和村中的那棵流苏树产生了联系。想着都是一件神奇的事情，本来那棵流苏树和那条河流相隔两里路那么远，却会借着风来互相握手。

那棵流苏树是一个标志。它虽然古老，却没有因沧桑失去风采，在夏日还是会花开如雪，一树芬芳。当时我在读初中的时候，这里是必经之路。我走到这里就离家里不太远了，又累又饿。那时村庄和人口都很稀疏，站在这里虽然看不见我家那个村子，毕竟可以看见炊烟了——这虚空却有力的手在远处向我柔软地挥舞。荣义读初中的联中离这棵流苏树不远，如果是落叶的时候，风都会把这棵树的叶子吹到他们的学校里。

当我周六下午放学回家时，特别是夏天，三天前带的煎饼都发霉腐烂了，由于一周只能回家拿两次煎饼，周六这天可能是弹尽粮绝的一天，此时，我往往会一天都没有吃东西了。而荣义的村子距离那个联中不远，可以每天都回家吃饭，就没有这些烦恼。

我和荣义经常会在周六彼此回家的路上遇到。那时的道路都是坎坷无比。石头都有意无意地伸出地面，由于没有精神，我经常被碰到或者绊到，这更增加了我的烦恼。荣义见到我时就会问："表叔，你放学比我还早点嘛，你们大学校就是不一样。看我们这个烂学校，教学不行，老师更不行，就是能拖堂。"

他是一个容易愤慨的人，从读初中就是如此，不过那时还不是那么明显。他说的老师我知道是谁，也好像见过。他们那种联中基本都是民办老师，他说的老师个子本来就不高，还长着罗锅，这样就更削弱了老师的身高。不知为何荣义总是很痛恨这个老师。

我用低而虚弱的声音回答道："那是老师想让你们多学一点儿东西嘛。"

荣义忽然嗓门很大地笑了起来，和那棵流苏树上的老鸹叫声有些像。我不由心烦意乱。他说："表叔，你怎么说话声音蚊子叫那么小，娘们一样。"

他哪里知道，我那时是饿的，一天都没有吃饭了。如果放在现在一天不吃饭可能不是什么问题。但是，那个时候吃得不好，肚子里没有油水，就是靠煎饼撑着。如果两顿不吃，加上又是能吃的少年时候，就是饿得快，特别还要走这么讨厌、距离还远的山石路，这更让我说话有气无力。

那时荣义力气大，我去外公家里时，晚上到他住的房子里，就可能看见荣义在健身。他的健身器材简单高效，就是驴车的两个轱辘。他抓着轱辘中间的铁杠，单手连续举起，像是举着一面小旗子对我表示欢迎。他胳膊上的腱子肉夸张地向我展示着力量。

他说，我早晚得收拾那个罗锅老师。唉，不知他这是怎么了，老是对周围不满。这是疾病吗？可能这些不平和愤慨是他一切不幸的根源。后来外公家的表弟告诉我，荣义初中毕业后，那种不满随着他的年龄也在生长。当时，他们村是库区，能够耕种的土地本来就不多，而原先老村都是建设在耕地上的，后来由于水库扩容，扩到他们村的外缘土地，村里的土地就更少了。因此，村干部就动员各家搬迁到附近更高的山岭上建房，荣义对此特别不满，就和村干部发生了冲突。不过最终还是胳膊没有扭过大腿，这让荣义感到极大的愤慨。

愤怒不是伤害别人，而是伤害自己，荣义就是如此。不知荣义是不是因为这件事受到了刺激，反正就是慢慢不正常了。当然，这也和他娘那几年死有些关系。他整日无所事事，不再干农活，妻子一看不行就和他离婚了，他的父亲也搬出去不和他一起住。

荣义那几年经常挨饿，比我当年挨饿更厉害的那种。那时我已经去读大学了。他还专门到我们村里找过我几次，"姑奶奶，我表叔在家吗？我想他了。"他推开我家破旧的大门大喊。可怜的大门反弹到墙上，好像也被吓了一跳。

母亲赶紧给他几个煎饼说："你表叔去西安读大学了。这几张煎饼刚烙的，你吃完后回家吧。"

荣义找几根咸菜，把那几个煎饼卷在一起，粗得像是一个炮筒，他抱着大口地吃了起来。吃完后母亲赶紧把他打发走。

四

那几年荣义如同饥饿的幽灵一样在他们村子里行走。虽然他不再愤怒，但是，这样下去也不是办法。就有人给他在村子旁的大路边找了个差事，就是从大车上向建在村里的一家市场搬运水泥。因为这活又脏又累，一般人不愿意干。当然，就是想干，力气小的也干不了。不过荣义却非常适合，这好像是为他专门设计的工作——他饥饿有力气且不知道脏。

我开车经过外公村子公路边的市场时，还遥远地看到过荣义，估计他也不认识我了。他现在只是一个为了吃饱而努力的人，见了他的父亲也无动于衷，像是不认识一样。因为他的父亲和吃饱无关。

我看见一辆冒着尘土的大卡车从远处来了，地面愤怒一样地震动。车刚停稳，从驾驶室就伸出一个圆鼓鼓的胖脑袋，大喊着，荣义，荣义呢，过来卸车。你小子这次给我好好干，再丢三落四，看我怎么收拾你。

荣义从桥头的一棵柳树下懒洋洋地伸了个懒腰，也不生气，憨憨地笑着，如同一头慵懒的牛。反正是你说你的，我干我的。他慢慢地从卡车搭到地面的木板走上去，如同抱着孩子一样抱起一袋沉甸甸的水泥袋子。袋子接触到他的肩膀时，可能是一些水泥粉末溅出，他好像是被火烧了一样哆嗦了一下，不过还是面带着笑容，能够感觉到他对现在的状况很是满足。

这时看不到当年他那种发自内心的豪气，那种豪气即使在夜里都会通过他的眼睛闪闪发光。再也看不到他对周围一切有什么不满，他只是沉浸在自己的世界里。这是一个完全独立的城堡，只有他一人才能在里面休憩，沉思，自顾自地行走。他有自己的悲欢，我的悲欢此时太过软弱，很难通过极其狭窄的通道到达他那里。

荣义以他那种方式活着，我忽然感觉自己没有资格可怜他。我所努力逃避的世界，可能就是世界真正的面目。

拉面哥家附近的那些村子

一

除了我老家那个县以外，我去过最多的就是隔壁县那个叫作梁邱镇的地方。虽然不是一个县，那两个乡镇却是挨着的。当初我和出生长大在这片土地的初恋也是紧紧挨着，但是，可惜我们没有像是两个地方那样互相依偎那么长久。

这个地方之所以让我想念，并不是因为它特别迷人，而是有我想念的人曾经在那里，从而才变得不同。其实，对于外人而言，隔壁乡镇的那些个村子和我们这边大多数的村子一样，都是石头山下面有着成片的石头院子和房屋，这些石头院子和房屋组成了不规则外形的村庄。这里的村庄都是很散漫地生长。

多少年后我再专门去过那片村庄，因为那里出现了一个做拉面被称为拉面哥的人。那时拉面哥成为网上最红的一个人。后来我想想，其实，拉面哥不是一个人，而是一种现象。拉面哥其实是一种淳朴民风及善良的代名词。大概有一年多的时间，每天来自全国各地成千上万的人到这个叫作马蹄河村的地方，并不单纯是去看拉面哥，更像去寻找那一种逝去很久的难得的善良和朴实。

人都是缺少什么，就去寻找什么。人总是在寻找理想中的自己，如果不能实现，就会通过特殊的人来实现。

之所以拉面哥走红，是因为他十五年如一日，坚持一碗拉面三元钱不涨价。这在很多人看起来是不值得一提的小事，但是，如果能把一件看似利益很小的事情坚持十五年，那么，这就是大事。

对于拉面哥的村子和我老家的村庄，看上去两个地方很远，其实，中间就是隔着几座山而已。这些村子都是一样的面容，一样的稀疏的树木作为旗帜。如果运气好的话，会在村子的附近搭配上一条小的河流。

这些村子里都有着差不多狭窄且不规则的道路，似曾相识的猪圈和羊圈，甚至连院子的木门都有些相似。如果不熟悉，本来是去这家，很可能就进了那家。对于这些木门，有的门上面连一个门楼也没有搭，就是这么直面雨雪和日光，以及那四季不断的风，于是这些门比正常门更快地衰老下去。即使院子里住着人，特别是阴雨天的时候，门缝里甚至会长出黑色的木耳。这里的人也和门一样，比正常人更快地消耗生命。不过，这里的人和这里的门还是互相依存且守护着彼此，从而为世界保留一些东西。

我想在拉面哥最红的那段时间，包括这里的房屋、院墙、门、树木、挂着尖刺的篱笆都一起睁大了惊奇的眼睛，好像从开天辟地时，忽然跌到了一个花花绿绿的新世界。

那年到这里的人太多了，不像是人流，好像是忽然在大海巡游的鱼群回到了海边，到处都是鱼一样的人在阳光下闪耀。人是如此之多，在拉面哥最火的时候，我不识趣地去过一次，距离他的那个村子还有几里路远的地方人多得就成了灾难。村与村之间的乡间道路没有准备好这场突如其来的盛宴，本来就有些破烂不堪，现在路上人多的都溢出来了，像是鱼溢出了河道。

很多溢出路面的人被迫搁浅在路两边的红褐色田地里。当然，还有勉强挣扎着向前走的，或者是不明智的人还有开车的，却看到对面的人像是拧着疙瘩一样黑压压地一片过来了。蝗灾估计就是这个样子。这些人不仅在那条道路两边滞留，而且人流互相挤到了附近的山林中，如同谁家的牛羊失去了控制一样，在山头和树林中闪现的到处都是。

由于那么多的人和车辆，以前的路已经远远不能容纳这源源不断的热情。于是，当地的镇政府和村委临时在另外一个方向紧急修了一条道路。在紧连着大路的进口，上面竖着一块牌子：从此处可到拉面哥村。

拉面哥所在的县市似乎以他的村子为中心了。外地的人对我们那地方的了解，都以这个村子作为坐标。譬如说，在打听时会问，你们是什么县市的？那里距拉面哥的村子多远？

即使是淳朴善良的作用，拉面哥红的还是让人莫名其妙，因为那片地方淳朴善良的人也有很多。好似有种难以描述的力量决定着这一切。这些力量先是到处冲撞、纠缠，且方向不一，忽然有一天这些力量找到了拉面哥，就在他身上集合起来，像是火山岩浆一样冲了出来。

当然，那么多人来看拉面哥，也许是这些来自县城或者市里的人想看看这里的农村，如同吃腻了大鱼大肉想要吃野菜一样。或许这些城里人和我一样，只是被一股热情裹挟、绑架，既然别人都去了，我为什么不去？

其实，拉面哥实在没有什么可以看的。他黑而瘦削，拉面的时候，如同一只在冒着热气的大锅边上不断活动的山羊一样。他熟练地摆弄着手中的面，因为他那段时间实在做的拉面太多，已经明显看不到对手中的面有什么热情。他只是机械地将面拉长，然后稍微回放一下，然后又机器般地向着下方挥舞一下。他是靠惯性在指挥着自己，手中拉好的面也是惯性的成果。

站在喧闹的人群中，我长时间地凝视着他，感觉他好似是一个会动的木偶，他被周围巨大的声音旋涡吸进去了。他的热情在这个旋涡中挣扎，濒临溺水。

他以前像是在一个篮子里生活，很是简单，用胳膊挎着就可以。没有想到突然爆发的热情像是滚滚而来的石头，都拥挤进这个篮子，这远远超过了他的负重。

因为太多的人用手机或者相机给他拍照，拉面哥从最初的惊慌失措，变得有些麻木。即使他脸上还是不动声色，这种不动声色不是他冷静，而是他逐渐习惯了面前的一切而麻木，如同习惯了手中的面，冒着热气的煮拉面的大锅。

拉面哥是被网络所带红的，这是一个奇妙的世界。在没有去拉面哥那个村子之前，或者在他没有那么红之前，我没有想到还有这么一个巨大的网络世界。其实，这个虚拟的世界和我所处的世界平行运行有不少年了，但是，我那时还在那个世界的门外，甚至还不到门外，而是在很远的地方。

只有到了那时，我才知道了"网红"这种超越现实的人物。在拉面哥那个村子里，来自国内四面八方的网红们把这个小山村搅拌成了一个巨大的混凝土一样的市场。这里是现实和荒诞的组合，出现了很多穿越式的人物。有的打扮看上去像是从唐、宋朝穿越而来，有的还要厉害，直接从神话里穿越。那些网红有的是孙悟空的扮相，在拉面哥的村子，我至少看到过四五个孙悟空。其他网红一看扮孙悟空内卷太厉害，就打扮成猪八戒。后来猪八戒也慢慢多了，连不太时髦的沙僧也有人扮演。

我感觉很多网红都是艺术家，他们以奇特的扮相表示对现实的背离。他们通过一个手机就可以抵达其他世界，他们生活在手中的那个小小的手机里。在手机里，他们的身份从现实中剥离出来，成为手机里的人。他们会嘶吼、怒骂、狂笑。也有一个网红只是一脸忧郁地盯着屏幕。怎么一点儿打赏都没有？他在那里发出了天问。

一下子从全国拥挤来这么多的网红，住宿就成了问题。这个村的老乡们终于获得了一次难得的商机，很多家都开起了宾馆，就是那种门都关不严实、泥地的、以往都是老鼠和蜘蛛家园的房间，也重新被挖掘出来，并且起了一些远超房屋本来形象的大气名字。

不过，不要小瞧这些老乡的房子，还不是每个人都能住得起的。因为网红也有大小之分，这么上档次的豪华房间都是大网红住的。小网红很多刚刚混上吃的，就只能在村子中找任何可以睡觉的地方。我后来没事过去参观时，在老乡以前储存红薯的废弃坑洞里、不用的猪圈里，都可以看到他们留下的睡觉痕迹。

二

因为我初恋女友的家乡就是拉面哥家附近的村子，因此，我总是对这片村庄有着特别的情愫。我对这个乡镇以及附近地方的熟悉程度，可能要超过这个县的大多数人。我知道哪里有座山，哪里有条河，附近哪里有座尼姑庵。

我熟悉这里的每一个村庄，熟悉每一条道路。这里遇到的青春而美丽的少女，都像我当年的恋人。我就像是一个播种的老农一样，在经过那些村庄时，感觉是经过了我的土地。那些土地上花枝招展的少女，就像是一粒粒种子，我将她们在土地上播种。

在回老家时，我经常开车到这附近的乡村来回逡巡。我到底在寻找什么呢？如同在河里寻找一块石头，即使是以前的那块石头，也是面目全非了。因为流水已经冲刷过无数次。我自己知道，无论如何寻找，失去了的东西就永远不复返了。在很多时候，我看似寻找别人，还不如说是寻找自己——找那些未曾被风雪过度侵蚀过的自己，寻找过去白萝卜一样的透明影子。

在拉面哥没有走红之前，我在开车经过时，在梁邱镇及附近乡镇逢集时经常看到他。不过他当时看起来只是那么一个满脸沧桑的中年人，但是，仍然会有滋有味地活着。在他拉面摊旁边简陋的桌子上，拥挤地摆着几个大碗，碗里面套着塑料袋，用来盛放拉面。即使如此，周围农村来赶集的老人和孩子们都在热火朝天地吃着。我当时还对这种吃饭方式皱眉。后来想想，环境真能改变一个人。我曾经的生活远不如拉面哥及周围吃饭的人们，后来却对那种生活方式那么陌生。我发现离他们越来越远了。我们曾经是同类，是我背叛了他们。

拉面哥的家乡梁邱镇属于这个县的一个较大的乡镇。但是，在多年前，这里经过的车辆稀疏，只有几辆公交车偶尔慢慢通过，带来远方的一些信息。那时路边的店铺也大都低矮且简陋，里面堆满了一些杂乱的物品。即使是现在，工业化的嘈杂声音仍然没有在这里响彻。

在这个镇子后面紧挨着的山上，遍植了成片的桃林。一到春天开花时，就会如同云霞般燃烧。人只要此时到了这里，就会成为桃林和桃花的一部分。

以前从我家到拉面哥的这片村庄需要经过一条叫作十八岭的道路，虽然是砂石路，也不宽，但是，由于这是一条两县直接相通的主路，在那个年代还算是不错。

不过，那条道路一直在丘陵之间奔跑。当你坐车时刚适应了一个下坡，马上送你一个上坡。上坡还余温未了，一个下坡迎面而来。那时她就会经过这么多高低不平的道路来找我。不过我记忆中只是沉淀了一次，她满面笑容地向我走来，其他都忘记了。往事太多了，没有笑容照耀的往事，就这么淹没在记忆的黑暗中。我不知道她是怎么来的。她一开始说是走着来的，后来又说有个开车的给捎带了一程。

在我的回忆中，记忆的飞鸟从十八岭的一侧开始起飞，路的两边都种着白杨树。现在的白杨树还是当年那个样子，不过不知是以前白杨树的多少代后裔了。我记忆的飞鸟把那条砂石道路两边的青春般的青草惊醒，也惊醒了青草头顶的野花。那是一个青春开遍原野的时候，她穿着破旧的鞋子向着我款款而来，像是梦境中无数次重复过的一样。那是一个雨后的早晨，阳光一缕一缕地穿过树叶的雨珠，她眉目生动带着初夏的气息，我以为这一切永远都属于我，但是，当时我年少无知，不知这一瞬将成为永恒。我曾经在梦中多次到过那条土路，道路崎岖，枝枝杈杈，虽用尽全力，却再也找不到她，最后也找不到那条道路。也许不是那条路找不到了，而是我自己走失了。

三

只要在天底下行走，即使是再卑微的人，也可能有被太阳照耀的时候。即使在夜晚行走，也可能有月光被沐浴的时候。神灵也不会永远青睐那些强者，也会青睐拉面哥这种弱者。当时，虽然我也不知道拉面哥还能红多久，但是，只要能够被太阳照耀过，被月光照亮过，都会是闪光的人。一个人一生闪耀一次就够了。

拉面哥最红的那段时间，即使是出门上个厕所，旁边都有网红们的手机在旁边跟拍。当然，只是在厕所外面。他那时如同真正的明星一样。其实，人家也和明星没有太大的差别，就是长得丑点，材料、质地和那些男明星也都一样。那时他每说一句话都可能在网络上掀起一阵狂潮。即使是平时自我感觉了不起的人，在那阵儿，只要他在拉面的时候百忙中冲着说一句话，也会感觉到受宠若惊。

因为拉面哥只有一个，明显不够用了。这些人就开始追着他的母亲没话找话说。他的母亲忙得不可开交时，就把他的祖母拽出来——这已经是一百岁的老人了。

即使那么多的网红直播可能会给拉面哥的生活造成影响，但是，我认为这却并不一定是悲剧。一个人的一生总要闪耀一次。如果上天对这么一个辛勤而卑微的人一生都没有垂青过一次，如果一个人的一生都没有任何改变，那才是真正意义上的悲剧。

如同一块在木柴堆里烧得滚烫的鹅卵石，在拉面哥红火的时候，来自全国各地的人们纷纷给加上一些木柴，不断地把拉面哥翻过来调过去地在柴火中烤。

后来拉面哥的村子逐渐冷淡了下来，这口一般只是盛冷水的锅，没有拉面哥那块灼热的石头在里面，很快也慢慢恢复了常态。

之所以拉面哥和那个村子凉了，听说是网络平台不给流量了。流量真是个稀奇的东西，我只是到了拉面哥这里才知道了流量这个说法。它好似是水，但是，却远比水更汹涌。有流量的时候，那些追逐流量而居的网红就会来到这里。流量过去了，这些网红也会随着流量而去，追逐下一波流量。

也有人说是因为政府不欢迎这么多的人来那个村子，虽然这能带来一些经济收入，却会给当地造成一些难以控制的混乱。在这个村子因拉面哥沸腾的时候，他们那个县里的公安派来了很多警力来控制这里潮水般的人流。

这是拉面哥的母亲告诉我的。在儿子身旁门可罗雀之时，她的身边围着的人更是没有了。在她村中的一棵树下，她贴心地让我坐在一个长条的板凳上。这位母亲远比拉面哥精明。她对我说上述话时，半吞半吐，欲言又止。当我说可以向上级领导替她家反映一下，把这里的路修得好一些，让拉面哥继续火下去，她在那里千恩万谢。

其实，这也可能是我的梦幻而已，我不知怎么才能把这家人的梦接过来继续做，把她家的梦变成我的一部分。不是说两个人的梦不能接续的吗？

也有人说拉面哥的大哥的死亡是他由盛转衰的转折点。大哥开始也去爆红的弟弟家里一起帮忙。后来感觉也不是个长法，就再去从事老本行，开长途车运送货物，就在南方一个省的高速路上，出车祸死了。

听说拉面哥和他大哥的感情很深。他的大哥一直帮助他。拉面哥开始爆红的那天，忽然有很多人来到那个偏僻的山村，像是捕捉野兽一样地追逐他。他还惊恐地跑到大哥家里躲了几天，直到感觉安全了才敢回家。

可能是村里人嫉妒，同时这里的人也迷信，都认为拉面哥整天在大门口摆摊，那么多的网红在门口锣鼓喧天，又是唱，又是跳的，这和农村殡葬或者称为白事的场面很相像。

这让拉面哥开始退缩。他在那里号哭，求着那些网红们不要在他的门前载歌载舞了。"我哥死了，我们家的天都塌下来了，你们就不要在我家门口唱了跳了。"不过，等他撤去门前那些供网红们表演的设施后，发现再也回不去了。他再也无法回到以前去集市上做拉面的快乐时光了。这也是后来他准许一些网红重回他的门前重操旧业的原因。这些网红还能吸引一些游客到他的大门前吃拉面，这样他可以就不用在寒暑极端天气出门卖拉面。并且每天都可以做拉面，不需要等五天才能赶一个集。这是一种共赢的关系。不过，拉面哥这以后的人气也逐渐地零落了。

四

我见证了拉面哥的村子从繁华到冷落。但是，我没有抛弃那个小村子。一方面，我感觉这个村子是和初恋女友的村子都是一奶同胞，我怀旧的情愫也会分摊到拉面哥的村子。另一方面，我们那个乡和拉面哥那个镇被一条更加通畅的大路连接起来了。如此，我感觉家乡又被无形地向北扩展了一部分，到这里我感觉也是回家了。

这是一条古老群山里的崭新的道路。驾车经过时，不知为什么，到这里我就会想起拉面哥村庄里的那些网红，不少人都穿着不知哪个朝代的衣服，却使用着手机这种现代通信工具。我看不出新与旧是如何协调起来的，它们之间冲突的裂缝又是如何一点点的弥补的。

我感觉拉面哥家附近的那片村子好似就在我老家的那些山后，两个地方被那条路强制性地捏合到一起。

当然，也不仅仅是这条公路把两个乡连接在一起的，两个乡中间的一群大山也是黏合剂。我有几次到拉面哥村子回去时，曾经在傍晚时分登上处于两地交界处的那座山。

之所以我登上那座大山，因为只有登上之后，才不会感觉它在压迫着我。再大的山也是如此。在这座大山之上，有我渴念而不危险的神秘。这座山既新奇又陌生，一条新修的盘山水泥公路盘旋着到达远方的山顶。我好长一段时间不知道在这种大山上修这条公路的作用是什么。是放羊吗？我见过一个年老的牧羊人赶着一群羊从山顶下到盘山公路上，再找小路回到山下升起炊烟的那个村子。但是，这里的羊以传统的方式上下山已经不知多少年了，有必要修一条公路吗？后来我考虑，或许修建这条盘山路是为了将那随风旋转的巨大风车运到山顶。

我站在傍晚的这条两乡交界的盘山公路上。修这么一条盘山公路在以前是不可想象的。我见过以前的羊肠小道，像是一条简陋至极的腰带，我小时捆在腰上好多年的布条就是那样。

我的脚下是这座山的主体，头上是山的山顶。四周是一片无边的寂静，我努力控制住自己，防止被这无边的寂静吸进去。在这个时候，如果没有太阳从东边到西方履行自己的使命，那该多冷清啊。

在多少年里，落日就是那么默契地降落到这座巨大的山体中。太阳知道自己的归途，它的衰败只有它自己知道。当它到达一个顶点时，就知道要返回了。如同一个人快老的时候，就打扫一下去未来行李中的尘土，开始回归。

在这巨大的深邃里，落日还是千万年一样以同样的弧度降落，以同样的脚步缓缓移动，以同样的眼神悲悯地看着脚下的一切。这条水泥道路的加入不会有太大的不同。

太阳有自己行进的节奏，升起时如此，降落时也是如此。这都是亿万年反复演练好了的。否则，别说是有大江大河的地方，就是在我脚下这片村庄附近的水库，特别是在将要落日的时候，天色变得昏暗，太阳一不小心就可能会一步迈进水里。

那山顶巨大的风车加入又会让这里有什么变化呢？它几乎不能改变这里分毫。其实，此时的巨大只是相对于我而言的。在山顶之上，风车也变得像是山的小玩具一样。这一片山寂寞了那么多年，也该有个像样的玩具了。

我从接近于山顶的这条盘山公路向下面看去，有的是可以一目了然的。譬如，一片圆滚滚的胖大石头绵延很远趴在那里。在这些石头中间，不知是有意无意地点缀了一些柿树。村庄还是如同很多年前那样停在那里。至于这个村庄到底存在了多少年，却不好判断。

但是，有的事情是我看不到的。如同这座大山，被放羊人的脚步无数次丈量过，也被一些采摘花椒人的脚步蹒跚地跨越过，但是，还是有什么暗暗生长的东西是不知道的。

在山下不远处的那片村庄，在白天，它们就安静地躺在天空下，感觉一般的风雨根本无法撼动。在夜里，这些村庄就会生出点点的灯火。这些灯火细细地滋润着这片寂寥的山地，安慰这里或者来自远方的人。村子被小剧场一样的一个个院落分隔开。如果每个院落都是一个长长的故事，那么多的院落该有多少故事啊。那么多的故事交织在一起，应该是多么浩大的一种场面。

我是无知者，不知那些村庄里发生过什么悲欢，什么故事又曾经浸透在这些悲欢里。我更不知道什么力量让这些村庄繁衍生息。我只是知道有力量在那里。

在夏日的中午，在那两个乡镇交界的地方，我还在东边一个小山坡上的一汪浅水里发现了一窝蝌蚪。这种水是那种时间短暂的水，太阳炎热的时候不久就会逝去。不过，这些蝌蚪还是抓住这闪电一样的机会活着。如果没有认真看过的人，根本不会知道那么小的动物也会在阳光下留下影子，这透明而活泼的影子让水变得生动起来。对于这些小小的东西，如果不仔细，根本看不见它们的眉眼，整个就像是一个器官，像是小耳朵一样，在活泼而耐心地倾听着这野外的声音，这些声音只有它们能够听懂。

在那汪浅水边上，是这些小蝌蚪的母亲胚胎里留下的营养物质，黑而不成型地平摊在那里。这些营养物质真的是生命的物质，它在那里催促着蝌蚪们加快地生长。不过，蝌蚪们却丝毫感觉不到压力，还是那么柔软而温和，小巧的尾巴一摇一摇的，我得屏住心神，一不小心它们就会摇到我的心里去了。

即使是这窝小蝌蚪一样的群落，也是有着无穷的生命力量。它们也有自己的村庄——即使村庄那么短暂，还是在人们通常看不见的地方，它们以自己的方式活着。

两次夜行两不同

一

    我在老家的市里做律师那时真的是没有经验。这也不能怨我。我刚从大学毕业，就直接投入到律师这个激流汹涌的行业中，谁不被呛几口水呢？我和葛律师经常搭档，我去取证他陪着，他去取证我也陪着。不过，就是在到莒南县的那次取证中，差点出了大的纰漏。当时找证人秘密取证都是用的那种小型的录音机，不过，我本来就对机器操作不太在行，加上又没有经验，结果在调查一个农村证人的时候，本来是把录音机藏在身上的，没有想到不知动了哪里，结果录音机不争气地自己说出话来，结果把那个农民大爷吓了一跳。这不是秘密取证了，简直就成为明目张胆地录音了。关键这个证人还是对方当事人至近的亲戚，幸亏这位大爷对电器的了解程度还不如我，暴露以后我马上把那个调皮的录音机控制住，否则就露馅了。他只是诧异地看了我身上一下，好像不明白他的声音为什么在我的身上还有那么大的回音，最后，还是在不知情的情况下被动配合我们做完了证言。

    那天正是夏天的中午，太阳火辣辣地打在那位农村大爷的院子里，地锅的炉膛里本来没有烧火，或者是烧火过了一段时间，但是，怎么感觉里面还是像在冒烟。院子里有一些干的麦草，稀疏地摊着，我感觉太阳晒的它们好像也要燃烧。当然，可能我身上脸上火辣辣的感觉也起到了推波助澜的作用。

也是那个案子，那次在莒南县下面一个基层法庭开庭，我陪着葛律师一起去的。当时即使是律师，也没有车子，都是坐着公交车过去。下午开庭很顺利，早早地就结束了。我和葛律师商量了一下，既然法官多给了我们这么一段美好的时光，为什么不能让它更美好一些呢。本来是准备回市里的，我们临时起意到莒南县的马鬐山去。下午还是有公交车去马鬐山的，不过，听说晚了就没有回市里的车了。我们也知道在那个时间再爬马鬐山下来后可能没法回去，但是，那时都还年轻，年轻就可以随意，管它那么多呢，先爬再说。

虽然马鬐山被称为有险峰十六、陡涧数十，但是，我真的对此没有认真地一个个体会——在落日之前要爬上去已经很难了。我感觉自己就像是没有品位的食客一样，囫囵吞枣地把马鬐山爬了一遍。其实，在爬山的过程中，当我辛苦地爬到一个峰顶后，上面还有一个更高的峰顶。既然有个峰顶，谁还在乎多一个呢，再继续爬。我认为这座山是采取了诱敌深入的战术，在太阳几乎快要坠入西方的更矮的山头之际，我们终于登上了顶峰。

其实，即使在山东，马鬐山也不是很出名的山，但是，即使是再不出名的山，也会有峰顶，峰顶上也会有风光。如同一个人，即使再卑微，也可能有灿烂的一刻，不过是灿烂的光亮程度大小、持续时间不同而已。

对于爬一座山，爬山者内心的最大愿景之一就是爬上顶峰。一座山的顶峰如同一首歌曲唱到最尽兴之处，一朵花开到最灿烂之处。这就是山峰的魅力所在。

西方的火焰快要熄灭了。我们站在峰顶，借着这一个将要熄灭的巨大火把，向着西边的山下看去。峰顶真是一个好去处，从上面就可以看到刚才来的道路。那个沙石的道路如同一条腰带，围着一个巨大的水库绕了半圈。在黄昏时刻，水库的水面泛着大片的暗淡白光。

我们是从一个水库大坝上的道路过来的，再穿过几个路边的村庄边缘，就到了一座大桥，再穿过这座长长的石头大桥，这就是马鬐山下了。其实，我在那时也曾感叹，如果人能站在自己的高处回望一下就好了，这样，我们就可以把自己的前尘往事看得历历在目。但是，我们很难知道自己的高处在哪里，哪里可以供我们来回望。我们往往只是在低处更加容易想到回顾过去。

二

让我真正记忆深刻的是下山后回去之路。虽然我们两个人爬山时是下午，但是，等到我们下到山下的时候，夜色已经完全笼罩了这片有着大山、水库和稀疏村庄的山地。山区里夜晚的到来和平原地区还存在着不同。在平原地带，感觉夜色是慢慢围拢过来的，从微黑，到淡淡的黑，再到深黑，最后就沉没在黑夜中了。而在马鬐山这里，我感觉黑夜来得更加急促，本来天色还有些微微的明亮，但是，在突然的一刹那，就好像一下子陷入黑夜的深渊里了。

虽然我们在爬山时就预计到可能没有回市区的公交车，但是，等到下来后验证了我们先前的预计，还是稍微有些失望。没有办法，那附近也没有住宿的地方，我们还是慢慢地向回走吧。

这是山区里的夏夜，有雾气弥漫，感觉快要下雨的样子，这个时候的夜就更加黑暗。从马鬐山到最近的一个镇政府所在地还有不近的路程。不过，好处在于，这里的路尽管很是曲折，但是，好像大点的道路只有这一条，我们就在黑暗中曲折地向前走着。

夜色如同墨汁一样缓缓地摊开在大地和水的纸面上，渐渐地这些都成了黑色统治的国度。不过，即使都是黑色的，黑色的程度还是不同的，好像是国画高手的用墨，远方的山上都是用的浓厚的墨，近处的山则是浅浅的用墨汁抹了一下。夜把山的尖锐之处用黑色涂抹，使得这些山与山之间，山与平地之间变得浑圆，好像是成熟而神秘的侧躺的女人。

夜让一些零星的村庄真正和这片山地融为一体，它们之间的对接毫无违和之感，好像是亿万年前就在一起。但是，白天却让村庄好像是被堆积在这片山地上。

这时，我突然发现了路边田地里的多年不见的萤火虫。那些萤火虫的位置距离我们不远，它们在浓稠的夜里飘浮着，忽然熄灭，又忽然闪亮，像是带着一个共同的电灯开关一样。谁在指挥着它们呢？或者它们是以什么样的语言在进行交谈？在萤火虫的余光里，我们两个人不知道谁的大脑先被萤火虫的光点亮——我们这个时候才感觉都饿了。既然周围没有饭店，那么，为何不到地里弄点吃的。想到这里，葛律师也没有客气，就如同狗熊一样一头扎进黑暗中。我看到一个黑影在那里影影绰绰地摸索着，但是，摸了很久，他才小声地招呼着，地里没有什么吃的啊，种的是辣椒。好像就有几棵西红柿，不过感觉西红柿挺小的，没熟啊。

我为了给他壮胆，回应着他说，你倒是要求还不低，这里不是吃大餐的地方，别管大小了，先弄两个来尝尝。不过，等到他摘了两个上来后，即使只是用手摸，也知道这只是西红柿中的小朋友，有触手可知的稚嫩感。但是，饿了也没有办法，硬着头皮啃了一口，不行，还是难以忍受，不仅不熟，还有点麻麻涩涩的感觉。只能把吃剩下的扔掉。

我们继续前行。雾气好像源源不断地从大地上渗透出来，变得更加浓厚，天上星星点点地下起了小雨。在路边不远处的村庄那里，灯光从窗户中探出，如同观看道路上这么晚是否还有行人。这些灯光就像是镶嵌在窗户上，如同眼睛长在我们的脸上，天生就不可分离。当然，也有灯光是在院子里的，好像是生长在里面，一束束的，水草一样漂荡在夜的深水里。在靠近这些灯光的树叶上，一边被照的发白，如同耀眼的镜片，另外一边则是浸透在黑暗中。

夜里村庄中有灯火也并不稀奇，这是灯火本来居住的地方。但是，在远处山上那里有一点儿灯火，到底是谁在哪里呢？在这么静谧的夜里，幸亏有这么一点儿灯光。即使我不知道它照亮的是谁，在那么远的山上，在那么浓密夜色包围的地方，只要是它亮着，就会闪耀在一个人的脸上，当然，也可能是两个……

感觉我们两个人像是飘浮在黑暗的雾里一样，那些年在路上只要天色一晚，车辆就很少，基本上看不到人影。我听到了脚下喧哗的水声。我们难道是走在水上，还是正经过大坝上面的道路？

我们没有感觉到匆忙，那时都还年轻，还有大把的可以前行的时间，前面的道路无限曲折，却在徐徐为我们展开。

人要是饿到一定程度反而感觉不到饿了，直到我们敲开了一个乡镇饭店兼旅店的门，饥饿才重新提醒我们。饭店里面的老板倒是刚停灶不久，见到我们两个人一脸夜色进去，还是吃了一惊。这里小镇的人都淳朴，他看到我们都饿了，连忙生火为我们做饭。这顿饭可能就是普通的饭菜，只是一生中无数次吃饭中的一次，但是，却在灯火昏黄中让我记住了它。那夜住宿也是我无数睡眠中普通的一次，不过，我至今还想起摇曳在那个简陋窗户外的桃树枝条，上面挂满了将要成熟的桃子。

三

十几年后，我在一个初冬之际到老家的市里又见到了葛律师，他现在已经是当地的大律师了。不过，见到我后还是很热情，好像时光还没有走得太远。他说一定请我吃大餐。

我说："你还记得我们十几年前一起爬过的马鬐山吗？"

他稍微愣了一下说："记得啊，怎么了？"

我说："你今天忙吗？"

他说："再忙也得招待你啊。"

我说："我也不要你请吃大餐了，你就请我吃一小餐吧——今天陪我一起爬马鬐山，并且还是要在我们以前爬山的那个时间点爬。"

和十几年前不同的是，现在葛律师早就有了自己的车子，并且还找了一个朋友专门开着。我感觉一切照旧，好像什么都没有改变，我们还是匆匆地爬上了马鬐山的峰顶。在山顶遥望远处的如腰带一样的道路，如同山地里巨大莲花的水库，以及炊烟里的古老村庄。此时再看，感觉道路比以前建的好了不少，然而，那种曲折的程度却没有改变。水库周围建设得也比以前好，不过，水库黄昏水面上那种和黑暗相衬托的白亮的光泽没有变化。是什么十几年如一日，同样地让它那么明亮着呢？

我们还是循着以前的老路向着市区的方向回去。不过，即使葛律师的朋友开着车子，我们还是专门下车，让那位朋友在前面自己慢慢开着。我们准备步行重温当年的道路。

不过，现在已经是初冬了，道路周围好像是披着单薄的披风，让它的身体变得冰凉，再也感受不到当年周围田地里热气蒸腾的感觉，也感受不到经过水库时的扑面而来的湿润气息。

风凌厉地吹过我的头发。葛律师在登山时，趁着有太阳，专门给我拍了几张照片。但是，等到我看时，忽然有种不忍再看的感觉。难道是光线的问题吗？我感觉自己两鬓竟然悄然间有些斑白了。

我们两人沉默地走着。此时，已经是万物回归的时候，路边田地里也显得很是寥落，没有了以前夜行时浓密庄稼的簇拥。我们这次都不饿。不过，即使饿的话，可能连青涩的西红柿也没有了。该熟的都熟了，该老的都老了。好像有一只巨大的手把田野里打扫得干干净净。

夜让大部分的事物都安静下来。谁愿意让自己日夜都那么忙碌呢？不过，还是有一两只村里的狗好像发现了我们，从路边的农户门里冲了出来，它们的叫声让这初冬之夜更加空旷。毕竟是庄稼都收割完了，四周的动物的声音也更加稀少，这让这些狗能够听得更加清楚，叫得也更加遥远。

一颗寒冷的星悬挂在我们背后的大山上，跟着我们缓缓而行。幸亏是两个人一起行走在这逐渐冰凉的山区道路上。前面那个朋友的车子也在不远处慢慢地开着。那个朋友还年轻，可能内心很疑惑我们这种有车不坐的古怪行为。

西方哲人曾言：人不能两次踏入同一条河流。我亲身验证了，他是对的。即使是同一条山间道路，同样的山，同样的水库，甚至夜晚的浓稠程度都差不多，但是，我们两次走的却不是同一条道路了。第一条道路是在细雨纷纷的夏天里，我们都能感受到夏天慷慨的温热。第二条道路是在初冬的寒星下，我的脚探到其中，就感觉到凉意丛生了。是的，即使我们重走的是当年的那条老路，但是，过去那么多年了，我们还是当年的那两个人吗？就是我自己也是如此，本来是同一棵树，根还是扎在遥远的散发着热气的夏天，不过，头上的叶子却是初冬了。

北外滩的草

一

如同被撕碎的纸片，大街上的人群被一阵瘟疫飓风吹散吹净。在忧郁的乌云下，黄浦江寂寥地拍打着堤岸，让回声显得更加空荡。整个城市像是被谁掐住了咽喉，所有的活力都像是从一个病人的身上抽走。在北外滩，一丛丛的草却劫后重生，一簇簇的生命绽放出来。

这是这座城市的悲哀，却是草的胜利。很少有人会想到这些"草民"会起义，占领了人类具有绝对优势的地方。但是，如果看得长远一点儿，人绝对是草的手下败将。最强大的人最多只能打败他人，很少能战胜自己，几乎没有人能够战胜草。

在以往如此繁华之地，一丛丛草的出现，让整个北外滩的气氛忽然变得有些不同。如同一桌宴席，忽然来了几个不速之客。然而，对于这些草而言，它们只是回到了自己原来应有的位子。

草并不认为自己过分。如果再给它们一些时间，它们会长满整座城市。让台阶长草，让大厅长草，甚至草可以长到高高的墙壁之上。鸟会是它们的同盟，让草征服人的心升得更高。

对于人而言，草这么做是一种僭越。对于草而言，只是回家而已。只是等到它们回家之时，看到了无数的遮天蔽日的房子。

这么多年来，草被人指挥着头晕目眩地活着。不期而至的巨大寂静，让草看到了自己真正的样子。对于人而言，这里蕴含着巨大的灾难，而对于草而言，这是它们的机遇。

在很多时候，我们感受不到草的无奈。人会不由分说，强行对着草指手画脚。只有在这个时候，人才感觉自己也不过是一棵草，也是被任意修剪成想要的样子。

二

我从所住的院子向外看去，看不到更远，只是看见人行道台阶的草蔓延到了路边。这些草的脸色更加青绿，透出一片勃勃生机。我不知道什么给了它们力量，但是，却能感觉到它们的窃喜。这些草被人用脚踩了那么多年，终于可以自由自在地生长一次，不用看人的脸色，也不用考虑出身。人都被封闭起来了，草就成了这里的主人。

我喜欢这种无忧无虑的草，草就是草，并不需要修剪。在我居所外边的野院子里也有这么一大片草，不知是谁疏忽还是手下留情，这片荒草就那么肆意地荒芜着。这就是草，草应该有草的样子。草就应该在该发芽的时候发芽，该枯黄的时候枯黄。草本身就是应该荒芜的。但是，这里的人却多此一举，让这些草逆着自己的本性活着，让草长得整齐划一，长得一样的身高，在风中摇摆一样的姿势，说一样的草的话，长着一样的草的面孔。

在管控逐渐不严格之时，我一个人在草丛中匆匆而过。可以自豪地说，这片荒草的一条小路是被我一个人踩成的。在白天，能看见草丛中的野雏菊星星点点地开着，更多的是一种瓦灰色的说不出名的野花。但是，无论是什么花朵，蜜蜂都不会嫌弃。几只蜜蜂流连在野花边，它们的语言就是花的语言，蜜蜂和花的语言是通用的。蜜蜂的喜好我不懂，或许它们看中的不是姿色，而是花的甜度。

在这座城市，平时是听不到鸟的叫声的，不是因为鸟没有叫，而是人遮住了自己听鸟叫的耳朵。无论鸟的声音多么欢畅都是如此。平时也难以听见蚂蚁搬家的声音，等到整座城市全部静止下来，蚂蚁经过就会发出火车轰隆而过的巨大响声。

即使是在南方的春天，照样还是有很多树叶掉落下来，这里有自己的荣枯，人类是无法干预的。如同这个滔天的疫情一样，有人还在奋力地活着，有人则是默默地掉落，除非在至亲之人心中，不会在其他人那里留下一点儿波澜。我在草丛之中行走时，能够看到旁边楼上一位男青年哀婉地唱着爱情歌曲。在他房子的旁边，一位老年妇人将头半伸出窗外，意味深长地看着我。我们都是彼此的观察者。更高的一层窗户上还贴着结婚的窗花，可能由于风吹日晒，已经不见鲜艳的颜色，只是如同两只干枯的眼睛，看着我这个在草丛中疾走的人。

三

我忽然想起老家此时的草了。在这个时节正是春天盛大的时候，但是，在我所居住的北方山区，花是次第开的，先是杏花，此时即使是蜜蜂也很少听到花开的音信，间或很少的在稍显干枯的杏树枝条之间飞。再就是梨花，此时漫山遍野开始热闹起来。然后才是桃花的喧哗，在一片布谷声中更显得耀眼无比。然而，即使是如此，原野和山上的草也并不繁茂，只是在合适的地方间隔地萌生，然后积蓄力量，最终才占据成片的山野。这就是北地山区应有的景色。草并不要多高，只要能够生长就行。这样也会有牧羊人轻盈地甩着鞭子，一群羊云朵一样从草上面经过。然而，我始终感觉羊和草并不是宿敌，而是一种互相依存的宿命。羊知道它们消灭不了草，草也并不是羊吃绝的。

时间再向后流转一些，就到了北方的夏天了。这时草就会长得更加葳蕤。这么好的草并不能只是留给羊享受，草也会不满意这种浪费它们生命的做法。在少年之时，我就会在河边的树下，找个安静的浅草中躺下，看着树枝像是筛子一样将斑驳的阳光幻影洒在我的身上。如同草忽然对我发放了通行证，我成为一棵真正的草了。那时我的想法干净而纯粹，不会超过一只蚱蜢纵身一跳那样的高度。河水正好，阳光正好，草丛正好，这个时候适合一个人安静地躺着，甚至适合一个人长眠不醒。

每个人都有自己的孤独，我们所做的一切都是为了挣脱这张无边的大网。人不如草。很少有草孤独地一棵生长，也很少有草孤独生长一生。它们紧密地挨着，互相给予彼此安全。草不会孤独，所有的孤独都是看它们的人的孤独。

草比人宽容，无论人如何，草都会把人收纳进自己的怀抱。人比草苛刻，总是认为草侵占自己的领地，干扰自己的视线，因此，就总想斩草除根，或者让草按照自己想要的方式活着。

再强大的力量也不是永恒的，加上时间的因素更是如此。只有在面临灾难之时，才会将一切都抹平，重归原位。一场灾难让草看清了人。人却不一定能看清草。

人不如草，草的荒芜是让根扎得更深。人的荒芜是真正的荒芜。草不需要草的挽救，也不需要人的挽救。人却不同，既不能挽救草，也不能真正挽救自己。

人不如草，无论多么伟大的人物，从来没有一个人能够征服过一棵草。没有人能够在与草的对峙中活下来。即使草如此卑微，人从来没有掩盖过草，都是草掩盖人。

异域行记 ————————————————————

去埃及记

一

　　只有同时去过埃及和欧洲国家的人才知道，埃及是和这些欧洲国家完全不同的。在去埃及之前，我去过一些欧洲的国家，但是，去过几个国家后，就作出了一个结论——去这些国家不用多了，一个就可以了。因为他们几乎都是按照一个模子捏出来的，都是有一个广场，广场的边缘矗立着一座教堂，其他的都是哥特式、古罗马、巴洛克风格的建筑，去一个等于去了大多数的地方。

　　但是，只有到了埃及后，才知道这里是完全不同的。这不仅是指它暗黄的泥土颜色的成片建筑，以及它的圆形的清真教堂，关键的是这种景物在气质层面与欧洲不同，这是在灵魂方面的不同。没有去过埃及的人是很难感受到那种突如其来的震撼感觉的。

　　只有到了埃及，我才感觉自己是不同的。这里能让我的自信心得到极大的提升。想想也是，花钱到国外游玩，玩的就是一个心情。如果搞得心情不好，再连累自信心受挫，再好的地方也不能去。

　　我是从比利时根特大学留学时去的埃及。在比利时，我也去过几个西欧国家。但是，在那些国家，我感觉自己就是一个穷人在到处流浪。这不叫旅游，可以叫作穷人流浪记——住的是青年旅馆，吃最便宜的汉堡（关键那个东西还吃不饱），能步行的话绝对不坐出租车。我相对还尽量过得舒服一些，穷家富路嘛。有个家庭条件比较好的女同学，甚至连到一个收费厕所都不愿意去——因为进去需要零点五欧,当时相当于人民币五元钱。

可以说,在那些发达西欧国家,我过去玩的时候,感觉身体都是收缩的,感受不到意气风发,也感受不到游玩的愉悦,反而自信心下降了不少。旅游不就是图的精神方面的愉悦吗?但是,在欧洲那些国家中,即使他们的人也很友好,我却没有感到太多的愉悦。

只有到了埃及旅游,我才找到了人生第一次做富豪的感觉。在埃及,在短暂的一周时间中,我感觉自己不是来自中国的一个穷留学生,而是来自中东的富豪,甚至享受了明星的待遇。不止一次,在开罗大街上,一群穿着长袍的埃及男人对着我热情地高呼,"Jackie Chan"。我的大脑一阵短路,不知他们到底是把我误认成了谁。后来旁边一起出去的中国同学告诉我,人家埃及人把你当作成龙了——埃及人喜欢看香港武打片,最崇拜成龙。原来如此,我恍然大悟。回想一下,在去开罗的肮脏的长途车里,整个车拥挤得像是满满的一车沙丁鱼,就是在这种嘈杂闷热的环境中,车里的人不论男女,都在认真地看着车上电视中成龙的武打片——他们的长途车上竟然也有电视!不过,称我为成龙大哥,我还专门照了镜子看了一下,也不怎么像啊。估计他们把穿西装的很多中国男人都看作成龙了。我也没有成龙的武功,确实有些受之有愧。当有一个埃及小伙子在那里下大神一样表演着中国武术,非要和我比画一下,我连忙婉言谢绝了他的好意。

后来我想了一下原因,这一切都要感谢我穿的一身神奇的西装——这套西装是我以前做律师时买的,也是那时唯一的一套西装,也是一套最普通的西装。是的,你没有看错,即使在开罗大街上,我几乎是唯一穿着西装旅游的,我可能是当时开罗大街上那个最亮的仔。在一群穿着有些肮脏的黑色或者灰色的埃及男人中间,简直是万绿丛中一点红,绝对是与众不同。至少我是辨识度最高的那个。

在埃及，这里是我一生中受到女生关注度最高的地方，这也是我最受女生欢迎的人生高光时期。狗尾巴草也有春天，即使在开罗大街上，我也会遇到埃及当地的女大学生一只手虔诚地拿着笔，另外一只手不知在哪里临时扯了一张纸，满眼崇拜地找我签名。

在开罗大学也是如此，本来我是临时安排拜访开罗大学法学院的院长（此君还赠送了我一本埃及的刑法书，用阿拉伯语和英语双语写的），在这里我也享受到了其他地方没有的待遇。因为下午那位法学院院长在办公室，中午我就在有千年历史的开罗大学校园里闲逛。在这里，我也成了真正的老外，就像是中国人第一次见外国人时的感觉一样，不少开罗大学的男女学生都向我围拢过来。这里男同学只是贡献热情，不大愿意动手，除了一个强壮的埃及男大学生毛遂自荐要做我的保镖。女同学则勤快多了，知道我没有吃午饭，有的拿着我的钱去买午饭，有的让我坐在一张长椅上。由于开罗中午的太阳炙热无比，有一个女生还专门为我用一个纸板挡着太阳，另外一个给我拿着饮料。我的天，这是什么待遇？在那一刻，我甚至忘记了自己到开罗大学做什么的了，一个强烈的声音在脑海中执着地回荡：我要到埃及生活。简直是人生巅峰啊。

二

到了埃及，我最能感受到的是，这里的荒芜沙漠是不同的。这需要在傍晚的时刻，在太阳将落还未落的时候。这是沙漠灵魂出窍的时刻。

我就在距离红海很近的一片沙漠上，安静地走着，认真地品尝着埃及的滋味。这时就看到一个骑着骆驼的埃及人从远处来了。一开始只是很小的一点儿，越到了最后越大。开始是移动，最后却像是喷涌着向着我奔来。在那时，埃及沙漠上的太阳正在展示着它恢宏、瑰丽的一刻，像是携带着世界上所有太阳的余晖一样，平平地从西方向下落着。这些异域的太阳的火不仅燃烧了我的眼睛，也让骆驼上的人和那如火的西方一同燃烧。如果看不到骆驼那奔腾的四蹄，看不见骆驼被风吹起的浩荡的鬃毛，我都认为那个骆驼上的埃及人不是骑着骆驼来的，而是骑着火来的。

这里是太阳将要落下之地，一片蛮荒，万物无声，但是，却看不到寂静，而是感觉到蛮荒中动的力量。站在沙漠之中，你就能听见西方太阳冉冉落下的轮子掀起的巨大风声，它和山丘中一只最晚回家蚂蚁的爬行声音在那里此起彼伏。你就能听见那黄褐色山丘上风呼号的声音，下面隐现着埋葬了几千年的亡灵的叹息。你就能听见沙漠上那不停转动的风车的呼喊声音，它们本来在其他地方都是巨人，但是，在这片荒芜的沙漠上，却成了一个个孩童，在那里排队等待着放学回家。

在这片荒丘之间，我仿佛看到了时光的倒流。我是沿着时光从另外一个方向来的。在我的对面，风为我掀开《旧约》的《出埃及记》，我看见了异域之地的拯救和献身，看到了神和人之间的交互与居住。我看到了八十岁的摩西从一片椰枣掩映的埃及农房里出来，好像伸了一个懒腰，他睡醒了。在远古的沙漠上，传来了狮子的吼声。我看见他敲响了震天的锣鼓，他的声音比最响的雷霆还要猛烈。埃及大地上的以色列人也醒了，他们打点行装，收拾自己的家畜和带领妇女、孩子准备回家。虽然他们离家已经四百多年了，但是，家是一个人最大的基因信息，如同大海的鱼一样，无论波涛浩渺，都不能阻挡回家。他们的基因中的声音在呼唤着他们：回家，回家，你们的国度在流奶与蜜之地的迦南地。

在摩西狮子般的吼声中，这些衣衫褴褛的奴隶们苏醒了，吼声让他们汇集成浩荡的人群，浩荡的人群让他们获得了力量，如同狮子获得了利爪。他们从荒野中穿行，在荆棘中前行，他们的前面就是故乡，引导他们的是白天的云柱，在夜里则有火柱带领他们。他们本来是一群羊，但是，在狮子的吼声中，获得了狮子的力量。

为什么不奋勇前行呢？前面的无边的红海不能阻挡他们，是他们的心让红海分开，是他们的心让天堑变成坦途，是他们的心让追兵埋葬。他们的心是故乡失传几百年的果子。

三

在自然上，埃及最突出的是它的沙漠。在人为建造方面，埃及最让它不同的是金字塔。至今无人能准确地说出在遥远到深奥思想都难以到达的时代，在机械之力少之又少的情况下，这座建筑是怎么顶天立地被建造起来的。这座建筑物的伟大在于它建造的秘密，秘密能够产生向往和力量。

这是神和人相接之处。这是一座长在沙漠上的世俗的气势恢宏的建筑，也是人乘坐的神在人间的巨大船只。在无垠的沙漠上，在浩瀚无边的天空中，只有如此巨大的船才能乘风破浪前行。

这里是人和神合一之处。我站在金字塔的下面，风无尽地吹着，像是从开天辟地就没有停止过一样。这中和了周围喧嚣的人声，我感觉自己变得越来越像是虚空，空气一样的透明。只要在这里沉思，都将会深陷下去，最终消失于无形。当然，是人住进了无形却强大的造物主之中，而不是造物主住进了人中。

这里的沙漠太大，淹没所有人一样的大。这里的天空太辽阔，在浩瀚的沙漠里，如果有人在上方看我，我就是一个小得不能再小的黑点。因此，只有建造这么一座建筑，才勉强能让这里的沙漠和天空协调一些。

这座金字塔如同筛子一样，对经过的人不分彼此，即使是伟大的人物，也被筛成细沙，在历史的风声中被吹到虚幻之地。在这么巨大的建筑物下，谁能够说自己会留下来呢？恺撒来了，拿破仑也来了，对于他们带来的沙场的喊杀声音，这里的风丝毫不费力气就把它们消弭于无形之中。他们的丰功伟绩也抵挡不住终日不息的风沙。如果一天淹没不了，那么就一月一年一百年一千年。

我毫无顾忌地走在金字塔下，我个人的脚步声音太小，不要多想，根本无法惊醒它的睡眠。蚂蚁在我午睡时也是这样，它们无论怎么跺脚，也不会让我醒来。人在这里只有遥望，只要到了它的身下，就会笼罩在它的阴影里。

作为埃及金字塔的代表，胡夫金字塔的伟大之处还在于，它允许我们进入它的腹部，让我们亲自探察一下它的内心，它的内心在它的上部。我和世界上其他的陌生人一起，沿着一条向上的通道，缓慢地向上攀爬。通道一开始还比较宽，但是，越是向上走，越是狭窄，最狭窄之处胖子都得费一些力气，好像能把金字塔的通道挤垮一样。不过，用不着担心，即使是世界上最有力气的胖子，也完全不能撼动金字塔的丝毫。

随着向上爬行，也越来越热，我感觉自己的呼吸有些急促起来，当然，也可能是周围一些其他外国人的呼吸，我的呼吸只是他们呼吸的回声。如同经历过一个长长的狭窄的炉子通道的检验，我们终于到了安放法老棺椁的地方。但是，让所有事先不了解的人都大吃一惊，这里只是花岗岩做成的两间大的墓室，里面并没有法老遗体的踪迹，导游说法老本来就没有在这里发现。

但是，法老花费了那么大的力气在平地上建起这么一座山岳一样的建筑，这是他与上天沟通的桥梁，是他从人世到神界的最后机会，他为什么最后没在里面呢？难道他也知道力量在于神秘之中，故意设置迷局。那么，这又是设置的什么样的迷局呢？

在小城根特之我的自行车

一

2004年我去根特大学留学的时候，由于从住宿的公寓到学校单程就要三四公里。上课时一天至少得来回两趟，因此，就有了买辆自行车的想法。这个地方的人对顾客还是很客气的，当然，我也得对自己的钱客气点，不能随便动用。因此，我只是低调地在销售自行车商店的橱窗外扫了几眼，就看到了当时让我难以忍受的价格，因为最便宜的自行车也要超过人民币三千元。我发现自己没有进商店是明智的。

没有办法也得想办法，毕竟咱也是打过工的人，虽然动手能力不强，还是比那几个留学的中国同学要强一些。关键是我的脸皮比他们要厚一些。相比较我而言，其他的几个都是有钱人。有钱人都要面子，而没钱的人更要里子。对于我，勉强活着不是能力，而是在体内长期形成的本能。我能从黑暗处伸出手，用它来打捞光明，这是能力还是本能？

在根特，当时还有不少其他国家的非法移民，这些人和我的共同点是也缺钱。因此，他们不知是买的还是怎么弄的自行车，在缺少了部件之后，就会就地取材，组装一个。如果自行车缺车座，别急，就在晚上到谁的门口趁人不注意，带个扳手、钳子就给卸下来了，转眼之间就成为自己自行车的一部分。缺个车辘轳，根本不用买，晚上出去巡视一番，哪辆合适就卸哪辆。

相比较这些贫穷且不正干的移民而言，我就落后多了。他们属于在一线，我属于在二线。因为他们把当地人的自行车部件卸下一部分后，整个自行车就不能骑了。当地人就把这些无辜的自行车放在家门口附近，等待运送垃圾的车把这些自行车中的残疾者送走。我几次经过这些门口的时候，在根特忧郁的天空下，这些身上被谁粗暴拆下身体部件的自行车，落寞地站在那里。当然，也有躺着的，关键是看它们受损的部位。

我不能再忍受它们的遭遇，决定帮它们一把。也不用劳烦运送垃圾的车，我就把几辆残废车推到了所住公寓的楼下。然后来个乾坤大挪移，从这个车上卸个车把，从那个车上卸个车链条，再从那个车上来个车座，无师自通地学起了组装自行车。当然，根特这个小城的好处是，自行车的任何残肢断臂都可以找到，我则是一个组装大师，重新把它们弄到了一起。

当我在留学生公寓楼下的草地旁淡定地组装自行车时，女老外瞪着崇拜的眼睛，买不起自行车的男老外则脸上绽放着满是羡慕无比的神情，都怀疑我是自行车专业的了。

二

比国远不如我国基建厉害，我们几乎几年就要重修一下道路，而他们的道路往往都是上百年甚至几百年不重修一下。根特小城主要是砖头和石头铺成的道路，还高低不平，有的路面上的石头被磨的发出光滑的光。在这里，会让你产生瞬间迷路的感觉，你会认为不小心踩到了历史的深处，连忙自我提醒一下，努力从多分岔的巨大迷宫中出来。

我的自行车就骑行在这种充满陈旧感的道路上。自从有了这辆组装的破自行车后，我瞬间感觉幸福指数上升了很多。它凭空抬升了我的地位。可以想一下，当其他没自行车的同学都在那里提前匆忙赶向学校时，我则骑着自行车优哉乐哉，这无形中就比他们高大了不少。不过后来我想想，实际上没人理我，只是我弄了辆破自行车天马行空地自嗨而已。

当然，这辆自行车确实提供了不少便利。在没有它之前，我在学校上课时可能一天只吃两顿饭。中午放学后不吃饭，就走出那片尖顶的教堂式的学校建筑，到一个运河边看水，看鸽子。岸边的建筑影子掉在河水里，我好似听见了它们窒息般地尖叫。

对于比国的鸽子而言，看上去和中国的鸽子也没有什么两样，都是黑黑白白灰灰的样子，也都会向坐在河边的人要一些面包碎屑吃。当然，它们对我这个中国人则是嗤之以鼻，因为我自己都没有什么吃的，哪有东西喂它们。我还想向它们弄点吃的呢。

我中午很饿，比国的饭也吃不惯。当然，这并不是关键，关键是我想省一些钱，故意替自己圆一下。在没有自行车的时候，我有次中午实在太饿了，就买了一个不大的面包，一看价格竟然是几十元人民币。这让我和自己的钱包很受伤，当然，最主要的是精神方面的。

不过，我也不一定真的没有午饭吃面包的钱，主要是那时刚去比国不久，也不知以后要花多少钱，就得从开始省着花。地主家里有余粮，咱不能比。我那时手里的钱是能够搜刮来的所有的钱。如果控制不住花光了，那只有吃土的份儿了。

自从有了这辆自行车后，我就改变了那段时间不吃午饭的习惯。我可以在下课后，快速地从黑黢黢的学校教室里跑出来，骑着我那辆来自不同家庭的自行车，穿过那个人流拥挤的根特中心的步行街，让自行车蹦蹦跳跳地跃过那个小火车站的轨道，归心似箭地赶回公寓楼吃上一顿简单的中饭——这是头天晚上预留的。幸亏比国天气也不太热，也能保存住。

三

一次这辆自行车丢失在根特火车站。因为我要坐小火车去比国首都布鲁塞尔，就需要先骑自行车去火车站，然后把它暂时安放在密密麻麻的自行车森林中。不过，当我重新回根特火车站，像是以往那样推开枝繁叶茂的自行车小径时，走了无数个来回，却发现我的那辆自行车丢了。我当时很是痛心。它是我真正的朋友，虽然长得朴实，素质却没有问题。没有想到哪个穷老外也认可这个观点，就顺便把它骑走了。

我本来以为就是它那种姿色，不可能有人看上。不过，还有不嫌弃差的。因为这辆自行车又旧又是组装货，甚至连车锁都坏了，是那种不能锁死的链子锁，我就那么掩人耳目地把锁头插进锁眼，装模作样地给锁上了，没有想到被哪个老外识破了。那为什么老外还会偷走它呢？是不是它在那么多的自行车兄弟姐妹中太惹眼了？

我后来那几天神情有些落寞，和女朋友被人撬去的感觉差不多。不过，我们后来还是破镜重圆了。在过了两周后，我步行去家乐福超市买东西，当我气喘吁吁地背着东西赶回来时，神奇的一幕发生了，我的那辆宝贝自行车就躺在超市不远的路边。可能是偷车的朋友也感觉这辆车太破了，骑着太丢分，就把它抛弃了。当我在草丛中扶起它时，它头顶一头露水，一脸幽怨地看着我。

这辆自行车最终也没有浪费。在我毕业离开根特回国时，把它以廉价三十欧卖给了一个天津的小伙子。在临走时，看到他平时走着去上学那么辛苦，我就以最大诚意把这辆骑了一年的自行车卖给了他。由于是自己组装的，属于无本生意，我只是收了他三十欧元，他对此表示出万分感谢。

有人会认为我是不是太不讲究了，一辆自行车送就送了吧。不过，如果你听到我做饭的电饭煲的事情，就不会这么说了。在出国前，我就详细地做好了攻略，知道比利时没有米饭吃，当然，更没有煎饼、馒头和大饼。作为一个北方人，我就勉为其难地买了一个电饭煲，花了一百元人民币，在那时相当于十欧元，放在已经撑得快要爆炸的行李袋里拖到了比国。说起来你可能不相信，这个电饭煲成了我留学公寓里的全能战士。它不仅能做饭，还能做菜，就是做那种都是汤的菜，并且味道还不错。同时，这个电饭煲也可以兼职烧开水。可以说它一年来劳苦功高。我回国时不能带着，自然不能亏待它。正好一个波兰的女留学生看着眼馋，我就以二十欧元的价格卖给了她。其实，也不能怨我卖得贵了。这个电饭煲毕竟从中国被我带到比国，整日相伴，都有感情了。能卖给这位波兰女生，也是看在中波友谊的份儿上。

在根特大学留学之牛肉传奇

一

如果没去根特大学留学，我还不知道自己的优势有多大，这在打点自己的饮食方面体现得尤为明显。可以说，除了在钱方面以外，我在其他地方相比较那些中国同学还是有优势的。

不知和我一起去的几个中国女同学还记得吧，她们的前两餐都是我请她们吃的。并不是我有钱，而是她们根本都不会做饭，连最简单的西红柿鸡蛋汤也不会做。我们不是住在一层楼，一个女同学自己做第一餐的时候，没有太宏伟的目标，就是做西红柿鸡蛋汤。她专程过来谦虚地向我请教，问我要怎么做。我说很简单，你把锅烧开，这会吧，然后，把西红柿和鸡蛋放进去就完事了。她取得真经后马上下楼照方抓药，过了一会儿又跑回来了，满头大汗地问我，是先放鸡蛋还是先放西红柿啊？其实，老师也没有单独教过我，不过这还不很简单吗？先放什么都没有关系，搞熟了不就行了吗？教条主义要不得。

当然遗憾也有，就是不能全部发挥我以往的做饭经验优势。在打工那些年，我能做很多种饭食。譬如，在吉林蛟河那边的私营煤矿挖煤时，我学会了做馒头，知道如何发馒头引子，也知道用多少碱最好。那时用木头板子烧火蒸出来的馒头既筋道，又柔软。唯一的缺陷就是我不能把那些馒头的个头控制得大小差不多。同村的一个老男人做饭能把馒头做得跟阅兵的士兵一样，高矮胖瘦几乎差不多，就差不会喊口号走正步了。

我做的馒头好像是把不同年龄的小朋友放在一起上课，在同一个锅里，从一年级到五年级的小同学都有。

在根特的那些留学生中，估计花钱最少吃得最好的就是我了。那些老外咱就不和他们比，都不是一个重量级的选手。即使是一个做菜最差的中国留学生的水平，都会碾压水平最高的一个老外学生。能把饮食吃出花样吃出艺术性的只有中国人，老外只要感觉吃得有营养就可以了。不过，我也没有感觉到他们吃得有营养啊。他们也不是经常吃牛排。在根特，牛排那时的价格对老外留学生也是高昂的。他们不少喜欢在留学生公共活动的电视房中吃饭。平常也就是吃个意大利通心粉，还有的吃个沙拉。沙拉也就是咣咣咣切一盆蔬菜，如果不是随便用沙拉酱拌一下，我感觉和小时候喂猪的东西也差不了多少。在做饭这方面，我和这些老外相比简直就是大师级的。

别以为老外同学不喜欢中国美食，都爱他们猪食一样的沙拉和永远吃不完的意大利通心粉。只是因为他们喜欢也不会做。后来机缘巧合，我搞到了很廉价的生牛肉，就在公共厨房做。我细致地把牛肉洗净切成小块，用开水涮一下倒掉，把从中国千山万水带来的花椒、八角、茴香等调料放在锅里煮。特别是牛肉快熟的时候，我清晰地看到了几个来自东欧的留学生鼻翼忽闪的频率高了几倍。看在以前和东欧国家友谊的情分上，我恩准一个罗马尼亚的男生尝了几块牛肉。他简直没把叉牛肉的叉子吞下去，连说这是他这辈子吃到的最好吃的东西。你没有看错，我也没有夸张，确实是这么说的。我很可怜这些老外，至少在饮食方面，他们是处于水深火热之中的，不过，为什么他们还是长得那么高高大大的呢？

同班同学一起在比国一个女同学家里野炊时，我作为主要的大厨，大出了一次风头。在某种程度上，也算是为中国菜争光了。特别是我做的辣子鸡，做好后由另外一个老外同学放在稍远一点儿的桌子上，就是那么一刹那的工夫，还是老外眼疾嘴快，等我过去时就只是剩下鸡骨头在他们嘴里挣扎。

因此，老外同学们对我高度评价，结果是一致认为我适合做厨子，都强烈建议我不要回国了，就留在比国开个中餐馆得了。你看这些老外格局低了吧。中国的法律事业还在热情地向我召唤呢。没有我，起码那一套《律师论》《法官论》《警察论》的书不知多少年后才有人写出来呢？你看，又自大了吧。这毛病得改！！

二

至于那让我的饮食档次彻底上了几个台阶的生牛肉是怎么来的，印象中好像是一个资深中国留学生告诉我怎么去买的。他说就在我们上学的路上，有一座永远建不完的不高的六层建筑，沿着这座建筑东侧向北两个大街，向左拐进一个不大的巷子，就到了根特屠宰场了。我在一天中午放学经过他说的那个建筑时，果然看到了传说中的六层楼房正在建设着。楼底下能看到几个施工的工人，还是像以前那样，耳朵里塞着随身听，懒洋洋地挥动着手中干活的家伙。有一个还临时抒情，引吭高歌那么一首外国歌。可以说，这种建筑放在中国工人眼里，哪够干的啊，都得像是喝酒一样留着量干，老外就是不行。不仅如此，这些老外工人还事儿多，有次那个地方忽然一个干活的人影也没有了。我问了一个了解情况的人，说是闲着没事罢工玩去了。

进入到那个宰牛的屠宰场，几头牛的肉悲哀地堆放在那里。它们强健的身体解体了，身上的阳光消失了，平时大口喘气的生命热气，转为冒着热气的刚分割完的肉体热气。它们的生命曾经在大地上喧哗过，现在却止步于那座巨大的屠宰场中。它们的灵魂好似茫然不知现状，从嘈杂变为冷寂，慢慢从那个抽风的大窗口里飘出去，最后变成露珠一样，很快彻底地消失。

我没有太多时间为这些牛悲哀，先解决正事要紧。再说，这里牛的死本来算是幸福的了，属于具有资本主义特色的死，就是用电击。短短十几秒就让它们彻底忘记了生活的烦恼，与牛同伴竞争的不易。我一个堂叔以杀牛为生。这是一个身材矮小的人，远远没有一头牛强壮。但是，和牛相比，他武装了人的思想这种武器，结果牛就倒了八辈子霉。他杀牛时貌似温和，实则让人惊心动魄。他一手慢慢地牵着将要就义的牛，嘴里叼着香烟，冒出的烟气小蛇似的向上绕过他微笑的脸。牛漠然地跟着他，忽然，他举起了不大的铁锤，猛地一下击中了牛的眉心的地方。牛连和他告别都来不及，就如同房屋一样倒塌了。建造一座生命的房屋是如此困难，拆倒它却是如此容易，那么，建造生命的意义又在哪里呢？

显然以前有中国人来这里买过牛肉，里面一个负责的比国男人熟练地指着一堆不成大块的牛肉，简单地用单个英语单词说出了价格，连个句子也没有给，估计不是因为他特别冷漠，可能也说不太好。他说的价格确实让我很满意。在比利时根特这里，牛肉只有大块的能够做牛排的才能卖上价格，这种碎块的就是边角料了。能做牛排的那种大概能卖一公斤二十欧以上，这种两三欧一公斤就可以了，便宜得让我内心发狂，就连忙拿了一个大的塑料编织袋子，买了大半袋子。在骑自行车载着这些牛肉回去的路上，我还感叹不已。老外就是傻，这种牛肉除了长得不漂亮外，多朴实啊，味道也一点儿没少。不过，老外就吃那种成大片的牛排肉，人家要的是仪式感。

当然，也不是比国老外真的傻，这就是他们的饮食习惯。我在根特，就最大限度地利用了这种饮食习惯差。在比国，他们都不吃动物内脏，什么鸡杂、鹅杂都不吃，都是放在超市冷冻橱窗里，一盒一盒的，是卖给当地顾客回家喂猫的。这里我又忍不住说比国老外傻了，给猫吃？人吃不香吗？在中国，这些可是好东西，这些鸡杂鹅杂可比鸡肉鹅肉本尊还贵。于是，我就不顾他们国家猫的感受了，买去做好吃的那个痛快。当然，这种饮食习惯差不仅体现在比国人不吃动物内脏，就是鱼头本地人也不吃。我就到市场买过很大的鱼头做鱼头汤，价格不过是国内的十分之一。

三

我是一个执着的人。到底有多执着？我在西安读大学时，那时在这种相对偏僻的西部城市，对于出国读书看一下世界，就是西安本地人也不大敢想，我至少敢想。并且我在做律师几年后，积蓄还差不少的情况下，就敢出国。你说是冒险也可以。这实际上是一场赌博。

这种执着是一把双刃剑，它既能在脱困时给我额外的动力，当然，也可能让我陷入新的困境中。但是，对于我这种出身的人而言，这是没有选择的选择，即使是疾病我可能都会选择，别说是执着了。

如果你能够理解这些，我无论是吃碎块的牛肉，还是和猫争食吃当地人不屑一顾的鸡杂鹅杂，你都能理解。这是因为，我毕竟让这些事物本来以暗黑方向呈现时，涂上了让人安慰的光泽。

总体而言，我在比国留学的饮食战略大获成功。如果不好理解的话，咱们可以用钱来量化一下。你敢想吗？本来出国时我担心带的钱不够花的，到最后却剩下了一千欧元——也就是那时的一万元人民币回国了。

不少年后，很奇怪的是，我一想根特，就想起那新鲜的冒着热气的碎块牛肉。那种热气在自行车后座上升腾，差点把我的破自行车带的升起，如同蒸汽飞机一样。然后，还会想起那座空旷而潮湿的杀牛的屠宰场。所有的牛都被放在一个大的水泥槽里，排队接受电刑，随即就变成了成堆的肉的碎块。这些牛的肉块上还会飘走什么东西吗？它不是热气，也不完全是眷恋，反正就是在那个牛屠宰场楼顶处窗户里飘走并消失了，最后去了哪里我也不知道。

不过，更为奇怪的是，我的记忆最后会停留在作为去屠宰场标志的那个永远建不完的六层建筑，这里相反倒不是热气腾腾的施工场面，到处都是一片放松和祥和。工人们还在听他们的随身听吗？这座建筑现在完工了吗？这还真不敢说。听说我去过的德国科隆大教堂施工了六百年，千万不要小瞧这些老外的实力。

在根特大学之我的欢乐老外朋友

一

我自认为是一个比较内敛的人，不知为何到了比国，留学生公寓认识的老外都认为我是一个很外向的人。在公寓里六七个中国留学生中，几个女生一般不会出去和老外一起疯，当然，也不排除例外情况。不过，我总是那个老外热情邀请到外边玩的人，最后弄得我不堪其扰。在那座公寓楼中，很多老外都认为我是最受欢迎的人之一。我不知道他们的依据来自哪里？说实话，我自己都不同意他们的观点。我有什么呢？可以说，我只是有一点儿还比较符合老外的胃口，就是他们认为我很幽默。拜托，我哪里幽默了？主要是老外笑点太低了。我有时只是开一个有些恶作剧式的玩笑，就足够他们笑上很长一段时间。

在每层楼都有的公共电视房中，一帮男女留学生一边喝着咖啡，或者吃着通心粉，一边开聊。老外都比较喜欢狗，他们都说喜欢狗，我当然也不能例外了，也跟着凑热闹，"我也喜欢狗，我喜欢——吃狗的肉。"我说。这些老外一开始以为找了个知音，没有想到后面还有喜欢吃狗肉的这个说法。他们也明知我是恶作剧，却如同被点了笑穴一样，气球爆炸一样的笑——先是气球越鼓越大——最后一声爆裂的那种。

有个笑点特别低的同楼层的老外朋友最开始很喜欢我，因为我能够让他前仰后合笑得开心。但是，后来却有些怕我，因为我一直让他这么狂笑，让他也感觉吃不消。这哥们起得晚，早上往往从中午十二点开始。

我准备吃午饭的时候，看到他睡眼惺忪地走过来，就故意说，早上好。他一看就知道我要调侃他了，也不知从哪里学的中国式作揖，连连向我求饶，说刚起床，身体还没有完全适应，让我玩笑不要开的强度那么大，他的小心脏会受不了。

还有一个奇怪现象，我好长一段时间自己也想不明白。为什么到了中国，我就没有那么幽默了呢？同样的话，不仅可能没人笑，还会认为我的幽默很蠢。即使当面不说，背后也会寻思。是我的幽默水土不服吗？它们都是专治老外的吗？

我最好的老外朋友来自西班牙，西班牙名字叫作 Enrique。但是我老叫不准他的名字，他一开始还龇牙抗议，后来也就认命了。因为西班牙语有卷舌音，亚洲人包括中国人很难发音，公寓楼里的西班牙朋友教我西班牙日常语好多次了，不过我愧对他们热切的眼神，每次发卷舌音时，总是吐他们一脸口水。老外倒是好脾气，一点儿也不在意，擦一下脸上的口水继续教。不过我却在意，不再跟着他们学。难道我们中国人舌头短？也可能只是我的舌头短。短还不是致命缺陷，学西班牙语最致命的是舌头不会打转。没有办法，为了不辜负我这个西班牙朋友，我就给他起了个好记的名字，叫爱的亏。

当然，即使这位西班牙朋友名字被我叫作爱的亏，他的老外美女女朋友可不这么认为。我在根特大学留学的那段时间，他换了几个女朋友都长得很漂亮，没有听说哪个认为爱这个西班牙人是爱的亏的。

不过，即使爱的亏是我的好朋友，但是，实事求是地讲，他到底有什么啊？以我的观点看，既不很高，也不帅，也没有钱。前两者是一目了然，虽然不同国家审美标准不一定一致，却也有个基本标准。

在我的印象中，爱的亏有一副络腮胡子，每天见到他时，他总是很晚才起床，手里拿着一个不知几手的电动刮胡刀，在那里割草机一样地刮胡子。那机器在和胡子茬接触时发出痛苦的尖叫声。不一会儿，他的脸两边露出来铁青的颜色，下面埋伏着准备跃跃欲试生根发芽的胡子幼苗。

他也没有钱。为什么我知道这些。有次我在公共电视房看到他的发型有了惊人的变化，一见到我就嘿嘿地笑。他忽然又变了个花足球一样的头，和真的足球没太大差别，头上像是网格一样，满布着方形的图纹，有的地方有毛，有的地方没毛。如果晚上他喝醉了躺在哪里，说不定还真让人把头给当球踢了。

我看着爱的亏手中的牌子，上面用英文写着：因为无钱回马德里，需要五十欧元。他在那里连比再画地用蹩脚的英语给我解释，我这才明白他是去根特步行街那里要饭去了。我问他要了多少，他有些沮丧地告诉我，还没有要到十欧，就被警察过来赶走了。

这也挡不住老外美女喜欢他。当然，这主要是他厚着脸皮坚持不懈地追求人家。不过，就算这样最后女生也喜欢他啊。我后来百思不得其解，认真地像是对待论文那样进行了研究，发现他的最重要的长处只是脸皮厚，搞笑，这让本来对金钱看得不重的外国女生感觉他很有意思，这就成就了这个花心大萝卜。

二

我感觉欧美老外血液里都有开 party 的基因，可能是他们父母祖父母甚至是以上多少代的基因遗传。在这条基因之河里，开 party 是他们重要的顽固性兴趣，说是疾病也可以。因为老外朋友们认为我和他们最聊得来，相比较其他中国男留学生，认为我属于更有趣的人，就每次邀请我参加他们的 party，逃也逃不掉。我就是藏在卫生间里，爱的亏也把门砸得惊天动地那么响。

根特的楼房都不高，两三层楼是比较常见的形式。那家迪厅也是两三层的样子。迪厅所在的街好像是娱乐一条街，连着几家迪厅在清冷的大街上喧哗着。

在没有开始跳舞之前，灯光并不明亮。有的人手里拿着咖啡杯窃窃私语，有的人喝多了，倚靠着桌子或者墙昏昏欲睡，还有的男女朋友抱在一起在那里缠绵。

忽然，音乐响起。这如同忽然迸发的火一样的音乐，把无论是闲谈的、低唱的、缠绵的都点燃起来。所有的人好像是被谁安上了发条，现在到了突然启动的时候了。即使灯光还没有变得明亮起来，但是，里面启动跳舞模式的人们却闪亮起来。这种闪亮从大开的门冲出去，让门外黑暗的街上也变得亮堂堂的。

那么多的年轻老外男女就在一起晃动，如同站着的沙丁鱼一样。我稳定一下心神，尽量靠着人多的地方乱跳，否则强烈的音乐鼓风机一样可能就会把我吹走。

在那么多的人中，我看见了爱的亏在那里摇头摆尾。在昏暗的灯光下，他的牙齿在发着白光，眼睛同样由于兴奋而发出亮光。

他对我打了一个手势。总算找到了一个自己人，这多少减少了我的一点儿困窘。无论如何，好朋友就是不一样。当我正沉浸在这种异国友谊的温暖时，一眨眼，他就不见了，如同蜜蜂一样陷入了那些穿着低腰裤、短裤的美女花丛中。

我好像站在一个巨大的搅拌车旁边，脚下的土地在颤动。巨大的音乐声对着大脑轰鸣而来，然后顺着喉管直冲心脏。我的心脏前面没有任何掩体，就这样柔软无助地面对着跳舞时产生的飓风。谁能救救我的心脏，我胸部前面的骨骼有些支撑不住。

我也想像老外那样灵巧地跳舞，但是，四肢却拒绝服从，这些笨拙而愚蠢的手脚，尽管那些老外不在乎，也没人看我，我却不能容忍自己成为那种缓慢挥动手脚的大虾。

对于老外而言，他们好像都是特殊材料做的跳舞机器，是自带马达的那种，越跳越是起劲。这是那些狂放的音乐冲到他们的身体内了，不知是他们自己的躯体在跳，还是音乐在跳，反正就是那么混合在一起。在跳舞时，我感觉他们的身体都蓬松起来，像是鸟的羽毛那样向外张开着。越跳张开得越厉害，最后就像是飞上天了。不过，我却是相反，越跳身体越是收缩，身体在加重，脚步迟滞，在这么多的飞翔的人中成为一座孤岛。

一阵尖后的英语歌声从台上响起，大意是我爱你，你爱他，这种爱就是一场战争之类的内容。我昏头昏脑，也管不了到底谁爱谁了，连忙从这些老外中杀出一条血路，到外边街道上深深地喘了几口气。

这是根特秋天的夜晚，在这条不宽的巷子上方，是分割出一片的黑蓝色的天空。星星在天上眨着有些困倦的眼睛，月亮被什么销蚀得厉害，连半个月亮也不到。在空气中，传来了不远处运河的水汽，我感觉自己眼睫毛上都被沾上了那种看不到却感觉得到的雾气。

在迪厅里也有浑身冒着热气的男女青年出来，看样子不是因为跳累了，而是跳出感觉来了，就找到附近其他已经关门的门面外边，蛇一样地互相缠绕在一起。当然，也有不解风情的，从迪厅里猛地冲出来后，就不管不顾地在街上小便。

我忽然发现脚下一阵发凉，低下头就着昏黄的路灯一看，鞋子是穿着的啊，怎么凉飕飕的？再一看，我那双从国内带过去的可怜的皮鞋，现在鞋帮和鞋底连着的线绽开了，正在龇牙咧嘴地向外释放着热量。原来，不知是我蹦迪力度大了，还是国内带的皮鞋质量不过关，它们就早早地结束了自己的使命。

三

在根特，特别是对于很多欧美学生而言，学习永远不是重要的。即使是学习，也得让他们玩透了再说。玩不透他们就会闹情绪。具体表现就是呵欠连天，从同楼层公共电视房那边传来的呵欠声，可以拐一个弯，然后经过我住那层楼的公共洗澡间，再挤进我紧闭的房间内。他们的最爱是悠闲无比的假期，是热情洋溢的 party。

根特大学的假期就是多，每年都有不少名头放假。此时喜悦都充满了这些欧美学生的体内，从脸上甚至是手臂上、大腿上都可以溢出来。但是，我们中国留学生负重前行惯了，在放假的那天，见到老外同学没有话说，就问他们论文写的怎么样了。这是欧美学生最痛恨的事情，他们往往一脸悲哀地说，兄弟，求你了，好不容易有个假期可以开心一下，你们中国人就不要总提论文好不好。

即使没有什么假期，但是，对于老外学生而言，却可以每天都是假期。我的几个南欧的朋友至少每周去迪厅蹦迪三次，都是成夜地狂欢。我有时早起经过迪厅所在的街道上学时，那几个迪厅都已经累了，无声地半闭着眼睛似的门。在靠近大街的一边墙根，往往会看见几个老外横七竖八地睡在那里。即使是天气很凉的时候也是如此。

别说，老外就是体质好。我隔壁住的比国本土老外，一年四季都穿着大裤衩子。我在冬天最寒冷的时候，穿着羽绒服瑟瑟发抖，看见他还是穿着那身行头———大裤衩子加体恤在凛冽的寒风中等公交车。我们互相看着对方的穿着，都哈哈大笑，一切尽在不言中。

躺在迪厅外边的人以男的居多，人多的时候还需要在他们之间蹦跳着小心穿过这些封锁线。有的人还在喃喃说着梦话，有的蜷缩着身子，鱼一样吐着口水，还有的作势拥抱着什么，一看怀里却是空的，估计女朋友半夜跑回去了。不过，这些活死尸们有一个共同点，都会露出满足而幸福的微笑。

我们中国留学生总是有根紧绷的弦，从幼儿园小学就开始加紧，就是做农民也是如此，贯穿不同的职业。这是渗透进血液的东西，可以遗传的，从父辈祖辈就有，而欧美学生的弦则是松松垮垮的。

如果有机会，我再回到当年，在放假前一天放学时，看着爱的亏兴高采烈地从那片上百年历史的根特大学建筑中出来，我见面还会问他，哥们，毕业论文写得怎么样？估计爱的亏也会知道我在故意捉弄他，也是配合地摆着一副苦瓜脸，拜托，老兄，你们中国人怎么老是忘记不了学习、论文，你这是要毁了我的假期吗？今天晚上不准跑，跟我一起去参加party。

然后我们在一起一阵狂笑，是心脏也会震得如同窗棂纸那样的狂笑。